WINGS OF FIRE

Band 1
DIE PROPHEZEIUNG DER DRACHEN

Band 2
DAS VERLORENE ERBE

Band 3
DAS BEDROHTE KÖNIGREICH

Band 4
DIE INSEL DER NACHTFLÜGLER

Band 5
DIE LETZTE KÖNIGIN

Band 6
MOONS ERWACHEN

Band 7
WINTERS WANDLUNG

Band 8
PERILS FLUCHT

Band 9
DIE KLAUEN DER MACHT

Band 10
DIE DUNKELHEIT DER DRACHEN

Band 11
DER VERLORENE KONTINENT

Band 12
DIE SCHWARMKÖNIGIN

Band 13
DER GIFTDSCHUNGEL

Legenden – Band 1
DARKSTALKER

Legenden – Band 2
DRAGONSLAYER

WINGLETS
DIE ERSTEN VIER GESCHICHTEN

WINGS OF FIRE

Das gefährliche Geschenk

von

TUI T. SUTHERLAND

Aus dem Amerikanischen übersetzt
von Simone Fischer

ISBN: 978-3948638412
1. Auflage 2023

Die Originalausgabe ist 2021 unter dem Titel
Wings of Fire – The Dangerous Gift erschienen.

Dieses Werk wurde vermittelt
durch die Literarische Agentur Thomas Schlück GmbH, 30161 Hannover.

ADRIAN VERLAG
Adrian & Wimmelbuchverlag GmbH
Friedrichstraße 126
10117 Berlin

Buchgestaltung: Phil Falco
Übersetzung: Simone Fischer
Korrektorat deutsche Ausgabe: Annerose Sieck
Satz deutsche Ausgabe: Catherine Strefford

Printed 2023 in the EU

www.adrian-verlag.de

Für Benjamin – willkommen in der Familie!

Und für das Pyrrhia-Pantala-Universum,
mit Umarmungen und Ehrfurcht für alle eure
erstaunlichen Drachen.

Tsetsebau
Käfersee
Geißel-
skorpionbau
Hornissenbau
Zikadenbau
Gottesanbeter-
innenbau
PANTALA

Giftdschungel
Papier-
wespenbau
Wespen-
bau
Juwelen-
bau
Libellenbucht
Zuckmücken-
bau
Skorpionsee

HANDBUCH

DER DRACHEN

Papier-
wespenbau
Wespen-
bau
VON PANTALA
Zuckmücken-
bau

Schwarmflügler

Aussehen: rote, gelbe und/oder orange Schuppen, unter denen immer einige schwarze sind, vier Flügel

Fähigkeiten: von Drache zu Drache unterschiedlich; manche haben tödliche, ausfahrbare Stacheln in ihren Gelenken, mit denen sie Feinde erstechen können, tödliches Gift in Zähnen oder Klauen, lähmendes Gift, um ihre Beute bewegungsunfähig zu machen, und ätzende Säure, die sie aus einem Stachel auf ihrem Schwanz versprühen

Königin: Königin Wasp

Seidenflügler

Aussehen: Seidenflügler-Drachlinge schlüpfen ohne Flügel und durchlaufen mit sechs Jahren eine Metamorphose, bei der sie vier riesige Flügel bilden und ihre Seidenspinnfähigkeit entwickeln; so wunderschön und anmutig wie Schmetterlinge; Schuppen in allen erdenklichen Farben (außer schwarz)

Fähigkeiten: können mit den Drüsen in ihren Gelenken Seide spinnen und Netze oder andere Objekte weben; erspüren mit ihren Fühlern Vibrationen und können so Gefahren einschätzen

Königin: Königin Wasp (die letzte Seidenflügler-Königin vor den Baumkriegen war Königin Monarch)

Blattflügler

Aussehen: während der Baumkriege von den Schwarmflüglern ausgerottet; zu Lebzeiten grüne und braune Schuppen und blattförmige Flügel

Fähigkeiten: konnten Energie aus Sonnenlicht bilden und waren meisterhafte Gärtner; einige sollen eine außergewöhnliche Kontrolle über Pflanzen gehabt haben

Königin: Die letzte bekannte Königin der Blattflügler war Königin Sequoia zur Zeit der Baumkriege, vor ungefähr hundert Jahren

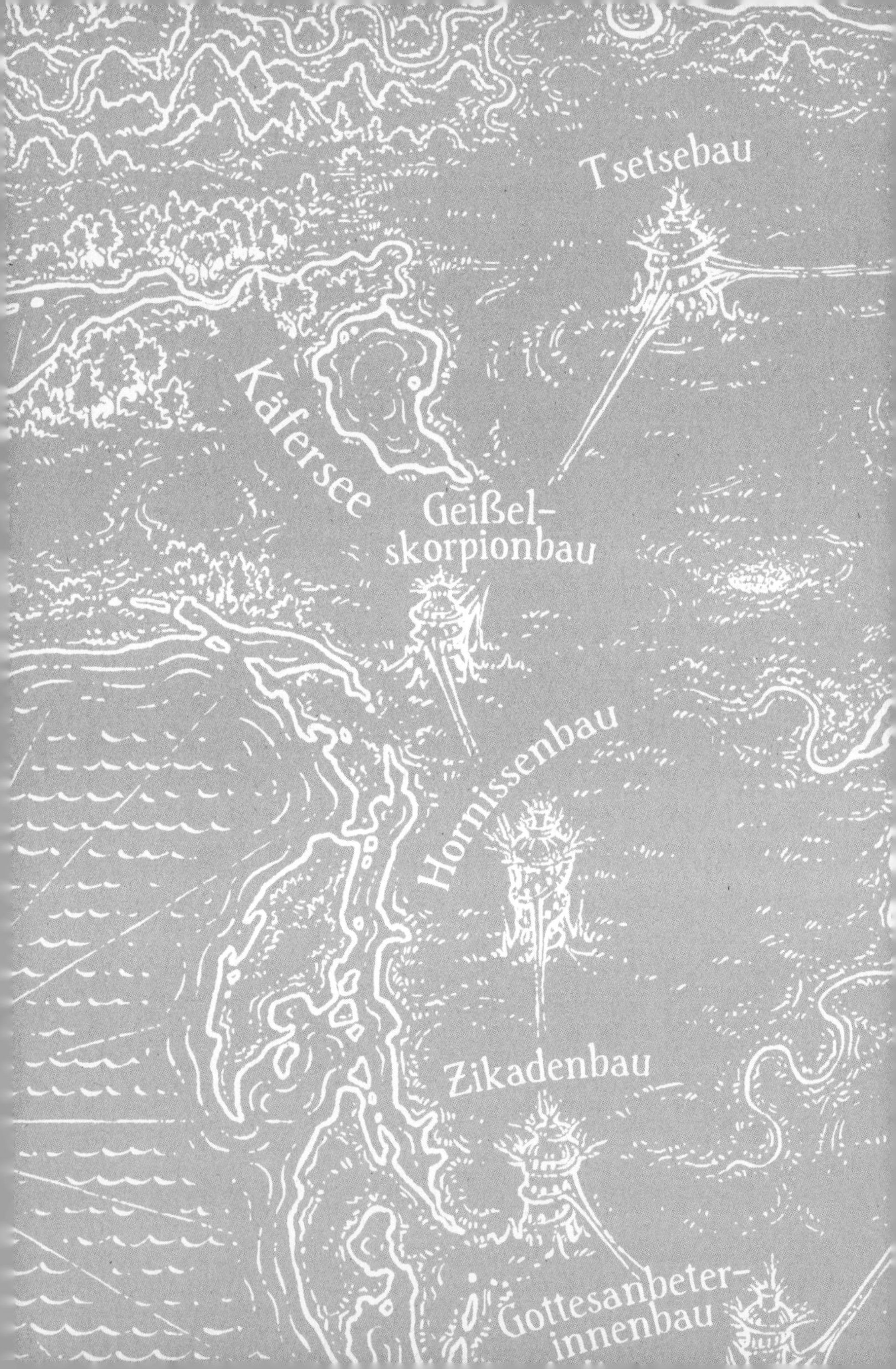

Tsetsebau
Käfersee
Geißel-
skorpionbau
Hornissenbau
Zikadenbau
Gottesanbeter-
innenbau

Die Prophezeiung des verschollenen Kontinents

Eure Augen, Flügel, Feuer wendet
zum Land jenseits des Meeres!
Wo Drachenleben durch Gift endet,
ist keinem Freiheit mehr beschert.

Ein Geheimnis in ihren Eiern,
ein Geheimnis in ihrem Buch,
ein Geheimnis, das tief versteckt ruht,
wird die retten mit wahrem Mut.

Eure Herzen, Geist und Flügel öffnet
den Drachen auf der Flucht vor dem Schwarm!
Stellt euch dem Bösen mit vereinten Klauen,
oder kein Stamm überlebt das Grauen.

Prolog

Swordtail erwachte in einem Dunst aus Rauch und blinzelte. Der Rauch hing in der Luft und verfing sich in seiner Nase; selbst am Gras der Savanne schien noch Rauch an den Halmen zu haften. Überall um ihn herum befanden sich Drachen – Hunderte, vielleicht Tausende – aber er kannte keinen von ihnen.

Sie lagen alle in dem hohen Gras, und auf der gegenüberliegenden Seite des verrauchten Himmels konnte er die verschwommenen Umrisse der Sonne erkennen.

Seine letzte Erinnerung war, dass er nachts im Dschungel eingeschlafen war, neben Blue, Cricket und Sundew. Er wusste noch, er hatte davor dort gelegen, auf das Rascheln und die Bewegungen der fleischfressenden Pflanzen in der Nähe gehört und über den bevorstehenden Kampf nachgedacht. Blue hatte seine Klauengelenke nervös an den Stellen gerieben, an denen seine Flammenseide in der Dunkelheit glühte.

Flammenseide. Feuer. Blue hätte den Scheiterhaufen mit dem »Herz der Erlösung« anzünden sollen, damit der Rauch als Gegenmittel gegen den Atem des Bösen wirken konnte. Sein Feuer sollte alle Schwarmflügler von Wasps Gedankenkontrolle befreien. Funktionierte es, würde es vielleicht überhaupt keine Schlacht geben.

Der Rauch in der Luft deutete darauf hin, dass es definitiv ein Feuer gegeben hatte – und zwar ein viel größeres Feuer, als es ein kleiner Haufen Wurzeln hätte erzeugen können.

Aber was war geschehen?

Wie bin ich hierhergekommen?

Er zwang sich aufzustehen und zuckte in sich zusammen.

Ihm tat alles weh. Seine Muskeln schmerzten, als wäre er tagelang geflogen. Sogar seine Krallen fühlten sich zerschunden und wund an. Den Stöhn- und Murrgeräuschen um ihn herum nach zu urteilen, ging es vielen dieser fremden Drachen genauso.

Plötzlich wurde ihm bewusst, die meisten von ihnen waren Schwarmflügler. Seine Feinde.

Warum liege ich in der Savanne, umgeben von Schwarmflüglern?

Haben sie mich gefangen genommen?

Wenn ja, dann hielten sie ihn auf eine ziemlich armselige Weise gefangen. Keiner sah ihn auch nur an. Er war nicht gefesselt. Er könnte sofort wegfliegen.

Aber in welche Richtung?

Wo war wohl Blue?

Oder Luna. Könnte ich zu Luna fliegen, würde ich es sofort tun.

Auch wenn ein ganzer Ozean zwischen ihnen läge! Er würde den Weg dorthin finden, den Weg zu ihr.

Aber zuerst musste er herausfinden, wo in Pantala er sich befand.

Prüfend sah er sich um, auf der Suche nach einem Orientierungspunkt. Selbst wenn es um ihn herum nichts als Savanne gäbe, wäre das ein Anhaltspunkt.

Aber da war etwas: In der Ferne erspähte er zwei Schwarmflügler-Bauten, verbunden durch schimmernde Netze. Das bedeutete, der Giftdschungel musste in der anderen Richtung liegen ...

Eine schwarze Rauchwolke, die vom Boden bis zum Himmel reichte, verhüllte den Horizont hinter ihm.

Lag da der Dschungel?

Plötzlich tauchte eine Erinnerung auf – eine Erinnerung daran, wie er neben Blue stand, aus dessen Klauengelenken Flammenseide auf den Scheiterhaufen mit den Wurzeln floss. Swordtail erinnerte sich, wie seine Klauen einen Speer mit scharfen Dornen umklammerten, und wie er auf die Reihen der Schwarmflügler starrte, alle unheimlich still mit weißen Augen. Sie waren wie erstarrt, als er und Blue sich dem Scheiterhaufen näherten, und sie waren nicht nach vorne geschwärmt, um zu versuchen, sie aufzuhalten. Sie hatten ihn nicht einmal angesehen.

Schlagartig wurde ihm bewusst, wie sehr ihn das verängstigt hatte.

Aber er hatte auf das Gegengift vertraut. Er hatte zugesehen, wie der grün gefärbte Rauch aufstieg und die Luft erfüllte, wie er über die vorderen Reihen der Schwarmflügler hinwegzog. Wie er um seinen eigenen Kopf und um Blues Kopf waberte.

Auf einmal hatte er gespürt, wie seine Klauen zuckten und sich in den Boden bohrten, wie seine Flügel sich öffneten, obwohl er sie nicht bewegt hatte, sein Kopf sich zu Blue herumdrehte, sein Mund sich bewegte, und etwas Fremdes durch ihn sprach.

»Zwei kleine Seidenflügler, nur für mich. Genau das, was ich schon immer wollte. Einer von ihnen sogar ein Flammenseidenflügler! Wirklich schön, wenn ein Plan exakt nach Plan verläuft.«

Blue hatte ihn angestarrt, seine Krallen ebenfalls fest in die Erde gerammt. Die Blattflügler, die von den Bäumen herunterflogen, hätten nicht erkennen können, dass irgendetwas nicht stimmte. Nur Swordtail konnte die Panik in Blues Augen lesen. Nur sie beide wussten, dass ihre Körper gelähmt waren und von jemandem – oder *etwas* anderem – kontrolliert wurden.

Es fühlte sich an wie das Gift, das die Schwarmflügler bei den Gefangenen im Regelbrechertrakt einsetzten, nur viel schlimmer.

Nun kehrten auch die restlichen Erinnerungen zurück: Der Rauch, der sich über den Blattflüglern ausbreitete. Sequoia, Belladonna und Nettle, vom Atem des Bösen erfasst, genau wie Swordtail. Blues Klauen, die sich dem Dschungel zuwandten. Sein Feuer, das alles niederbrannte.

Sich in das Gras der Savanne kauernd, versuchte Swordtail zu atmen. Es war jetzt Morgen. Sie hatten wohl den ganzen vorangegangenen Tag damit verbracht, den Giftdschungel zu versengen. Er erinnerte sich, er hatte zu dem Geschwader gehört, dessen Befehl es war, den Atem des Bösen aus seinem geheimen Versteck zu holen, bevor das Feuer dieses Gebiet erreichte.

Er hatte auch bei der Suche nach den restlichen Blattflüglern mitgeholfen. Das Fremde in ihm hatte ihn unerbittlich, auf der Suche nach Sundew, Cricket und der jungen Blattflügler-Prinzessin, durch die knisternden, rauchenden Bäume getrieben. Sicherlich war das der Grund, warum er so angeschlagen, angesengt und zerkratzt war. Ein Wunder, dass er unterwegs nicht von einer verzweifelten sterbenden Pflanze verschlungen worden war.

Er selbst konnte sich nicht daran erinnern, irgendwelche Blattflügler gefunden zu haben.

Swordtail sprang auf die Füße, den Schmerz in seinen Klauen ignorierend. Langsam drehte er sich im Kreis und suchte die Savanne um sich herum ab. Hunderte von Schwarmflüglern, ein paar Blattflügler –, aber niemand, den er kannte. Keine Sundew. Wie war sie dem Rauch auf dem Schlachtfeld entkommen? Oh, Moment ... sie war nicht da gewesen, als Blue die Wurzeln verbrannte. Er hatte keine Ahnung, wohin sie geflogen war, aber vielleicht bedeutete das, ihr Verstand war noch nicht in Besitz genommen worden.

Und nachdem sie den ganzen Tag wohl vergeblich nach ihr gesucht hatten, bedeutete dies, sie hatte es vielleicht wirklich geschafft zu fliehen, zusammen mit Cricket und den anderen Blattflüglern, die sich nicht in der Nähe des Rauchs aufgehalten hatten.

Wo könnten sie sein?

Behutsam hob er eine Klaue, dann die andere. Im Moment hatte er sich unter Kontrolle. Sein Kopf fühlte sich seltsam leicht an, als wäre er die ganze Nacht in den Klauen eines anderen Drachen gefangen gewesen und gerade daraus befreit worden. Vorsichtig bewegte er sich durch das Gras, in Richtung eines Aufflackerns hellblauer Flügel in der Nähe eines Strauches.

Blue? Würde er Blue finden, könnten sie zusammen wegfliegen. Vielleicht funktionierte die Gedankenkontrolle nur vorübergehend. Oder vielleicht erlosch sie über große Entfernungen; dann könnten sie gemeinsam über den Ozean fliegen, möglichst weit weg, und auf diese Weise ihrem Einfluss entkommen.

Es war Blue. Swordtail konnte Blues Gesicht, seine Gliedmaßen und Flügel, alles mit Ruß verschmiert, erkennen, aber er war es unverkennbar, schlafend, mit vor Sorge gerunzelter Stirn.

Nur noch ein paar Schritte von seinem Freund entfernt, erstarrten plötzlich seine Beine. Er spürte, wie ihm ein Schauer über den Rücken lief, und alle seine Schuppen zitterten, weil er nicht glauben wollte, dass sie wieder ferngesteuert waren.

»Netter Versuch«, flüsterte seine eigene Stimme. Mit gefalteten Flügeln sank er zu Boden, wo er wie festgeklebt blieb. Gefangen. So nahe bei Blue, aber so weit weg von sich selbst.

Sie hat mich in ihren Klauen, dachte er. *Aber sie kann meine Gedanken nicht lesen, mich nicht vom Denken abhalten. Oder vom Hoffen.*

Blue und ich sitzen vielleicht hier fest, aber ich glaube, Sundew und Cricket sind entkommen. Vielleicht sind sie losgezogen, um Luna zu suchen.

Und wenn das der Fall ist, werden sie zurückkommen und uns holen. Sie werden einen Weg finden, uns zu befreien.

Wir müssen nur überleben, bis sie es schaffen.

TEIL EINS

Stürme und verloren gegangene Magie

Kapitel 1

Die jüngste Königin in der Geschichte des Königreichs des Eises würde die *allerbeste* Eisflügler-Königin aller Zeiten werden. Absolut aller Zeiten. DIE BESTE.

Sie würde für die Sicherheit all ihrer Drachen sorgen. Alle wären gesund, wohlhabend und sicher, und niemand würde mehr an einer bösen magischen Seuche sterben, wie an der, die die vorherige Königin getötet hatte.

NIEMAND.

NICHT UNTER IHRER VERANTWORTUNG.

Königin Snowfall hatte einen Plan, oder zumindest eine todsichere Idee, die einem solchen Plan stark ähnelte.

Dieser Plan lautete: SICH VON ANDEREN DRACHEN FERNHALTEN.

Vor allem: keine Einmischung mehr in die dummen Kriege anderer Stämme. Keine Gipfeltreffen mehr mit Königinnen, die sie herablassend behandelten oder sie ansahen, als könnte *sie* den nächsten Krieg auslösen. Keine Interaktionen mehr mit Nachtflüglern, und zwar niemals.

Schluss mit diesem stammesübergreifenden Friedensgeplapper und diesem empathiebildenden Trommelkreis-Unsinn!

Die Eisflügler waren ein TOLLER Stamm. Sie brauchten KEINE anderen Stämme. Wenn es Eisflügler-Untertanen gab, die auf Entdeckungsreise gehen wollten, um andere Drachen zu treffen und in deren gefährlichen, brennbaren Schulen zu lernen, dann musste man sie eben einfach in IGLUS stopfen, bis sie wieder zur Vernunft kamen.

(Ihr Beraterkreis hatte sie dennoch überredet, ein paar Eisflügler vorerst auf die Jadeberg-Akademie gehen zu lassen, anstatt ihren ausgezeichneten Iglu-Plan umzusetzen. Es hatte eine beunruhigend große Begeisterung für die Idee der »Verbindung mit den anderen Stämmen« geherrscht. WARUM, fragte sie sich. Warum *wollte* sich überhaupt jemand auch nur in der Nähe von fremden Drachen aufhalten, nach allem, was mit ihrem Stamm geschehen war? Sie hoffte, die Schüler an der Jadeberg-Akademie würden mit Geschichten zurückkommen, die erzählten, wie schrecklich diese Schule sei, und alle anderen neugierigen Eisflügler hätten bis dahin vergessen, jemals weggewollt zu haben.)

Nein, in Snowfalls Vorstellung von ihrer Herrschaft blieben alle Eisflügler IM Königreich des Eises, wo sie ein Auge auf sie werfen konnte. Andere Drachen würden AUS ihrem Königreich verbannt, und es würde KEINEN Umgang mehr mit Stämmen geben, die nicht zu ihnen gehörten.

Es war ein guter Plan, ein geradliniger Plan, ein schöner, sicherer, brillanter Plan.

Abgesehen von den Problemen.

Probleme, weil die Königinnen ihr ständig Nachrichten über Bündnisse, Handel und den Bau weiterer Schulen wie der Jadeberg-Akademie schickten. (Halt die KLAPPE, Königin Rubin; lass mich in RUHE, Königin Glory; kümmere dich um deine EIGENEN DUMMEN DRACHEN, Königin Thorn!)

Probleme, die dadurch entstanden, dass die Eisflügler sich in ihrem eigenen Beirat mit den Nachtflüglern treffen und nach der

Welle der magischen Empathie, die ihre letzte Schlacht beendet hatte, versuchen wollten, »eine Brücke zu bauen«, um »Jahrhunderte der Gewalt und des Hasses« zu überwinden.

Probleme wie die, nicht genau zu wissen, wo sich alle gerade aufhielten! Sich fragen zu müssen, ob die verschwundenen Drachen das Königreich des Eises verlassen hatten oder noch irgendwo herumlungerten und vielleicht einen kaltblütigen Mord planten.

Am dringlichsten war jedoch das Problem, dass anscheinend, gerade in diesem Moment, Hunderte fremder Drachen in Richtung ihrer Küste flogen.

»Bist du *sicher*, dass es keine Nachtflügler sind?«, fragte sie erneut.

Ihr Späher schaffte es, nicht zu seufzen, obwohl sie bemerkte, er *wollte* es, was ihr SEHR RESPEKTLOS erschien und weshalb sie ihn vielleicht bestrafen sollte. War es nicht genau das, was eine starke, mächtige, allerbeste Königin aller Zeiten tun würde? Drachen bestrafen, die ihr nicht gehorchten oder auch nur daran dachten, ihr nicht zu gehorchen, oder die Grimassen schnitten, als versuchten sie, das Gesicht nicht zu verziehen?

»Ich habe verschiedene Schuppenfarben aufblitzen sehen«, wiederholte er. »Ich versichere es dir, meine Königin. Größtenteils grün, aber auch viele, viele andere Farben. Keine schwarzen Drachen. Es sind keine Nachtflügler.«

Snowfall schritt von einer Ecke des Balkons zur anderen. Sie befanden sich hoch oben auf einem der höchsten Türme des Palastes und der Wind peitschte kleine Eiskörnchen um sie herum. Die Sonne stand tief im Westen und färbte die Wolken gold- und orangefarben, während sie im Meer versank. Sie wusste, sie waren dort draußen, aber wie heftig Snowfall den Horizont auch anstarrte, sie konnte keine Drachen entdecken, die aus dem Sonnenuntergang herausflogen.

Hatten die Nachtflügler etwa einen Weg gefunden, ihre Schuppen zu tarnen? Vielleicht war Darkstalker gar nicht weg, obwohl all diese Nicht-Eisflügler an der Jadeberg-Akademie das hoch und heilig versprochen hatten. Vielleicht befand er sich immer noch da draußen und hatte einen Weg gefunden, die Nachtflügler in vielfarbige Regenbogendrachen zu verwandeln? Hatte er sie vielleicht weit hinaus auf den Ozean geschickt, um einen riesigen Bogen zu fliegen und das Königreich des Eises von Westen her anzugreifen und die Große Eisklippe zu umfliegen? Würden sie bald hier sein, um sie und ihren ganzen Stamm zu töten? Das war keine übertriebene Panikmache! Das war völlig vernünftiges, gerechtfertigtes Ausrasten!

Ihr Späher sah sie an, als glaubte er, sie würde den Verstand verlieren. Sie musste wieder ihr Königinnengesicht aufsetzen und vortäuschen, mit einer Invasion beängstigender Regenbogendrachen könnte eine ausgezeichnete Königin wie sie problemlos fertig werden.

»Also, wenn sie *keine* Nachtflügler sind, *was* sind sie dann?«, fragte sie. Er zögerte, und sie beantwortete ihre eigene Frage. »Regenflügler? Ja, natürlich sind es Regenflügler. Das ist der einzige, vielfarbige Stamm, also ... vielleicht haben sie Meeresflügler dabei; die können grün sein. Es ist wahrscheinlich eine Gruppe von Regenflüglern und Meeresflüglern.« *Warum sollten sich Regenflügler und Meeresflügler verbünden, um von Westen her in mein Königreich einzufallen?*, schrie ihr Gehirn. *Coral und Glory haben mich verraten! Sie haben beschlossen, ich sei zu jung, um Königin zu sein, und nun wollen sie meinen Thron! Das ist sehr unfair, denn Glory ist genauso alt wie ich, und sie ist Königin von ZWEI Stämmen!*

Na gut, Königin Glory kam wahrscheinlich nicht, um Snowfall aufgrund ihres Alters abzusetzen. Das war selbst für ihren Verstand nachvollziehbar, er funktionierte also vollkommen vernünftig. Das bedeutete, all die anderen Sorgen waren völlig berechtigt.

Außerdem, der Stamm der Regenflügler hatte seit Hunderten von Jahren kein anderes Königreich mehr überfallen. Nicht einmal am Erbfolgekrieg der Sandflügler hatten sie teilgenommen. Ihre einzigen Wünsche waren, im Regenwald zu dösen und Papayas zu essen. Sie wären eine völlig nutzlose Invasionstruppe. Wollte Glory in ein anderes Königreich einmarschieren, musste sie es mit ihren Nachtflüglern tun, die gerne angriffen, töteten, Drachen abstachen, Gewalt ausübten, logen und Dinge zerstörten.

Vielleicht hat Glory *tatsächlich einen Weg gefunden, die Nachtflügler in Regenbogendrachen zu verwandeln, und sie hierhergeschickt! Deshalb SIND es eben doch Nachtflügler!*

Snowfall rieb sich den Kopf, der pochte, als hätte ihr jemand Eiszapfen in die Schläfe gestoßen.

»Ich ... *glaube* nicht ... dass die Regenflügler und Meeresflügler uns angreifen würden«, erwiderte der Späher vorsichtig.

»Gehört es zu deinem Aufgabenbereich zu denken?«, brüllte Snowfall, was ihn zusammenzucken ließ. »BIST DU EIN EXPERTE IM DENKEN? Haben wir dich aus Versehen dem Spähtrupp zugewiesen, weil wir dein RIESIGES AUSGEZEICHNETES GEHIRN und all die AUSGEZEICHNETEN GEDANKEN darin übersehen haben, die es uns hätte mitteilen können?! IST ES WAHRSCHEINLICH, DASS DEINE GEDANKEN MICH INTERESSIEREN?«

»N-n-nein, Eure Majestät«, stammelte er.

»Nein«, stimmte sie zu. »Du bist ein Späher. Verschwinde auf Erkundungstour und komm mit echten Informationen zurück.«

Er flog eilig weg. Sieben Minuten verbrachte sie mit dem Nachdenken darüber, ob sie zu hart zu ihm gewesen wäre, ob eine ausgezeichnete Königin so etwas gesagt hätte, und ob eine gewisse Schwester von ihr gelassener und daher besser damit umgegangen wäre. Dann verstrichen weitere zwölf Minuten, in denen sie sich darüber ärgerte, dass ausgezeichnete Königinnen niemals an sich zweifelten und sie entschlossener sein müsse. Schließlich merkte sie, versehentlich hatte sie wieder an mörderische schwarze Drachen gedacht, die sie umbringen wollten. Sie musste sich hinlegen und ihr Gesicht einen Moment lang mit ihren Klauen umschließen.

Als sie sich wieder aufsetzte, stand ihre Tante Tundra in der Balkontür und beobachtete sie unergründlich mit hochgezogenen Augenbrauen.

»Hallo«, grüßte Snowfall hochmütig. *Ich habe definitiv* keinen *Panikanfall. Ich entspanne meine Augen in ganz normaler Königinnenmanier. Ich brauche mich nicht zu rechtfertigen. Ich bin die Königin, und deshalb ist alles, was ich tue, königlich, egal, was ihre Augenbrauen aussagen!*

»Guten Abend«, erwiderte ihre Tante. »Es ist Zeit für die Ranglistenwand.«

»Natürlich ist es das«, stimmte Snowfall ihr zu. »Wie WUNDERBAR. Mein liebster Teil des Tages.«

Tundras Gesicht verbarg jeglichen Sarkasmus. Ganz gleich, was Snowfall sagte oder in welchem Tonfall sie sprach, alles glitt an diesem eisigen Ausdruck ab. Mit leicht geneigtem Kopf hielt ihr Tundra die juwelenbesetzte Schatulle mit der Krone der Eisflügler-Königinnen entgegen.

Als kleine Drachling-Prinzessin hatte sich Snowfall ihr ganzes Leben lang darauf gefreut, diese Krone zu tragen. Diamanten! Funkeln! Macht! Alles, was sie sich immer gewünscht hatte!

Bis zu dem Moment, als sie offiziell ihr gehörte, als klar wurde, was Königin Snowfall verloren hatte, um die Krone zu bekommen.

Und jetzt war es diese Krone, die sie auf der ganzen Welt am wenigsten mochte.

Nun ja ... vielleicht war Tundras Gesicht das, was sie am allerwenigsten auf der Welt mochte. Aber normalerweise gehörten Krone und Tundra zusammen, also konnte sie beide gleichzeitig hassen.

Mit einem genervten Seufzer öffnete Snowfall die Schatulle und holte das glitzernde, mit Diamanten besetzte Monstrum heraus. Spiralförmige Stacheln ragten wie Eiszapfen in die Luft und wanden sich um ein Ensemble aus kristallenen Juwelen und geschwungenen Silberbögen. Sie wog so viel wie ein kleiner Eisbär und verursachte ihr schon beim Aufsetzen Nackenschmerzen.

Aber das durfte Tundra keinesfalls bemerken. Mit hochgerecktem Kinn flatterte Snowfall mit den Flügeln, um ihre Tante vor sich her zu treiben.

Alle sagen, der Krieg sei vorbei. Alle sagen, Darkstalker sei weg. Alle sagen, die Nachtflügler würden uns nicht mehr angreifen.

Aber sie alle könnten sich irren. DEN NACHTFLÜGLERN KANN MAN NICHT TRAUEN. Sie wollen meinen Tod. Sie wollen unser aller Tod. Könnte ich nur einen Weg finden, sie alle vorher auszulöschen! Ich würde es tun.

Geräuschvoll klapperte Tundras Halskette aus Himmelsflügler-Zähnen, als sie durch den Palast schritten. Für einen kurzen

Moment presste Snowfall ihre Klauen auf ihre Augen und versuchte, die Kopfschmerzen zu vertreiben.

Wie sich herausstellte, war Königin zu sein wie ein Leben in einem nie aufhörenden Schneesturm. Sie versuchte so sehr, jeden Tag mit frischem Elan, einer Liste, einem Plan und Energie zu beginnen. Sie wollte so viel erledigen! Jedes neue Problem war doch nur wie eine Schneeflocke. Sie konnte eines nach dem anderen angehen, jedes dieser kleinen funkelnden, schnell schmelzenden Probleme.

Aber die Schneeflocken türmten sich schneller auf, als sie fliegen konnte; ein glitzerndes Flöckchen auf dem anderen, wurden sie zu eisigen Flocken auf schweren, nassen Schichten aus Schneematsch und gefrierenden Klumpen, die sie jede Nacht tief unter sich begruben.

Und dann, allabendlich, wenn ihr alles zu viel wurde, erschien ihre Tante Tundra mit ihrem kalten Marmorgesicht, was bedeutete, dass es Zeit für die Ranglistenwand war.

Nach alter Stammestradition musste die Königin der Eisflügler jeden Abend die Rangliste studieren, auf der jeder wichtige Drache des Stammes aufgelistet war, und die Rangfolge aller adeligen Drachen neu erstellen.

Jeden. Abend.

Wessen Idee war DAS eigentlich gewesen?

Snowfall hatte die Ranglistenwand, die als Geschenk der Ordnung bekannt war, immer als eines der besten magischen Dinge im Königreich betrachtet. Jeden Morgen, schon vor Sonnenaufgang, flog sie hinunter in den Hof, um zu überprüfen, wo ihr Name stand. Sie liebte es zu beobachten, wie das Wort *Snowfall* dort höher und höher kletterte. Sie arbeitete, trainierte und lernte, bis sie auf der Seite der Drachlinge ganz oben in der Rangliste stand. Und dort blieb sie Mond für Mond – abgesehen von dem unglücklichen Zwischenfall, als ihre Cousins ein paar Tage lang alles durcheinandergebracht hatten.

Dann verschwand Winter, und Hailstorm wechselte zur Erwachsenenwand. Snowfall hatte ihren Platz an der Spitze wieder eingenommen – einfach ein fantastischer Anblick. BESTER DRACHLING IM GANZEN KÖNIGREICH, versicherte ihr die Wand jeden Morgen aufs Neue. DU MACHST DAS GROSSARTIG. SOGAR DEINE MUTTER FINDET DAS. SIE HAT DICH HIER AN DIE SPITZE GESETZT, WEIL SIE SIEHT, WIE UNBESTREITBAR GROSSARTIG DU BIST.

Manchmal fühlte es sich an wie eine geheime Botschaft von Königin Glacier, wie zum Beispiel: *Keine Sorge, ich denke an dich, auch wenn wir eine Weile nicht mehr im selben Raum sind. Ich bin sehr froh, eine Tochter wie dich zu haben. Ich schätze es, dass du mich nicht in Verlegenheit bringst.*

Das war jetzt nicht mehr so.

Die Wand versicherte Snowfall nicht mehr, dass sie unbestreitbar großartig war. Sie sagte UND? TRIFF ENTSCHEIDUNGEN und HÖR AUF, RUMZUEIERN und EINE GUTE KÖNIGIN HÄTTE DAMIT KEINE PROBLEME und WAS IST DENN AUS DEM PLAN GEWORDEN, DIE BESTE KÖNIGIN ALLER ZEITEN ZU SEIN? WARUM BIST DU SO EINE KATASTROPHE?

Nun gab es keine unausgesprochenen Botschaften mehr von ihrer Mutter.

Das Wort SNOWFALL stand nun für sich, ganz allein in seiner eigenen kleinen Königinnenecke. Jetzt war es *ihre* Aufgabe, die Rangliste jeden Abend neu zu ordnen. Snowfall vermutete allmählich, das Geschenk der Ordnung war weniger ein Geschenk als vielmehr ein Akt einer abartigen Rache. Irgendeine Königin musste ihren Animare-Drachen irgendwie verärgert haben, und er oder sie hatte mit der Herstellung dieses Foltergeräts reagiert. Es war perfekt darauf ausgelegt, Eisflügler-Königinnen für alle Zeiten in den Wahnsinn zu treiben.

Einst hatte Snowfall geglaubt, sie würde diesen Teil des Königinnendaseins lieben. Das Schicksal all ihrer Drachen in ihren Klauen! Die Macht, die treuesten unter ihnen zu erheben und ihre Feinde zu Fall zu bringen!

Aber es fühlte sich nicht nach Macht an, sondern nach einer Arbeit, die sie niederdrückte wie das Gewicht der Krone.

Eisiger Regen prasselte auf sie herab, als Snowfall zur Ranglistenwand hinaufstarrte. Die Mondkugel, die über ihrer Schulter schwebte, beleuchtete die Namen vor ihr. Hinter ihr erhellten die drei Monde den schneebedeckten Innenhof – silbern, leer, kalt und nass, gesprenkelt mit den seltsamen Schatten des Baums des Lichts.

Leer.

Nur zwanzig Eisflügler waren an der Seuche gestorben (*nur*), plus dreizehn weitere im Kampf gegen die Nachtflügler, aber seit Snowfall Königin war, fühlte sich der Palast so leer an, als hätte sich der gesamte Stamm am Todestag von Königin Glacier in Luft aufgelöst.

Also der gesamte Stamm, plus der einen Schwester, die tatsächlich verschwunden war.

Vielleicht machte sich der Rest der Eisflügler absichtlich rar, sobald sie sie kommen sahen. Vielleicht war das schon immer so gewesen, bei allen Königinnen.

»Nun?«, fragte Tundra sanft. »Wen wirst du bewegen?«

JA, stimmte die Wand zu. DEINE MUTTER HAT NIE SO LANGE GEBRAUCHT.

Snowfalls Kopf schmerzte. Ihre *Zähne* schmerzten. Warum taten ihr die *Zähne* weh?

Jeden Abend wartete diese Prozedur auf sie.

Sogar dann, wenn sie sich um viel dringendere Krisen kümmern müsste als um die Hierarchie der Palastdrachen. Zum Beispiel um die Drachen, die in diesem Moment über den Ozean flogen und sich anschickten, ihr verschneites Königreich mit ihren gefährlichen Klauen zu attackieren.

Sie wünschte, sie hätte eine Liste mit *ihren* Namen und eine vollständige Geschichte ihrer Stämme, eine Erklärung für ihr Verhalten und einen Überblick darüber, was sie bei ihrer Ankunft vorhatten, sowie eine Kampfstrategie, um sie loszuwerden.

Tundra räusperte sich.

Richtig. Die Rangliste.

Snowfall rückte die schwere Krone auf ihrem schmerzenden Kopf zurecht. Nicht einmal die Hälfte dieser Drachen hatte sie heute gesehen. Woher sollte sie wissen, ob sie es verdienten, auf- oder abzusteigen?

Woher sollte sie von den Streitigkeiten, Fehlern, Schandtaten oder Triumphen in ihrer eisigen kleinen aristokratischen Welt erfahren, wenn alle sie mieden oder nur höflich und einsilbig mit ihr sprachen?

Woher wusste Mutter das alles?

Snowfall warf einen Seitenblick auf ihre Tante. Tundra hatte ihren Mann, Narwhal, in der Schlacht zwischen den Eisflüglern und den Nachtflüglern verloren. Eines ihrer Kinder lebte im Exil, ein anderes saß im Gefängnis und wartete auf seinen Prozess, während sich das dritte von einer sehr bizarren Verzauberung erholte. Snowfall wusste nicht so recht, was sie gegenwärtig von Hailstorm halten sollte. Äußerlich schien er vollkommen perfekt zu sein, aber innerlich schien er völlig geschwächt zu sein.

Trotz allem sah Tundra genauso aus wie immer. Niemals bemerkte Snowfall einen Anflug von Traurigkeit, Wut oder Groll in ihrem Gesicht, obwohl sie beide genau wussten, dass Tundra immer gehofft hatte, ihre Tochter Icicle würde anstelle von Snowfall Glaciers Thron übernehmen.

Das wird jetzt nicht mehr passieren, dachte Snowfall. *Nach all den Jahren des Wettstreits bin ich plötzlich die Königin und Icicle sitzt im Kerker, weil sie eine Verräterin ist. Am Ende lag es gar nicht an mir.*

Sie hob ihr Kinn an. *Benimm dich wie eine Königin. Und zwar jederzeit. Egal, wie sehr deine Zähne schmerzen.*

Hailstorm könnte eine Stufe höher steigen. Heute hatte er sie überhaupt nicht verärgert und Tundra würde das gefallen. Vielleicht würde sie zulassen, dass Snowfall die Angelegenheit ohne allzu große Veränderungen abschloss.

Snowfall stach ihre Krallen in Hailstorms Namen und beförderte ihn einen Platz nach oben. Tundras Namen ließ sie, wo er war – er stand sicher im Ersten Kreis, seit Narwhal sich geopfert hatte, um die neue Königin zu retten.

Auch Crystal blieb unter den ersten zehn Namen, obwohl sie spürte, wie Tundra diesen Namen allabendlich scharf anstarrte. Wo auch immer Crystal sich befand, war sie doch stets noch eine Prinzessin. Soweit Snowfall wusste, hatte sie nichts Schreckliches getan. Sie war *wahrscheinlich* gar nicht mit da draußen und versuchte, eine Armee aufzustellen, um Snowfalls Thron zu stehlen. *Wahrscheinlich* versteckte sie sich auch nicht im Palast und überlegte, Snowfalls Essen zu vergiften. Sie tat diese Dinge nur *vielleicht*. Snowfall konnte sie nicht wegen möglicher Verbrechen von der Liste streichen, auch wenn der Verdacht diesbezüglich wirklich erschreckend groß war.

Ließ sie Crystals Namen an Ort und Stelle, würde es hoffentlich so aussehen, als hätte sie überhaupt keine Angst vor ihrer Schwester.

Sie ordnete ein paar andere Namen um und versuchte dabei, ihre Augenbrauen gelangweilt und hochmütig zu wölben. *So einfach, diese langweilige Aufgabe*, drückten ihre Augenbrauen aus. *Die einfachste Aufgabe der Welt, die definitiv nicht alle meine Gehirnzellen in Anspruch nimmt.*

»Wirklich?«, fragte Tundra, als Snowfall ihren Onkel Permafrost eine Stufe tiefer schob (wieder einmal hatte er darauf hingewiesen, wie leicht es für die Meeresflügler wäre, von der nördlichen Ozeanseite des Eiskönigreichs aus einzudringen, eine Erinnerung, die Snowfall im Moment wirklich NICHT brauchte, vielen Dank). Tundra schloss sofort wieder ihre Schnauze, als Snowfall sie anstarrte.

Schließlich trat Snowfall einen Schritt zurück und schüttelte ihre Klauen. Sie fühlten sich an, als würden sie jeden Moment in eine Million Stücke zerspringen. Die Ranglistenwand verursachte bei ihr immer dieses Gefühl. Nach einer Weile ging es ihren Klauen ja wieder gut, aber es war trotzdem unangenehm.

»Das ist deine ... endgültige Entscheidung?«, erkundigte sich Tundra mit einem Hauch von Skepsis in der Stimme, die leicht zu leugnen wäre, hätte Snowfall sie angeschnauzt.

»Ja.« Snowfall ertrug dies keinen Moment länger. Es galt herauszufinden, was sie gegen die herannahenden Drachen unternehmen könnte. Der einzige andere Eisflügler, der davon wusste, war der Späher, der es ihr gemeldet hatte, und dieser Animare-Sandflügler, Jerboa, der wusste es auch. Snowfall hatte Jerboa um einen Zauber gebeten, um sie zu beschützen, aber es war vergeblich, denn deren Animare-Magie war anscheinend KAPUTT, oder sie hatte sie angelogen. Egal, was es war, sie war auf jeden Fall nutzlos.

Also musste Snowfall irgendwie selbst mit der Invasion fertig werden; nur war ihre Strategie, den gesamten Abend in ihrem Thronsaal auf und abzugehen, bisher nicht besonders effektiv gewesen.

Egal. Allein. Das war es, was sie sein wollte. Oder, genauer gesagt, sie wollte einfach weit weg von Tundra sein.

Sie riss die riesige Krone von ihrem Kopf und schob sie in die Klauen ihrer Tante. Ihre Kopfschmerzen ließen ein wenig nach.

»Geh jetzt«, schnauzte sie. »Sofort.«

Tundra verbeugte sich und rauschte davon, nur einen schwachen Hauch von Missbilligung hinter sich lassend. Nie erinnerte sie Snowfall mit Worten daran, dass Tundra und Narwhal noch vor wenigen Monaten praktisch Königin Glaciers Stellvertreter gewesen waren. Nicht einmal vage deutete sie ihre frühere Stellung an. Damals bedachte Snowfall jedes Wort, weil sie fürchtete, ihre Tante zu beleidigen und dadurch in der Rangordnung zurückzufallen.

Snowfall war klar, wie sehr Tundra es hasste, sich jetzt vor ihrer Nichte zu verbeugen. *Wahrscheinlich* verbesserte Snowfall die Situation nicht gerade, indem sie sie anschnauzte und herumkommandierte. Aber sie konnte nicht anders; sie war von allem zu sehr überwältigt, um »höflicher zu Tante Tundra sein« auf ihre Liste zu setzen. Gab es überhaupt etwas Gutes an ihrer neuen Königswürde, dann war es ihr Vorrecht, endlich Drachen anschnauzen zu können, die es verdient hatten. Konnte sie doch, oder?

Vielleicht auch nicht. Vielleicht verhielt sich so die schlechteste Königin und nicht die beste? Vielleicht vermasselte sie alles jedes Mal, sobald sie den Mund aufmachte.

Sie blickte wieder zur Ranglistenwand hinauf.

Die Wand sagte nichts (natürlich nicht, sie war ja eine Wand). Aber eindeutig dachte sie darüber nach, wie höflich Königin Glacier immer gewesen war, und definitiv verurteilte diese Wand sie, Snowfall.

Das ist völlig normal. Es ist normal, sich von magischen Wänden verurteilt zu fühlen. Ich bin eine geistig völlig gesunde Königin mit einem gut funktionierenden Gehirn, und alles ist in Ordnung.

Im Hof hinter ihr knackte etwas.

Snowfall wirbelte herum und starrte durch die eisigen Regentropfen. Es sah alles wie immer aus: farblos, eisig, nass, seltsame Schatten.

Aber der Hof war nicht leer.

Jemand war da. Jemand beobachtete sie.

Kapitel 2

Es ist Darkstalker! Er ist hier, um uns alle zu vernichten. Oder ein anderer Nachtflügler. Oder Crystal. Auf jeden Fall ein mörderischer Drache, der mich töten will!

»Zeig dich!«, schrie Snowfall. »Ich weiß, dass du da bist!« Sie atmete einen Hauch von Frostatem ein, bereit, den eisigen Tod auf ihren Attentäter zu schleudern, und stürmte auf den Baum des Lichts zu. Eine Gestalt mit ausgebreiteten Flügeln bewegte sich zwischen den Ästen, und Snowfall fletschte die Zähne.

»Hey!«, rief die Gestalt. »Halt! Snowfall! Ich bin es!« Aus dem Baum stürzend, landete der Drache unbeholfen zwischen den Wurzeln, wobei er vergeblich versuchte, gleichzeitig zu stehen, sich zu verbeugen und sich hinter den Stamm zu ducken.

Snowfall kam schlitternd zum Stillstand. Die Schuppen des Drachen leuchteten weiß, gesprenkelt mit dunkelblauen Flecken, nicht schwarz. Er war kein Nachtflügler. Das Dunkelblau verriet, es war auch nicht Crystal. Sie schluckte ihren Frostatem hinunter und musterte mit gesenktem Kopf den Spion.

»Lynx?«

»Hallo«, grüßte der Drachling. »Hallo. Danke, dass du mich nicht eingefroren hast. Hi, Snowfall.«

»*Königin* Snowfall«, blaffte Snowfall automatisch. Lynx war ihre größte Konkurrentin in der Schule und der Ausbildung gewesen, zumindest nachdem Hailstorm von den Himmelsflüglern gefangen genommen worden war. Sie war zwar nur die Tochter eines unbedeutenden Adligen, aber fleißig, klug und gut darin, Lehrer für sich einzunehmen. Snowfall hatte sie schon mehr als tausendmal erwürgen wollen.

»Richtig«, antwortete Lynx und warf einen Blick über ihre Schulter, als bedauere sie dieses Gespräch bereits. »Königin Snowfall. Entschuldigung.«

Sie *klang* nicht so, als täte es ihr leid. Sie klang wie immer, wenn sie Snowfall zu Wettrennen durch den Palast herausforderte oder im Unterricht über Rechtsfragen der Eisflügler debattierte.

Snowfall kniff die Augen zusammen. Lynx war noch ein Jahr davon entfernt, auf die Erwachsenenliste zu wechseln. Da Snowfall und ihre Cousins und Cousinen nicht mehr auf der Liste geführt wurden, hatte Lynx es mit Leichtigkeit an die Spitze der Drachlingsliste geschafft. Aber Snowfall könnte sie nach unten befördern, sogar bis in den siebten Kreis, wenn sie wollte. Snowfall war jetzt die KÖNIGIN. Die Entscheidung, ob Lynx ein respektloser Niemand war, der es verdiente, in seine Schranken verwiesen zu werden, oblag absolut Snowfall.

»Was tust du hier?«, verlangte Snowfall zu wissen. »Spionierst du mir nach?«

Ein normaler Drache mit einer gesunden Angst vor Bestrafung hätte das sofort verneint. Aber Lynx zog ein reumütiges Gesicht, breitete ihre Flügel aus und gab zu: »Mache ich tatsächlich.«

»Was – du spionierst *tatsächlich*?« Snowfall sah sie finster an. »WARUM?« *Arbeitet sie mit den Nachtflüglern zusammen? Oder mit den einfallenden Drachen? Oder mit Crystal? Oder mit allen? Oder schreibt sie meinem Cousin Winter, was für einen schrecklichen Job ich mache? Diese beiden waren schon immer zu vertraut. Vielleicht hat sie ihn dazu überredet, eine Horde Meeresflügler zusammenzutrommeln, um uns anzugreifen! Ich weiß nicht, warum, aber es wäre möglich!*

»Weil ich mir Sorgen um dich mache«, erklärte Lynx unverblümt. »Snowfall, geht es dir gut?«

Snowfalls GESAMTES GEHIRN hörte auf zu arbeiten. Es drehte sich einfach um und blieb still, nachdem es sich monatelang ununterbrochen über alles aufgeregt hatte. Ein kleiner Teil fragte noch: *Hallo? Fällt dir was ein?*, und die Antwort lautete offenbar: *Nö, flattere einfach mal eine Weile herum wie ein verwirrtes Walross.*

»Snowfall?«, begann Lynx nach einem Moment. »Bist du – habe ich dich verletzt?« Sie streckte die Klaue aus und tippte Snowfall leicht auf die Stirn.

NIEMAND TIPPTE DER KÖNIGIN AUF DIE STIRN! Snowfall sprang zurück und starrte sie an. Auch fragte niemand, ob es der Königin gut ging. Diese Frage hatte ihr noch nie jemand gestellt, und schon gar nicht, seit sie die HERRSCHERIN DES GESAMTEN KÖNIGREICHS DES EISES war.

»*Natürlich* geht es mir gut«, schnauzte sie. »Ich bin die *Königin*.«

»Diese ... zwei Dinge gehen nicht unbedingt Klaue in Klaue«, bemerkte Lynx. »Ich würde sogar eher das Gegenteil vermuten.«

»Warum denkst *du* denn, dass es mir nicht gut geht?«, keifte Snowfall. »Was willst du damit sagen? Glaubst du, du könntest das besser als ich?«

»Ach du meine Güte.« Lynx wich einen Schritt zurück und sah noch besorgter aus. »Nicht mal im Entferntesten! Ich würde niemals Königin werden wollen!«

»Die RICHTIGE ANTWORT«, erwiderte Snowfall mit eisiger Stimme, »lautet: NEIN, SNOWFALL, DU MACHST DAS HERVORRAGEND!«

»Du machst das *wirklich* ganz toll!«, rief Lynx.

»Siehst du, jetzt glaube ich dir nicht mehr.« Snowfall riss eine Mondkugel vom Baum und schleuderte sie gegen eines der Fenster, die zum Innenhof gingen. Irgendein Adliger würde am Morgen aufwachen und sich sehr wundern, warum eine zweite Lichtkugel in seinem Zimmer herumschwirrte.

Lynx beobachtete, wie sie über ihre Köpfe hinwegsegelte, dann wandte sie ihren Blick erneut Snowfall zu. »Es bereitet mir Sorgen, dass die einzigen Drachen, mit denen du dich noch unterhalten kannst, alt, herrisch und irgendwie gemein sind.«

Snowfall stieß ein Schnauben aus. Zweifellos beschrieb das den Rat der mächtigen Eisflügler, die sich selbst dazu ernannt hatten, die neue junge Königin zu lenken.

»Manch ein Drache würde behaupten, ich selbst sei auch herrisch und irgendwie gemein«, meinte sie hochmütig zu Lynx.

»Oh, das bist du«, erwiderte Lynx (was NICHT die richtige Antwort war), »und das bedeutet, du musst dir ein paar nette, angenehme Drachen an die Seite holen, die mit dir abhängen. Drachen, die dafür sorgen, dass dir nicht ständig das Gehirn brummt.«

»Drachen wie dich, nehme ich an?«, fragte Snowfall. *Woher weiß sie, dass mein Gehirn ständig schmerzt?*

»Nein, nein«, erwiderte Lynx. »Ich bin *überhaupt* nicht umgänglich. Du würdest befehlen: ›Hol mir einen Narwal!‹, und ich würde antworten: ›Uuuufff, wieso denn, Narwale sind soooo schwer und ich bin soooo müde‹, und du würdest schreien: ›Aber ich will einen!‹, und ich würde zurückschreien: ›Dann geh und hol dir selbst einen, Miss Superautorität‹, und du würdest brüllen: ›ICH BIN DEINE KÖNIGIN!‹, und ich würde zurückbrüllen: ›Ja, aber bei diesem Buch bin ich an einer wirklich spannenden Stelle‹, und dann würdest du mich wahrscheinlich hinrichten lassen. Ich wäre echt nervig! Aber das weißt du doch eh über mich.«

»Woher weißt du, dass mir das Gehirn ständig wehtut?«, platzte Snowfall heraus. »Ich meine. Also. Wie kommst du darauf, dass mein Gehirn ständig schmerzt?«

»Na ja«, sagte Lynx vorsichtig und schnippte mit dem Schwanz. »Seit dem Beginn der Seuche hast du nicht aufgehört, die Stirn zu runzeln. Das würde jedem Drachen Kopfschmerzen bereiten, denke ich. Mein Gehirn ist immer müde, obwohl ich nur lernen und trainieren muss, um in der Drachlings-Rangliste ganz oben zu stehen. Du musst den ganzen Königinnenkram machen. Und, du weißt schon. Auch den ... traurigen Teil.«

»Nein, nein.« Snowfall stampfte direkt über Lynx' letzte Worte hinweg. »Dafür hab ich keine Zeit. Ich kann mit dem ganzen Königinnenkram umgehen. Ich bin keine niedere Adlige wie du. Ich kann das alles sehr gut. Darauf habe ich mich mein ganzes Leben lang vorbereitet.«

»Klar, aber – du hättest davor erst mal dein eigenes Leben haben sollen«, gab Lynx zu bedenken. »Mindestens noch ein paar Jahrzehnte, denke ich.«

»Das kannst du doch gar nicht wissen«, erwiderte Snowfall. »Vielleicht hatte ich sowieso vor, Mutter um den Thron herauszufordern, so ungefähr nächste Woche. Ich bin nämlich schon längst so weit, Königin zu sein.«

Das Licht des Baumes war zu hell und sie spürte, wie ihre Augen tränten. Sie drehte sich um und schritt zurück zur Ranglistenwand, wobei sie sich mit einer Klaue das Gesicht rieb. Ein paar Jahrzehnte mehr mit Mutter als Königin. Vielleicht länger.

Das war es, was so schön gewesen wäre; das war es, was Darkstalker ihr gestohlen hatte.

Sie hatte nicht wirklich vorgehabt, ihre Mutter in nächster Zeit herauszufordern. Sie hatte gedacht, es bliebe noch viel Zeit, bevor sie sich darüber Gedanken machen müsste, oder bestimmte Schwestern würden zuerst diesen Schritt unternehmen.

»Ich schätze, ich weiß es nicht«, stellte Lynx fest und ging zu ihr. Und lief dann NEBEN ihr, anstatt ein paar Schritte hinter ihr! Wie hatte dieser Drache nur so gut bei den Prüfungen abschneiden können? Beherrschte sie denn überhaupt keine royale Etikette?

»Ich vermute«, fuhr Lynx fort, »der Zeitpunkt, sie herauszufordern, hätte echt früher sein müssen, noch bevor es Icycle tun konnte, richtig? Oder jemand anderes? Vielleicht ist es besser so, dass sie dir den Thron geschenkt hat, anstatt dass du ihn dir erkämpfen musst.«

»Ich hätte ihn mir erkämpfen können«, versicherte Snowfall ihr. »Wann immer ich wollte.«

Sie erinnerte sich daran, wie Königin Glacier auf ihrem Sterbebett lag, eine von Snowfalls Klauen umklammerte und unverwandt zu ihr aufblickte.

Sie erinnerte sich an ihre Schwestern auf der anderen Seite der Königin und an ihre Blicke, an Crystals Augen, die in der blauen Dämmerung glitzerten, und an Minks Schluchzen.

»Ich werde nicht zulassen, dass unser Stamm das Schicksal des Königreichs des Sandes erleidet«, hauchte Glacier zwischen zwei Hustenanfällen. »*Es wird keinen Erbfolgekrieg der Eisflügler geben.* Habt ihr drei mich verstanden?«

Mink nickte verzweifelt, obwohl sie mit ihren zwei Jahren so gut wie nichts über den Krieg wusste und wahrscheinlich nicht einmal die Schwestern – Blister, Blaze und Burn – benennen konnte, die sie, Crystal und Snowfall, nachahmen könnten.

»Wir versprechen es, Mutter«, versicherte Crystal mit ihrer zerbrechlichen, schlüpfrig-süßen Stimme. Zu diesem Zeitpunkt waren sie alle krank und wussten noch nicht, dass die Seuche Darkstalkers Magie geschuldet war. Aber Crystal hatte sich in hauchdünne Schals gehüllt, die selbst die Seuche glamourös aussehen ließen. »Niemand will einen neuen Krieg.«

Obwohl Crystal tatsächlich im Erbfolgekrieg der Sandflügler gekämpft hatte, war sie nicht merklich härter oder aggressiver zurückgekommen. Sie schien sogar ein bisschen weniger *anwesend* zu sein. Immer wieder starrte sie aus dem Fenster und verlor den Überblick bei Gesprächen. Wahrscheinlich, vermutete Snowfall, dachte sie an all die Todesfälle, die sie miterlebt hatte. Sie konnte sich gut vorstellen, dass Crystal nicht wollte, dass der Stamm oder vor allem sie selbst noch mehr Kämpfe zu bestehen hatte.

»Wir werden nur gegeneinander kämpfen«, schlug Snowfall vor. »Niemand sonst soll da hineingezogen werden, ein normaler Zweikampf, der an einem Tag vorbei ist.«

Könnte ich Crystal in einem Kampf besiegen? Vielleicht gerade jetzt, wo sie kränker ist als ich. Crystal war drei Jahre älter, etwas größer, ein bisschen faul und ein wenig zu nachdenklich. Die letzten beiden Eigenschaften könnte Snowfall wahrscheinlich zu ihrem Vorteil nutzen.

Aber muss ich sie wirklich töten? Kann ich einen weiteren toten Eisflügler verkraften? Sie wusste nicht, ob sie mit ihren Krallen noch mehr Tote verursachen wollte.

Mink schniefte und Snowfall spürte einen kleinen Ruck in ihrer Brust. Mink würde doch nicht Königin werden wollen, oder?

Sicherlich würde sie nicht versuchen, an dem Duell teilzunehmen ...

»*Nein*«, knurrte Glacier. Sie umklammerte Snowfalls Klauengelenk, was sich schmerzhaft und kraftvoll anfühlte. »Ihr werdet *nicht* gegeneinander kämpfen. Ich werde die nächste Königin der Eisflügler wählen.«

Crystal rieb die Ränder ihrer Flügel aneinander, eine nervöse Angewohnheit, die ein zittriges Geräusch verursachte, das Snowfall in den Wahnsinn trieb. »Aber«, begann Crystal. »Aber das – das ist niemals –«

»Ihr müsst auf die Geister unter dem Eis schwören«, befahl Glacier grimmig. »Wen auch immer ich zur Königin wähle, die beiden anderen werden sie unterstützen. Ihr werdet ihr helfen, den Stamm zu retten und den Frieden zu bewahren. *Keine Duelle.* Keine Kämpfe. Kein Krieg. Habt ihr verstanden?«

Snowfall blickte zu ihren Schwestern hinüber. Natürlich würde Mutter Crystal wählen – die Älteste, die Ruhigste, diejenige, die die anderen Drachen mochten. Crystal hatte sich nie an die Spitze der Rangliste vorgekämpft wie Snowfall, aber das schien sie nicht einmal annähernd zu kümmern. Bedeutete dieser Schwur, dass Snowfall für immer auf den Thron verzichten musste?

»Für wie lange?«, fragte sie. »Ich meine ... die Tradition gebietet, niemand darf eine neue Königin während des ersten Monats ihrer Regentschaft herausfordern – ist es das, was du meinst? Oder für länger?«

»Länger«, röchelte Glacier. »Der Stamm braucht nach dieser Seuche Stabilität.« *Wenn einer von uns sie überlebt*, war das unausgesprochene Gemurmel hinter ihren Worten, die jedoch unausgesprochen blieben.

»Also ...« Snowfall betrachtete einen Moment lang Crystals gesenkten Kopf. »Ein Jahr?«

Glacier seufzte – ein trauriges Flüstern des Windes auf dem gefrorenen See. »Ich will nicht, dass ihr drei gegeneinander kämpft«, erklärte sie und schloss die Augen. »Niemals.«

»Das mache ich nicht«, rief Mink. Sie kletterte zu ihrer Mutter auf das Bett und kroch unter Glaciers Flügel. »Ich werde ihnen nie wehtun, Mami, ich v-v-verspreche es. Ich liebe sie und ich liebe dich, und wir werden alle g-g-ganz brav sein.«

Crystal hob den Blick und sah Snowfall in die Augen. Ihre Augen leuchteten so blau wie der Himmel, und Snowfall konnte überhaupt nichts aus ihnen lesen. War sie wütend darüber, dass ihre Mutter von ihnen verlangte, mit einem solchen Versprechen eine jahrhundertealte Tradition der Eisflügler zu brechen? Oder lag in ihrem Blick Triumph, weil sie wusste, Snowfall könnte den Thron nie besteigen, falls sie zustimmte?

»Ich schwöre es auch«, verkündete Crystal. »Kein Kampf. Was immer du willst, Mutter.«

»Snowfall?«, fragte Glacier.

Snowfall hatte das Gefühl, als würden scharfe Krallen ihr die Worte aus der Kehle reißen. »Ich schwöre es«, stieß sie hervor. »Ich werde die neue Königin unterstützen. Ich werde sie nicht herausfordern.«

Für den Moment, fügte ihr Gehirn unwillkürlich hinzu. *Zumindest für ... eine Weile.* Sie versuchte, es abzuschalten, aber es flüsterte weiter. *Vielleicht eines Tages ...*

»Gut.« Glacier öffnete ihre Augen und zog Mink mit ihrem Flügel enger an sich. Sie griff nach der glitzernden Diamantkrone auf dem Beistelltisch. »Die nächste Königin der Eisflügler ist

Snowfall. Das ist meine Entscheidung.«

Schockartig erfassten Snowfalls Schuppen eine Taubheit, die sich auf ihre Flügelspitzen und ihren Schwanz ausbreitete. Sie spürte das schwere Gewicht der Krone, das sich um ihre Schläfen legte. Aus Crystals Gesicht war nichts zu lesen, unscharf verschwand sie hinter Mutters Schulter.

Mich. Sie hat mich erwählt. Ich bin die nächste Königin der Eisflügler. Nicht Crystal.

Sie denkt, ich wäre die beste Königin.

Hat sie recht? Was, wenn sie sich irrt?

Jetzt bin ich diejenige, die uns vor den Nachtflüglern beschützen muss.

Und ich bin diejenige, die ein Heilmittel für diese Seuche finden muss, bevor noch mehr Drachen sterben.

Königin Snowfall.

Mit einem Schwung ihrer Flügel verbeugte sich Cyrstal vor Snowfall, murmelte so etwas wie »Glückwunsch« und entschuldigte sich, um in der Küche nach dem Rechten zu sehen. Sie stand wieder neben dem Bett, verschleiert und hustend, als Königin Glacier später in der Nacht starb – kurz nachdem sie Snowfall viel zu spät von dem Animare-Drachen erzählt hatte, der sie alle vielleicht noch retten konnte.

Am nächsten Morgen war Crystal verschwunden und Snowfall hatte sie seitdem nicht mehr gesehen.

Durchaus verständlich, warum sie das beunruhigend fand.

Sie warf Lynx einen misstrauischen Blick zu. »Glaubst du wirklich, dass es besser ist? Dass ich Königin bin? Wünschst du dir nicht, dass es stattdessen ... jemand anderes wäre?«

»Du meinst Crystal?«, fragte Lynx und sprach das letzte Wort wieder laut aus, wie ein plumper Wal. »Ich kenne sie nicht besonders gut. Sie war gerade an der Kriegsfront eingerückt, als ich in den Palast kam. Sooft ich sie ansah, hatte ich den Eindruck, sie verheimlicht etwas.«

»Tut das nicht jeder?«, schnaubte Snowfall.

Lynx kräuselte die Schnauze und dachte einen Moment nach. »Ich nicht.«

»Du hast mir nachspioniert«, warf Snowfall ein.

»Klar, aber nicht besonders gut«, argumentierte Lynx.

Snowfall hatte es satt, immer wieder auf Widerspruch zu stoßen. Sie wandte sich von der Wand ab und ging durch den nächstgelegenen Torbogen, ihre nassen Flügel über dem eisigen Boden ausschüttelnd. In den Mauern des Palastes war es etwas wärmer, aber es würde noch eine Weile dauern, bis sie sich trocken fühlte.

Lynx folgte ihr in den Ballsaal, wo ein paar Diener die verloschenen Mondkugeln in den Kronleuchtern auswechselten. Nach einem Blick auf die Königin, oder vielleicht auch auf ihren grimmigen Gesichtsausdruck, flohen sie durch einen der oberen Balkone und ließen ihre Aufgabe nur halbfertig erledigt zurück. Snowfall blickte ihnen stirnrunzelnd hinterher.

»Jedenfalls kenne ich Crystal nicht«, fuhr Lynx fort, »aber ich kannte Königin Glacier, und sie war brillant. Sie hat dich ausgewählt. Das reicht mir.«

»Das ist alles?« Snowfall rauschte zischend auf sie zu. »Du glaubst also nicht, dass *ich* wirklich gut genug bin, um Königin zu sein? Ginge es nach dir, wäre ich es nicht! Du unterstützt mich nur, weil meine Mutter es für eine gute Idee hielt?!«

»Bei den drei MONDEN, Snowfall!« Lynx wich einen Schritt

zurück. »Ich bin mir sicher, du wirst eine gute Königin sein! Außer du bekommst einen Nervenzusammenbruch, weil alle Drachen um dich herum furchtbar sind und du jeden, beim Versuch nett zu dir zu sein, anschreist!«

»Oh, ist es das, was du tust?«, blaffte Snowfall. »Du bist nett zu mir? Vielen Dank, das ist genau das, was ich gebraucht habe.«

»Siehst du, jetzt bist du sarkastisch«, bemerkte Lynx, »aber das ist genau das, was du brauchst, du Walrossfurz.«

»Du kannst die Königin nicht einfach Walrossfurz nennen!«, brüllte Snowfall. »Das ist nicht erlaubt, UND es ist nicht nett! Wo sind meine Henker, wenn ich sie brauche?«

»Du hast keine«, erklärte Lynx und ihre Stimme klang deutlich weniger besorgt. »Hey, ich weiß, was helfen würde. Willst du schwimmen gehen?«

»NEIN, ICH WILL NATÜRLICH NICHT SCHWIMMEN GEHEN!«, brauste Snowfall auf, obwohl Schwimmen einmal eine ihrer Lieblingsbeschäftigungen gewesen war. Hatte Lynx sich das tatsächlich gemerkt? »Ich habe keine ZEIT für diese Art von Unsinn! Ich REGIERE GERADE EIN KÖNIGREICH, nicht, dass du das bemerkt hättest!«

»Aber brauchst du nicht mal eine Pause?«, fragte Lynx. »Ich glaube, du würdest dich dann besser fühlen.«

Snowfall grub ihre Krallen in das Eis unter ihr. »Ich habe keine Zeit, mich besser zu fühlen«, knurrte sie, die Zähne zusammengebissen. »Meine Schwester ist untergetaucht, wahrscheinlich, um meinen Tod zu planen; die Animare-Magie ist *kaputt*, sodass ich sie nicht benutzen kann, um IRGENDWAS zu reparieren; da draußen sind *Hunderte* von bösen mysteriösen Drachen, die GERADE JETZT DIREKT AUF UNSERE GRENZE zufliegen.

Sie werden wahrscheinlich SCHON MORGEN hier sein, und sie planen ganz sicher etwas RUCHLOSES, keine Ahnung was, aber es wird wahrscheinlich EINEN MORD BEINHALTEN! WANN SOLL ICH BEI ALL DEM GEMÜTLICH SCHWIMMEN GEHEN, LYNX?«

Lynx starrte sie an und blinzelte rasch. »Na ja«, meinte sie schließlich, »niemand hat gesagt, dass wir *gemütlich* schwimmen müssen.«

»HENKER!«, brüllte Snowfall.

»Große Eisgeister, Snowfall, komm mal runter!« Lynx packte eine von Snowfalls gestikulierenden Klauen und klemmte sie zwischen die ihren. »Erzähl mir von den Hunderten von bösen, geheimnisvollen Drachen.«

»Das sind streng geheime Informationen«, erwiderte Snowfall hochmütig. »Nichts, was unbedeutende Drachlinge wissen dürfen.«

»Aber du musst unbedingt mit jemandem reden«, betonte Lynx. »Sag es mir einfach und ich verspreche, es geheim zu halten, wenn du es willst.«

Gegen ihren Willen sprudelten die Worte aus Snowfall heraus. »Hunderte«, japste sie. »*Hunderte* von fremden Drachen. Sie sind auf dem Weg hierher. Jetzt gerade.«

»Den Teil habe ich verstanden«, erklärte Lynx. »Das sind alles Informationen, die ich bereits habe. Aber meinst du echte Drachen? Nicht paranoid-erfundene-hypothetische Drachen?«

Mehr als offensichtlich stand Snowfall kurz davor überzukochen, deshalb ergriff Lynx schnell das Wort, bevor ihr nächster Schreianfall kam.

»Schon gut! Tut mir leid, ich wollte nur sichergehen! Ich glaube dir. Hunderte von mysteriösen Drachen. Ähm ... woher?«

»Ich habe keine Ahnung!«, maulte Snowfall. »Das ist ja das

Problem! Eins der Probleme! Vielleicht ist Crystal losgezogen, um eine Armee zu organisieren, die mich vernichten soll. Vielleicht wollen die Nachtflügler zu Ende bringen, was sie mit der Seuche begonnen haben. Vielleicht haben sich Coral und Glory verbündet und beschlossen, mich zu stürzen!«

»Aber ... warum sollten sie das tun?«, fragte Lynx.

«WEIL ALLE BÖSE SIND!«, rief Snowfall. Sie riss ihre Klaue aus Lynx' Griff.

»Snowfall! Alle haben gerade einen Krieg hinter sich! Keine der Königinnen in Pyrrhia will wieder in einen Krieg verwickelt werden! Da bin ich mir sicher. Aber woher weißt du von den Hunderten von Drachen?«

»Von einem meiner Späher«, antwortete Snowfall. »Er hat den westlichen Ozean erkundet und sie aus der Ferne kommen sehen. Sie sind dort draußen auf einer Insel gelandet, aber er berichtete, sie formieren sich neu und werden bald wieder losfliegen.«

Lynx verzog das Gesicht zu einem nachdenklichen Ausdruck, den Snowfall sehr gut kannte, weil sie jahrelang neben ihr in der Klasse gesessen hatte.

»Aus der Ferne? Über den westlichen Ozean?« Ihre Augen wurden plötzlich groß. »Bei den drei Monden. Snowfall! Was, wenn sie vom verlorenen Kontinent kommen?«

»Wie konntest du mich jemals bei einem Test schlagen?«, murmelte Snowfall. »Funktioniert dein Gehirn überhaupt? Den verlorenen Kontinent gibt es nicht! Er ist ein Mythos!«

»Es sei denn, es gibt ihn *doch*, und wir werden bald Hunderte von Besuchern bekommen, die das beweisen!« Lynx tanzte jetzt fast auf ihren Klauen. Snowfall hätte am liebsten einen Berg auf sie geworfen.

»Das ist auch nicht besser!«, stöhnte Snowfall. »Drachen von einem ganz anderen Kontinent?! Die in MEIN KÖNIGREICH einfallen? Sie kommen garantiert, um unser Land zu stehlen! Und unsere Schätze! Was ist, wenn sie besonders mörderische Superkräfte besitzen, an die wir noch gar nicht gedacht haben? Oder seltsame Krankheiten, Lynx, was, wenn sie seltsame Krankheiten haben, die uns töten werden?«

»Wir können uns nicht schon Gedanken machen, bevor es überhaupt passiert ist«, sagte Lynx mit einem »Ich-bin-so-vernünftig«-Blick, der Snowfall innerlich zum Toben brachte.

»Doch, können wir!«, schrie Snowfall. »Ich mache mir in diesem Moment darüber Sorgen!«

»Okay«, beruhigte Lynx sie. »Klar. Aber *vielleicht* kommen sie ja auch in friedlicher Absicht.«

Snowfalls Schuppen wollten von ihr abspringen. Sie wollte die Wände hinauflaufen, kreischen oder explodieren! All die Dinge in ihrem Kopf, die auf schreckliche und dramatische Weise schiefgehen konnten, waren unerträglich für sie.

»Snowfall«, flüsterte Lynx beruhigend. Sie legte ihre Flügel, wie eine Kuppel aus weißen Vorhängen, um Snowfalls Kopf und schaute ihr in die Augen.

Es war unverschämt und dennoch erzeugte es eine Stille, der man sich nicht entziehen konnte, um sie herum …

»*Königin* Snowfall«, erinnerte Snowfall sie. Es war irgendwie friedlich, den Palast nicht richtig sehen zu können. Das war es, was sie sich für den ganzen Stamm wünschte: eine Mauer aus festen Schuppen um sie herum, die alles andere ausblendete.

»Königin Snowfall«, wiederholte Lynx. »Du hast gesagt, sie werden morgen hier sein? Dann lass uns zur Westküste fliegen und sie treffen. Lass uns herausfinden, wer sie sind und was sie wollen, bevor wir in Panik geraten. Ich meine, dafür ist es natürlich etwas spät, aber wir können uns die total unabänderliche Panik für den Zeitpunkt aufsparen, an dem wir tatsächlich etwas wissen.«

»Wir?«, fragte Snowfall. »Meinst du mich und meine ganze Armee?«

»Ich meine dich und mich«, antwortete Lynx. »Und eine Wache, wenn du unbedingt willst.«

»Schrecklicher Plan«, meinte Snowfall. »Der schlimmste. Ich hasse ihn.«

»Toll.« Lynx grinste sie an. »Dann sehen wir uns bei Sonnenaufgang am Haupttor.«

Sie trabte davon, wie ein Drache, der sich um nichts auf der Welt Sorgen machte. Snowfall blieb zurück und starrte auf die Mauern des Palastes. Blass schimmerndes Blau rieselte durch das durchscheinende Eis und spiegelte das Wetter von draußen mit phosphoreszierender Magie. Das Geschenk der Eleganz, erschaffen von einem Animare aus längst vergangenen Zeiten, das keinerlei Sinn hatte.

Warum gibt es kein »Geschenk der Unbesiegbarkeit« oder ein »Geschenk der unbegrenzten Magie, die jede Königin sofort bekommt« oder ein »Geschenk, das deine Feinde mit einem einzigen Gedanken vernichtet«? Es war so unfair (und zutiefst verdächtig), dass die Animare-Magie GENAU zu dem Zeitpunkt aufhörte zu funktionieren, als Snowfall von Jerboa erfahren hatte. Sie hätte wenigstens ein Animare-Geschenk bekommen sollen – sie hatte so viele großartige Ideen!

Hatten die Animare-Drachen nicht schon vor zweitausend Jahren von der Gefahr durch andere Stämme gewusst? War derjenige, der die Große Eisklippe erschaffen hatte, der einzige kluge Drache gewesen?

Plötzlich kam ihr ein Gedanke, ein Gedanke, der so brillant war, dass sie zusammenzuckte.

Es gab andere Animare-Drachen, bevor wir Prinz Arctic verloren. Andere Geschenke.

Sie wusste, wohin sie gehen musste.

Die Verbotene Schatzkammer.

Kapitel 3

Die meisten Schätze der Eisflügler, darunter auch Snowfalls schreckliche Krone, wurden in der regulären Schatzkammer aufbewahrt – einem bewachten Gewölbe im Zentrum des Palastes.

Aber es gab noch eine andere Schatzkammer, die nur sehr wenigen Drachen bekannt war und über die nur hinter vorgehaltener Klaue getuschelt wurde. Sie befand sich in einer Eishöhle tief unter dem Palast, und der einzige Weg dorthin führte durch einen Geheimgang, der nur von den Gemächern der Königin aus zugänglich war. Seit Hunderten von Jahren war außer den Königinnen und Prinzessinnen niemand mehr dort unten gewesen, vielleicht sogar noch nie. Nur die Königinnen und Prinzessinnen wussten mit Sicherheit, dass es sie wirklich gab.

War sie vor langer Zeit von einem Animare erschaffen worden? Ein Geschenk der Geheimnisse? Oder hatte eine der alten Königinnen einst Arbeitern befohlen, die Höhle und den Gang mit ihren eigenen Klauen zu graben?

Snowfall wusste es nicht. Sie glaubte auch nicht, dass ihre Mutter es gewusst hatte, obwohl sie sich jetzt wünschte, sie hätte ihr mehr Fragen gestellt.

An der Tür zu ihren königlichen Gemächern saß ein winziger Drachling zwischen den Wachen. Ihre Augen waren groß und dunkelblau, und ihre Schuppen weiß mit federartigen grauen Mustern entlang ihrer Flügel, wie Schnurrhaare oder Fellbüschel.

Offensichtlich hatten die Wachen mit ihr geplaudert, doch als Snowfall sich näherte, standen sie sofort still, und das kleine Drachenmädchen richtete sich ebenfalls auf.

»Hi, Snowfall«, platzte Mink heraus. »Guck mal, guck mal, ich hab was für dich gebastelt.« Sie griff in eine kleine Tasche, die sie sich über den Rücken gehängt hatte, und holte einen winzigen Eisblock heraus, der mit großer Sorgfalt zu einem Klecks geschnitzt worden war, soweit Snowfall das beurteilen konnte.

Behutsam, mit einem Ausdruck von schüchternem Stolz, legte Mink ihn in Snowfalls Klauen.

»Oh ... äh, dankeschön.« Snowfall drehte ihn ein paar Mal herum und fragte sich, welches Ende oben war. »Es ist ... großartig.«

»Es ist ein Nerz!«, erklärte ihre kleine Schwester. »Wie ich! Aber, ähm, ein echter Nerz, kein Drachennerz, keine Mink. Siehst du die Schnurrhaare? Und die Ohren?«

»Natürlich«, antwortete Snowfall zweifelnd.

»Das hab ich für dich gemacht, um dir zu sagen, dass ich dich liebe«, bemerkte Mink schüchtern.

Wirklich süß, wäre da nicht die Tatsache, dass Mink buchstäblich jeden liebte. Snowfall war sich ziemlich sicher, dass jeder Drache im ganzen Palast mindestens eines von Minks »Ich-liebe-dich«-Geschenken besaß. Das Zimmer der alten Königin war immer noch voll davon: Miniatur-Eisskulpturen, nicht identifizierbar, standen überall herum.

Seit sie Königin war, hatte Snowfall ihre kleine, quirlige Plappermäulchen-Schwester nicht mehr oft gesehen. Für ihre Erziehung und Ausbildung waren verschiedene Drachen zuständig. Snowfall nahm an, seit dem Tod von Königin Glacier hatten sie genauso weitergemacht wie zuvor. Minks Leben sollte sich also nicht sehr stark verändert haben.

»Tja. Vielen Dank«, räusperte sich Snowfall, als sie die Blicke der Wachen auf sich spürte. »Nun, ich bin sehr beschäftigt, also –«

»Oh, kann ich nicht einfach mit reinkommen?«, flehte Mink. »I-i-ich vermisse M-Mamis Zimmer.«

Snowfall sah sie stirnrunzelnd an. »Du vermisst ihr Zimmer?«

»Ja, ich hab manchmal dort geschlafen, wenn ich nicht einschlafen konnte«, erklärte Mink.

Das passte zu ihr. Snowfall selbst hätte es nie gewagt, mitten in der Nacht in das Zimmer ihrer Mutter zu schleichen. Das verstieß gegen die Regeln und hätte sie mit ziemlicher Sicherheit ein paar Plätze in der Rangliste gekostet. Zu lernen, allein wieder einzuschlafen, gehörte zu den Aufgaben eines Drachen des Ersten Kreises.

Aber darüber machte sich Mink keine Sorgen. Wenn nicht alle die Prinzessin lieben würden, würde sie wahrscheinlich ihr ganzes Leben lang im sechsten Kreis festsitzen.

»Du kannst hier nicht mehr schlafen«, meinte Snowfall. »Es ist jetzt mein Zimmer.« Sie hatte schon genug Schlafprobleme, auch ohne eine zappelige kleine Kuschelechse.

»Ich weiß«, flüsterte Mink und ließ ihre Flügel traurig hängen. »Ich m-m-möchte es nur noch einmal sehen.«

Snowfall seufzte. Schickte sie Mink jetzt weg, würden diese Wachen wahrscheinlich jedem im Palast erzählen, sie hätte die Gefühle ihrer Schwester verletzt. Sicherlich keine gute Reaktion der Königin.

Außerdem sollte Mink wohl über die Verbotene Schatzkammer informiert werden.

Königin Glacier hatte Snowfall nur einmal dorthin mitgenommen, als sie vier Jahre alt war, und dasselbe hatte sie mit Crystal drei Jahre zuvor getan. *Aber nicht mit Mink. Sie war noch zu jung.*

Ich sollte sie ihr zeigen. Crystal ist nicht mehr hier, und wenn mir etwas zustößt ... könnte dieses Geheimnis für immer verloren sein.

Snowfall zitterte. Es war äußerst seltsam, sich die kleine Mink als ihre Alleinerbin vorzustellen; noch seltsamer war der Gedanke, dass sie ihr beibringen sollte, wie man eine Königin war, nur für den Fall der Fälle. Snowfall war nicht dafür geschaffen, eine geduldige Lehrerin zu sein – und Mink definitiv nicht, eine rücksichtslose Königin zu sein.

»Na schön, dann komm rein«, murrte Snowfall.

Mink quietschte fröhlich und hüpfte vor ihr in den Raum.

»Für den Rest der Nacht darf niemand mehr den Raum betreten«, befahl Snowfall den Wachen. (Klang das kühl und ruhig oder seltsam und paranoid? War es nicht völlig normal, dass eine Königin so etwas anordnete? Die Mienen der Wachen blieben teilnahmslos, unbeweglich. Was dachten sie über sie? Fanden sie sie königlich oder lächerlich?)

In der Hauptkammer beherrschte das Bett die Mitte des Raumes, ein Eisblock, der so in Windungen und Vertiefungen gemeißelt war, dass ein Drachenkörper perfekt hineinpasste. Als Snowfall die Türen schloss, hüpfte Mink auf das Bett und räkelte sich darauf herum, wobei sie auf eine geradezu lächerliche Weise zufrieden und wohlig aussah.

Die Wahrheit war, Snowfall hatte noch immer nicht im Bett ihrer Mutter geschlafen – sie konnte nicht anders, es war noch immer das Bett ihrer Mutter. Sollte sie es jemals schaffen, sich hineinzulegen? Die meisten Königinnen töteten ihre Vorgängerin auf einem Schlachtfeld, in einer Arena oder vor dem gesamten Hofstaat in einem blutverschmierten Thronsaal. Sie sahen nicht zu, wie sie in die Dunkelheit entschwand, genau an dem Ort, an dem die neue Königin dann für den Rest ihres Lebens einschlafen musste.

Oben auf dem Juwelenschrank war es sowieso genauso bequem. Oder auf dem Eisbärenteppich vor dem Fenster. Oder in der eiskalten Badewanne im Nebenzimmer.

Gut, nirgendwo war es bequem, aber das war in ORDNUNG. Königinnen beschwerten sich nicht über ihre Schlafräume! Echte Königinnen brauchten wahrscheinlich sowieso nicht so viel Schlaf wie normale Drachen!

»Runter«, befahl sie ihrer Schwester. »Ich muss dir etwas zeigen.« Mink hüpfte sofort, mit weit aufgerissenen Augen, vom Bett.

Snowfall drückte mit ihren Klauen auf die Stelle am Fußende des Bettes, die ihre Mutter ihr gezeigt hatte, und stieß dagegen. Das Bett glitt geräuschlos zur Seite und enthüllte ein Loch darunter, das in endlose Dunkelheit führte.

»Wow«, hauchte Mink. »Wow, oh, wow. Warum ist da ein Loch im Boden? Ich *wusste* gar nicht, dass da ein großes Loch unter dem Bett ist!«

»Das ist ein Geheimnis für Königinnen«, erklärte Snowfall.

Mink verzog das Gesicht. »Oh«, flüsterte sie. »Also nicht für m-m-mich.«

»Nun«, meinte Snowfall zögernd. »Es könnte eines Tages für dich bestimmt sein, wenn mir etwas zustößt und du Königin werden musst.«

»Was?«, rief Mink. »Nein! Das will ich nicht! Was wird dann mit dir passieren?«

»Nichts!«, beruhigte Snowfall sie. »Ich werde für ALLE Ewigkeiten Königin sein. Aber du solltest es trotzdem sehen, nur für den Fall. Halte deine Mondkugel fest und folge mir.«

Mit der eigenen Lichtkugel in ihren vorderen Klauen breitete sie ihre Flügel aus und stürzte sich in den Abgrund. Die Wände um sie herum glitzerten, während sie sich immer weiter nach unten drehten, bis bald nur noch Dunkelheit sie einhüllte.

Schließlich fiel ihr Licht auf eine glatte, glasige Oberfläche, nur einige Herzschläge entfernt von ihnen. Mit angelegten Flügeln ließ sie sich langsam treiben, bis sie mit ihren Klauen den Boden berührte. Ein leises Poltern hinter ihr kündigte die Ankunft ihrer Schwester an, gerade als Snowfall ihre Mondkugel losließ, damit sie wieder über ihre Schulter schweben konnte.

»Oh, bei allen Monden«, flüsterte Mink und versuchte, unter einen von Snowfalls Flügeln zu krabbeln, um sich an ihre Seite zu drücken. »Was ist das für ein Ort?«

Ihre kleine Schwester in königliche Geheimnisse einzuweihen, war eine Sache, Kuscheln war eine ganz andere und stand definitiv nicht auf der Liste ihrer königlichen Pflichten. Snowfall drehte sich weg und machte einen Schritt in den dunklen Korridor vor ihnen.

»Das ist die Verbotene Schatzkammer«, erklärte sie. »Du darfst niemandem verraten, wo sie ist und wie man hierherkommt. Hier unten gibt es Geheimnisse und Magie, die nur eine Königin benutzen darf.« Sie merkte, sie hatte die Stimme ihrer Mutter angenommen und genau die Worte wiederholt, die Königin Glacier an dieser Stelle zu ihr gesagt hatte.

»Ich verrate nichts«, hauchte Mink. »Ich schwöre, ich schwöre.«

Die Wände um sie herum waren aus schwarzem Eis und

schimmerten silbrig, wenn das Licht auf sie traf. Snowfall führte sie durch den spiralförmigen Gang, der sich wie ein Schneckenhaus in sich selbst drehte. Alle paar Schritte waren auf Augenhöhe Nischen in das Eis gehauen worden. Nun ja, auf Augenhöhe für einen älteren Drachen; sie befanden sich knapp über Snowfalls Kopf, aber sie konnte ihren Hals recken und in sie hineinsehen. Für Mink war alles zu hoch, um es ohne zu fliegen zu erreichen.

Die ersten beiden Nischen waren leer – wie damals auch, als Snowfall mit Glacier hier gewesen war. Sie wusste nicht, was sich darin befunden hatte, oder ob man sie in Erwartung weiterer Geschenke, die aber nie eingetroffen waren (danke, Nachtflügler), leer gelassen hatte.

Ihr Licht wurde von etwas Schimmerndem in der dritten Nische reflektiert, und sie hielt inne. Es kam von einem Diadem, zart und elegant. Viel leichter und kleiner als ihre hässliche Krone, und hübscher noch dazu. Hmmm. Sie schob die Mondkugel näher an die Wand heran, wo Worte in das Eis geritzt waren.

Das Geschenk der Stärke. Mit Bedacht einsetzen.

Ooooooh. Stärke klang vielversprechend. Das würde definitiv nützlich sein! Würde es das ganze Königreich irgendwie stärker machen, oder nur diejenige, die das Diadem trug?

Snowfall dachte einen Moment lang nach, dann nahm sie das Diadem heraus und setzte es vorsichtig auf ihren Kopf.

Es geschah nichts Dramatisches. Sie fühlte sich wie immer. Es saß bequem, und sie merkte kaum, dass sie es trug. Sie blickte zu Mink hinunter.

»Was denkst du?«

Die Augen des kleinen Drachen leuchteten. »Es ist so schön«, hauchte sie. »Darf ich es anprobieren?«

»Nein, nein, auf keinen Fall«, entschied Snowfall schnell. »Hier unten ist alles nur für Königinnen. Du kannst es dir ansehen, aber nicht anfassen, verstanden?«

Minks Gesicht verfinsterte sich, ihre Flügel hingen an beiden Seiten herab. Snowfall wandte sich schnell ab, bevor sie die Tränen in den Augen ihrer Schwester sehen konnte.

»Komm, lass uns nachsehen, was es sonst noch gibt«, munterte sie sie schnell auf. Sie eilte voran und hörte Minks winzige Krallen auf dem Eis herumzappeln, um Schritt zu halten.

In der nächsten Nische befand sich ein Zepter aus einem dunkelblauen Stein, in das kleine Diamanten eingelassen waren. Snowfall mochte es auf Anhieb nicht. Es erinnerte sie an die Nachtflügler.

Das Geschenk des Kompromisses, lautete die Inschrift.

NEIN, DANKE, dachte Snowfall wütend. Den Rest der eingemeißelten Worte, die die Hälfte der Wand unter der Nische bedeckten, las sie nicht. Kompromisse waren NICHT das, was die Eisflügler brauchten! Sie brauchten eine starke Königin, die beeindruckende, riesige, furchteinflößende, magische Dinge tun konnte, wie zum Beispiel Blitze aus ihren Klauen schießen oder plötzlich auf das Dreifache ihrer Größe anwachsen oder mit ihrem Schwanz schnipsen und giftige Skorpione regnen lassen! Kompromiss! SOWAS VON GAR NICHT.

Mink flatterte mit ihren Flügeln, um hoch genug zu kommen, um das Zepter sehen zu können, aber Snowfall war schon davongezischt.

»Unnütz!«, rief sie und schritt zur nächsten Nische.

In dieser lag ein Ring – ein seltsam aussehender Ring. In der Mitte war ein milchig rosa-gold-weiß-grüner Opal eingelassen.

Der Rest des Rings glich einem silbernen Drachenschwanz, der sich um den Opal und die Stelle schlängelte, wo normalerweise eine Drachenklaue wäre.

Snowfall betrachtete ihn kurz. Der Opal war irgendwie fesselnd. Je länger sie ihn anschaute, desto mehr Flecken verschiedener Farben konnte sie darin erkennen.

An dieser Nische stand: DAS GESCHENK DES SEHENS.

Keine anderen Angaben. Also, das war ziemlich eindeutig. Bessere Sicht? Snowfall würde dieses Geschenk nehmen. Es war nicht so nützlich wie Stärke oder Skorpionhagel, aber vielleicht würde es ihr helfen, die mysteriösen Drachen aus größerer Entfernung zu erkennen. Möglicherweise könnte sie sie identifizieren, lange bevor sie die Küste des Eiskönigreiches erreichten.

Sie nahm den Ring heraus und steckte ihn an eine ihrer linken Vorderklauen. Er war ein bisschen zu groß, als wäre er für einen größeren, älteren Drachen gedacht gewesen. *Für eine echte Königin.* Snowfall seufzte. *HALT DIE KLAPPE, GEHIRN. HÖR AUF, SO ZU DENKEN. Das ist jetzt MEIN Geschenk; das macht mich zu einer echten Königin!*

Sie stürmte weiter zur nächsten Nische, die leer war. Was auch immer darunter gestanden hatte, war vor langer Zeit gewaltsam ausgekratzt worden. Snowfall fragte sich, ob es in einem der alten Eisflügler-Geschichtsbücher eine Erklärung dafür gab. Nicht dass sie jetzt Zeit für GESCHICHTE hätte. Bei den MONDEN.

Dahinter befand sich eine Nische, die erst später hinzugefügt worden zu sein schien; sie hatte nicht den gleichen Abstand zu den anderen und es sah aus, als wäre sie aus dem Eis gehackt anstatt kunstvoll geschnitzt worden. Der Gegenstand darin erschien ihr wie ein untragbares, geheimnisvolles Silberstück. Die krakelige Schrift darunter erklärte, es handelte sich um einen Teil des Geschenks des Verstehens, was seltsam war (Teil von? Wo war der Rest?) und auch nicht hilfreich (bah, Humbug, Verstehen!).

Langsam wurde Snowfall nervös. Die Wände rückten immer enger zusammen, bald würden sie am Ende sein. Gab es hier unten nicht irgendetwas, das eine Invasionsarmee mit einem Schlag vernichten konnte, falls sie es wollte?

Völlig nutzlose Animare-Idioten.

Der nächste Schatz sah allerdings vielversprechender aus. Helle Silberarmbänder mit Diamanten besetzt ... und darunter ...

Snowfall las die Inschrift und lächelte.

Na also. Es ist zwar nicht genau das, was ich wollte.

Aber es wird den angreifenden Drachen bestimmt eine unangenehme Überraschung bereiten.

Kapitel 4

In der Morgendämmerung rückte Snowfall mit fünf Wachen am Eingangstor an, denn sie war die Königin und tat, was sie wollte. Lynx hatte nicht alles zu entscheiden, basta.

Am Tor wartete Lynx, die unfairerweise ziemlich erholt aussah, auf sie. Beim Anblick der fünf Wachen verdrehte sie ein wenig die Augen, sagte aber nichts, damit Snowfall ihr nicht gleich am frühen Morgen irgendetwas androhte.

Sie flogen südwestlich entlang der Küste, hinaus auf die äußerste Halbinsel, die ins Meer ragte. *Angeblich* sollte das Meer ja so groß sein, dass niemand es überqueren konnte. Selbst wenn es also auf der anderen Seite des Ozeans einen Kontinent voller gefährlicher Drachen gäbe, müssten sie deswegen dort drüben bleiben. Falls Lynx recht hatte, wie waren sie dann hierhergekommen? Und warum gerade jetzt?

Warum sollten sie ausgerechnet jetzt kommen, wo ich gerade Königin geworden bin? Haben sie von mir gehört und beschlossen einzumarschieren, weil sie denken, ich sei jung, nutzlos und leicht zu besiegen?

Sie grübelte über diese Fragen nach, während sie in Richtung der Halbinsel flogen. Die Sonne stieg höher und tauchte den Schnee unter ihnen in ein funkelndes Glitzern. Es war so schön und makellos hier draußen – all diese unberührten Schneewehen, die sich unter ihnen ausbreiteten. Hier war nirgendwo ein Mordkomplott, eine magische Seuche oder ein unzuverlässiger Drache in Sicht.

»Du siehst müde aus«, sagte Lynx nach einer Weile.

»Das ist Verrat, und nein, das tue ich nicht«, schnauzte Snowfall.

»Hast du überhaupt geschlafen?«, fragte Lynx.

Schlief Snowfall eigentlich jemals? Oder glitt ihr Gehirn nur ein wenig unter Wasser, wo die Sorgen verschwommener waren und die Nachtflügler im Dunkeln herumschlichen und versuchten, sie zu töten? Zählte es als Schlaf, wenn sie noch müder aufwachte als zuvor? Konnte sie es überhaupt als Aufwachen bezeichnen? Fühlte es sich nicht eher so an, als würden alle ihre Sorgen plötzlich so drängend, dass ihre Augen einfach aufflogen? Die Morgendämmerung schien sie nur aus dem Dunstkreis schemenhafter Probleme direkt in einen eiskalten Sturm zu stürzen.

Letzte Nacht hatte sie es nicht einmal versucht. »Nein«, antwortete sie Lynx. »Ich war sehr beschäftigt.«

Lynx legte den Kopf schief. »Womit?«

»Du kannst dir das vielleicht nur schwer vorstellen«, antwortete Snowfall, »aber KÖNIGINNEN haben WIRKLICH SEHR VIEL ZU TUN.«

»Aber ... auch dann, wenn alle anderen schlafen?«, fragte Lynx erneut. »Was hast du denn genau gemacht?«

Snowfall neigte ihre Flügel, um sich von einem Luftstrom treiben zu lassen. »Gestern Abend habe ich die Schatzkammer besucht.« Sie wusste, Lynx würde denken, sie meinte die normale königliche Schatzkammer. »Und dann habe ich eine gefühlte EWIGKEIT damit verbracht, eine gewisse mitleiderregende Prinzessin, die ihren Robbenblick aufgesetzt hatte, zum Verschwinden zu bringen, aber am Ende ist sie MITTEN in meinem Vortrag auf MEINEM Bett eingeschlafen, was sehr unhöflich war.«

»Oooooh, die Schatzkammer«, bemerkte Lynx. »Ich dachte mir schon, dass du heute besonders funkelst und glitzerst. Willst du damit die fremden Drachen beeindrucken?« Sie schnippte mit ihrem Schwanz in Richtung von Snowfalls Schmuckstücken.

»Klar«, Snowfall rollte mit den Augen. »Wow, oh wow, ich hoffe wirklich, sie finden mich außergewöhnlich prunkvoll!«

»Na gut, danke für den Sarkasmus.« Lynx schnippte erneut mit dem Schwanz in Richtung Snowfall. »Und was soll das Ganze dann?«

Snowfall streckte ihre Vorderklauen aus, wo die diamantbesetzten Armbänder neben den eleganten, passgenauen Messerhüllen glitzerten. Das Diadem der Stärke thronte auf ihren Hörnern. Der Ring des Sehens befand sich immer noch an der vorderen linken Klaue, wo sie ihn angelegt hatte, doch bisher hatte sie noch keine Verbesserung ihrer Sehkraft feststellen können. Vielleicht musste sie ihn irgendwie aktivieren.

Sollte Lynx nicht erraten, warum sie das alles trug, war sie vielleicht doch nicht für den neuen Beirat geeignet, über den Snowfall nachdachte.

Gerade bei diesen Gedanken weiteten sich Lynx' Augen.

»Moment mal«, stellte sie mit gesenkter Stimme fest, obwohl die Wachen einen Sicherheitsabstand zu ihnen einhielten, sodass sie außer Hörweite waren. »Snowfall! Du meinst doch nicht etwa die Verbotene Schatzkammer, oder? Sind diese Juwelen Animareberührt?«

Verschmitzt lächelnd ließ Snowfall die Sonne auf den Opal an ihrem Ring fallen. »Es freut mich, dass dein Verstand manchmal funktioniert.«

»Aber – du darfst nicht in die Verbotene Schatzkammer gehen! Das ist verboten! Das sagt doch schon der Name! Auf keinen Fall darf man Dinge aus der Schatzkammer *heraus*nehmen!«

»Natürlich darf ich das!«, schnauzte Snowfall. »Ich bin DIE KÖNIGIN, auch wenn du das anscheinend schon wieder vergessen hast! Ich bin im Grunde genommen der einzige Drache, der die Verbotene Schatzkammer betreten darf! Es ist MEINE Schatzkammer!«

»Ja, aber – ist das ganze Zeug nicht aus einem bestimmten Grund verboten?«

»Es ist den Drachen *verboten*, die zu schwach wären, um es richtig zu benutzen«, erklärte Snowfall. »Das gilt nicht für Königinnen. Und außerdem ist das hier ein Notfall, also, warum sollten wir so etwas nicht verwenden?«

Lynx legte ihre Flügel an. Sie sah verwirrt aus. »Ein Notfall?«

»Du bist eine sehr schlechte Zuhörerin!«, tadelte Snowfall sie. »Die Animare-Magie ist KAPUTT! Niemand kann mehr zaubern! Wir können nichts erschaffen, um uns vor den Eindringlingen zu schützen!«

»Aber ... ist das nicht schon seit ... zweitausend Jahren so?«, fragte Lynx. »Die Eisflügler haben seit Prinz Arctic keinen Animare-Drachen mehr gehabt.«

Snowfall wollte ihr nichts von Jerboa erzählen, der schwierigen Sandflügler-Animare-Frau, die Königin Glacier gefunden und mit der sie eine Art Bündnis geschlossen hatte. Glacier hatte Snowfall aufgetragen, Jerboa aufzuspüren, in der Hoffnung, dass diese Animare-Frau die Seuche aufhalten könnte, aber sie waren zu spät gewesen. Und natürlich stellte sich jetzt heraus, dass die Sandflügler-Frau völlig nutzlos war. Ausgerechnet *jetzt*. Genau dann, wenn Snowfall sie *brauchte.*

Möglicherweise wissen die eindringenden Drachen das auch. Oder vielleicht haben SIE die gesamte Animare-Magie eingefroren!

»Irrelevant! Und geheim!«, zischte sie Lynx entgegen. »Wichtig ist doch nur, ich habe erkannt, dass wir etwas nutzen können, was wir *bereits haben.* In der Verbotenen Schatzkammer bewahren wir unsere alte Magie aus der Zeit vor Tausenden von Jahren auf, bevor wir unsere Animare-Blutlinie verloren haben. Damals erzeugte jeder Animare-Drache ein Geschenk für den Stamm. Da ich ein Genie bin, habe ich erkannt, es besteht eine Chance, dass eines dieser Geschenke uns retten und ich es in der Verbotenen Schatzkammer finden könnte.«

»Ich habe niemals gesehen, dass Königin Glacier so etwas getragen hätte«, bemerkte Lynx zurückhaltend.

»Vielleicht war meine Mutter nicht so genial, wie alle denken«, erwiderte Snowfall. »Hätte sie daran gedacht, hätte sie vielleicht etwas in der Schatzkammer finden können, um uns alle zu schützen, und *vielleicht* wäre sie dann noch am Leben.«

Sie legte den Kopf schief, bis ihre Augen aufhörten zu tränen. Der Gedanke an Magie, die unter dem Palast lag, vergessen, ungenutzt, vergeudet ... es juckte sie in den Klauen, etwas zu zerstören.

»Also gut, wozu dienen dann all diese Juwelen?«, fragte Lynx.

»Das sage ich dir nicht«, schnauzte Snowfall.

»Aber ... du *weißt* es doch?«, japste Lynx nervös. »Ich meine, du verstehst jedes der Dinge, die du trägst, oder? Und kannst du sie auch kontrollieren?«

Snowfall warf ihr einen vernichtenden Blick zu. »Natürlich«, erklärte sie. »Die meisten von ihnen wurden mit Notizen von den Königinnen versehen, die sie benutzt haben.« Sie blinzelte zu einem Umriss, der sich unter ihnen bewegte, aber es war nur ein Polarhase – und er sah genauso aus, wie es Polarhasen von oben immer taten. Irgendwie hatte sie erwartet, das Geschenk des Sehens würde tatsächlich etwas mit ihrer Sehkraft anstellen. Vielleicht war es ja beschädigt. Lynx brauchte das nicht zu wissen.

»Die *meisten*?«, kreischte Lynx, als Snowfall ihr vorauseilte. Sie flatterte mit den Flügeln, um aufzuholen. »Snowfall, was ist, wenn sie gefährlich sind?«

»Sie SOLLTEN besser gefährlich sein«, erwiderte Snowfall. »Darum geht es ja gerade! Eine Invasion befindet sich auf dem Weg hierher, schon vergessen? Wir brauchen jeden Schutz, den wir bekommen können. Deshalb wäre es am besten, ihnen mit einer Armee entgegenzutreten.«

»Ich glaube, du bist allein genauso furchteinflößend wie jede Armee«, wetterte Lynx. »Auch ohne jegliche Magie.«

»HA«, schnaubte Snowfall. »Ich habe nur sieben nicht magische Waffen bei mir. Wir brauchen TAUSENDE von Waffen, um diese Drachen zu vertreiben!«

Lynx blickte auf ihre Krallen hinunter, als hätte sie gerade erst bemerkt, dass dies die einzigen Waffen waren, die sie dabeihatte. »Wirklich? Sieben Waffen?«

»Ja, natürlich!«, bestätigte Snowfall. Sie deutete auf den Speer auf ihrem Rücken. »Speer.« Dann zu den Messern in den Scheiden an ihren Klauengelenken. »Messer, Messer.« Dann auf die Scheiden unter ihren Flügeln, die verborgenen Taschen ihres Kettenpanzers und den Beutel um ihren Hals. »Messer, Messer, Wurfsterne, Gift.«

Die anderen drei versteckten Waffen erwähnte sie nicht, nur für den Fall, Lynx arbeitete tatsächlich für Crystal oder die

Nachtflügler oder hatte selbst Hintergedanken und plante vielleicht, Snowfall anzugreifen, sobald sie diese ungeschützt aus dem Palast gebracht hatte. Tja, ha ha, Snowfall hatte das ja wohl dank dieser fünf Wachen vereitelt! Und den zusätzlichen Geheimwaffen. Und weil sie Lynx sowas von durchschaut hatte!

»Schon wieder Kopfschmerzen?«, fragte Lynx mitfühlend.

»Nein«, schnauzte Snowfall und fuhr sich mit den Krallen über die Schläfe. *Wohl eher immer Kopfschmerzen*, dachte sie. *Und du bist keine Hilfe, du potenziell nicht vertrauenswürdiger Drache!*

Unter ihnen, an der Klippe, von wo aus man das Meer überblicken konnte, sah sie eine Ansammlung von Eisstrukturen. »Was ist das?«

»Eins der äußeren Dörfer«, erklärte Lynx. »Wo-die-Seeschwalben-fliegen, glaube ich.«

»Ich sollte königlich verordnen, dass alle Eisflügler-Dörfer Namen haben müssen, die nur aus einem Wort bestehen«, murrte Snowfall. Ihre Krallen schmerzten noch immer von den Jahren, in denen sie die Liste der Dörfer immer und immer wieder aufgeschrieben, sie auf Karten eingezeichnet und Aufsätze darüber geschrieben hatte. Die Zeit, die sie sich hätte sparen können, wenn Hamlet-der-die-Wale-anbetet-die-nachts-singen einfach Wale geheißen hätte! Nicht zu verwechseln mit Wo-die-Wale-bei-Dämmerung-hüpfen, natürlich.

»Das wäre ein GROSSARTIGER königlicher Erlass«, rief Lynx inbrünstig aus. »Zumindest für Karten, Listen und Aufsätze, erstellt von erschöpften Drachlingen!«

»Euer armseliges kleines Anwesen ist auch irgendwo hier draußen«, erinnerte sich Snowfall.

»Das stimmt.« Lynx warf einen wehmütigen Blick zu ihrer Linken. »Es liegt oberhalb von Unter-dem-Immergrün. Mein Vater lebt dort, aber ... ich war schon eine ganze Weile nicht mehr dort.«

»Was ist er – Fünfter Kreis? Sechster?«

»Fünfter, seit ein paar Jahren«, antwortete Lynx. *Weil Lynx' Erfolg am Hof ihn nach oben befördert hat*, vermutete Snowfall. »Aber warte mal, gibt es nicht irgendeine Regel, dass niemand mit der Königin über die Rangliste sprechen darf?«

»Es ist in Ordnung, sobald *ich* es anspreche!«, erklärte Snowfall und fuhr dann schnippisch fort: »Aber verlange nicht von mir, etwas daran zu ändern! Nicht, dass ich das tun würde – auf keinen Fall! Niemand sonst trifft meine Entscheidungen für mich!«

»Oh, gut«, motzte Lynx. »Ich habe mich schon gewundert, warum Tundra und Permafrost in letzter Zeit so weit oben geblieben sind, wo sie doch immer so schrecklich sind, aber jetzt, wo ich weiß, alles ist allein deine Entscheidung ist, fühle ich mich viel besser.«

Snowfall funkelte sie wütend an. »Das klang sehr nach SARKASMUS.«

»Ach wirklich?«, schnaubte Lynx.

»Eure Majestät«, unterbrach eine der Wachen, die auf sie zuflog. »Wir glauben, wir haben etwas gesehen.«

Schnell schlug Snowfall mit den Flügeln und schoss vor Lynx, wobei sie eine andere Wache einholte, die vorausgeflogen war. Sie blinzelte zum Horizont, wo die schneebedeckten Klippen vom Meer abgelöst wurden.

Zuerst dachte sie, sie sähe Wolken am Himmel – gewöhnliche

Wolken, unbedrohliche Flaumwolken. Doch dann erkannte sie, dass die Wolken flimmerten, zitterten und sich bewegten. Blitze von Grün, Gold, Rosa und Aquamarin fingen das Sonnenlicht ein.

Es waren Wolken aus Flügeln, ein Nebel aus Drachen, die auf ihr Königreich zusteuerten.

Snowfall war so geschockt, als würde sie von einer Sandflügler-Schwanzspitze gestochen oder als würden sechs Nachtflügler sie auf einmal angreifen.

Es war wie der Moment, als sich ein kobaltblauer Hybriddrache vor ihr verbeugt hatte, ihr einen grellen Ohrring hinhielt und sagte: »Es tut mir so leid, dass ich nicht früher gekommen bin, Königin Snowfall. Für deine Mutter komme ich zu spät, aber ich kann wenigstens dein Leben retten, wenn du das hier anziehst. Diese Seuche – sie ist ein Zauber. Sie wurde von einem Animare-Nachtflügler namens Darkstalker geschickt, um den gesamten Stamm der Eisflügler auszulöschen.«

»Sie kommen, um uns zu töten«, schrie sie, wirbelte in der Luft herum und krachte fast mit Lynx zusammen. Bei ihren Worten gerieten die nächstfliegenden Wachen in der Luft ins Wanken; sie sahen genauso verängstigt aus, wie sie sich fühlte.

»Sie kommen *nicht*, um uns zu töten«, erwiderte Lynx. »Ich meine, wir wissen nicht, ob sie kommen, um uns zu töten. *Wahrscheinlich* kommen sie nicht, um uns zu töten. Wir werden es einfach herausfinden!«

»Eine schreckliche Art, es herauszufinden!«, protestierte Snowfall, als Lynx sich wieder umdrehte. »Es wäre viel klüger, sie mit meiner ganzen Armee anzugreifen, sobald sie landen!«

»Nein, nein«, wandte Lynx erschrocken ein. »Damit würden wir die Sache mit der völlig falschen Klaue anpacken! Hör zu, es wird nicht lange dauern, deine Armee zu holen, falls wir sie brauchen. Sollten uns diese Drachen gefährlich erscheinen, können wir uns auf das Anwesen meines Vaters zurückziehen und über das Spiegelsignalsystem Verstärkung herbeirufen. Siehst du? Kein Grund zur Panik.«

Snowfall zischte sie an. Ja, gut, sie sollte sich vor den Wachen vielleicht weniger ängstlich verhalten. Königinnen sollten nicht wegen jeder Kleinigkeit ausflippen. Königinnen gerieten nie in Panik.

Mutter hatte nie Angst, nicht ein einziges Mal, nicht während des Krieges und nicht einmal, als die Seuche kam.

Aber WARUM NICHT, frage ich mich. Es gibt SO VIELE Dinge, vor denen man Angst haben kann! War sie insgeheim immer am Rande des Zusammenbruchs, so wie ich es bin? Hat sie sich gefragt, wie sie den ganzen Stamm in diesem großen, kalten Königreich nach einem Krieg mit so vielen Toten zusammenhalten soll? Hat sie nicht die ganze Zeit darüber nachgedacht, wie wir gegen einen Stamm von Drachen überleben können, die uns hassen und die übrigens die GESAMTEN magischen Kräfte besitzen?

Hör auf, über Nachtflügler nachzudenken. Kümmere dich um diese neue, mysteriöse, beängstigende Angelegenheit.

»Niemand gerät in Panik«, befahl sie, mit dem Schwanz schnippend. »Du bist eine unverschämte Mücke. Hör auf, mich zu nerven.« Sie schob Lynx zur Seite und flog weiter. Für einen kurzen Moment verhielten sich die Wachen beunruhigend erstarrt, doch dann spürte sie, wie sie sich um sie herum in Position brachten und in Formation flogen, so als wäre sie genau die richtige Königin, die genau das Richtige tat.

Und nicht eine, die sich einfach irgendwas einbildet.

Sie führte sie zu einer Klippe mit Blick auf einen Hain aus schneebedeckten Kiefern auf felsigem Strand. Unter ihnen schwebten Drachen zur Landung herab.

Es waren keine Nachtflügler – da hatte der Späher recht.

Es waren auch keine Meeres- oder Regenflügler.

Die grünen Drachen – eigentlich grün und braun und zum Teil mit goldenen Schuppen gesprenkelt, wie Snowfall bemerkte – besaßen elegante Flügel, die wie Blätter geformt waren, keine phosphoreszierenden Markierungen und keine Schwimmhäute zwischen ihren Krallen.

Der andere Stamm war viel seltsamer. Ihre Schuppen wiesen das gesamte Farbspektrum auf – schimmernde Rosatöne, dunkle Violetttöne, blasse Lavendeltöne, Blau- und Orangetöne und sommerliche Gelbtöne. Jeder von ihnen hatte vier statt zwei Flügel und selbst aus der Ferne konnte Snowfall erkennen, dass aus ihrer Stirn zarte Fühler ragten.

»Seltsame, gruselige Drachen«, zischte sie, kauerte sich dicht auf den Boden und spähte über den Rand der Klippe. »Sie müssen böse sein! Die sehen ganz anders aus als wir!«

»Das tun Sandflügler auch, aber wir haben es geschafft, uns während des Krieges mit einigen von ihnen zu verbünden«, erklärte Lynx neben ihr. »Jeder Stamm sieht ein bisschen anders aus, aber keiner von ihnen ist durch und durch *böse.*«

»Falsch«, schnauzte Snowfall. »Objektiv falsch. Nachtflügler sind zu NEUNTAUSEND PROZENT böse.«

Lynx warf ihr wieder diesen seltsamen Seitenblick zu. »Hat der Empathie-Zauber bei dir überhaupt nicht funktioniert?«, wunderte sie sich. »Hast du nicht gefühlt, was sie fühlten, als wir mit ihnen kämpften? Dadurch haben wir Eisflügler es geschafft, sie viel weniger zu hassen. Warum verhält es sich bei dir nicht ebenso?«

Snowfall antwortete nicht. Dieser Moment – mitten im Kampf, als ein Animare-Drache die Seelen aller kämpfenden Drachen, Eisflügler und Nachtflügler, miteinander verbunden hatte – das war einer der schlimmsten Momente ihres Lebens gewesen.

Denn inmitten der Angst der Eisflügler hatte sie in einem Drachen nach dem anderen ein bestimmtes Flüstern gehört.

Was werden wir ohne Königin Glacier tun?

Wie kann Snowfall uns überhaupt retten?

Sie ist nicht bereit.

Sie ist ein selbstgefälliges, kleines Monster.

Unsere neue Königin ist ein verwöhnter Drachling, der keine Ahnung hat, was er tun soll.

Warum hat Glacier sie *ausgewählt?*

Bis dahin dachte sie, der Stamm wäre vielleicht stolz auf sie. Vielleicht waren sie froh, dass sie die auserwählte Schwester war; vielleicht wussten sie, wie leidenschaftlich sie für sie kämpfen würde. Vielleicht hatte Glaciers Wahl alle davon überzeugt, dass sie wirklich eine würdige Königin war.

Offenbar nicht.

Und drüben, auf der anderen Seite, spürte sie auch den Triumph der Nachtflügler – *sieh dir ihre Königin an! Sie ist kaum alt genug, um zu fliegen! Sie hat keine Ahnung!*

Wir können sie leicht vernichten.

Und dennoch war es nicht das vorrangige Gefühl, das die kämpfenden Drachen empfanden – denn das war Angst. Und jetzt war diese verbindende Angst alles, worüber man sprach:

Nachtflügler, hey, vielleicht sind sie genau wie wir! Vielleicht haben sie auch Angst vor alledem! Wir können sie vollkommen verstehen!

Snowfall schien die Einzige zu sein, die sich an diesen Zweifel über sie unter allen anderen Gefühlen erinnerte. Zumindest hatte es nie jemand gewagt, sie zu fragen: »Hey, hast du zufällig gehört, dass ich darüber nachgedacht habe, was für eine schreckliche Königin du bist?«

Und sie empfand immer noch Angst vor den Nachtflüglern. Die anderen Eisflügler waren verrückt, dass sie das nicht spürten.

»Soll ich zuerst mit ihnen reden?«, fragte Lynx. Snowfall spürte, dass der andere Drache sie in den letzten Minuten sehr genau beobachtet hatte.

»Nein«, knurrte Snowfall. »Ich werde gehen. Wir lassen zwei Wachen hier, falls sie losfliegen müssen, um Hilfe zu holen.« Sie schnippte mit dem Schwanz den drei größten Wächtern zu, um ihnen zu signalisieren, ihr zu folgen.

Je näher sie kamen, desto mehr fiel Snowfall auf, wie ramponiert die Eindringlinge aussahen. Einige von ihnen hatten versengte Schwänze oder Flügel; alle waren nass und mit Salz von der Gischt verkrustet. Die meisten von ihnen waren sehr dünn. An fast allen bunten Drachen befanden sich schwer aussehende Metallarmbänder um ihre Vorderklauen. *Warum sollte jemand so etwas auf einem langen Flug tragen?*, fragte sich Snowfall misstrauisch. *Sie würden einen die ganze Zeit nach unten ziehen. Das muss eine Art mächtige Waffe sein.*

Einige der grünen Drachen wirkten seltsam klumpig, bis ihr auffiel, sie alle trugen mehrere gewebte Beutel. *Und was ist da drin?*, überlegte sie. *Verfluchte Gegenstände? Was, wenn sie etwas besitzen, das uns verzaubern kann, damit wir ihnen unser ganzes Königreich ausliefern?*

Sie berührte die Diamanten in ihrer Armbinde, scharfkantig und kalt. Es war beruhigend zu wissen, dass sie ihre eigene Magie besaß.

Die meisten Drachen blickten müde auf, als Snowfall und ihre Begleitung landeten. Kieselsteine und Eis knirschten unter ihren Krallen.

Eine der grünen Drachenfrauen richtete sich stirnkräuselnd auf, doch dann zerrte ein anderer grüner Drache sie wieder nach unten, und ein dritter grüner Drache erhob sich und kam auf Snowfall zu.

»Wer seid ihr?«, fragte Snowfall. »Was tut ihr in meinem Königreich?«

Der grüne Drache setzte sich hin und breitete seine Flügel aus, wobei er seine Vorderklauen mit den Klauenflächen nach oben hielt. »Ich bin Prinz – ähm, Königin Hazel von den Blattflüglern. Die anderen Drachen, die mit uns reisen, sind Seidenflügler. Wir kommen aus dem Land Pantala, von der anderen Seite des Meeres.«

»Für einen Nachbarschaftsbesuch seid ihr sehr viele Drachen«, meinte Snowfall.

»Ich fürchte, wir brauchen Hilfe«, erklärte Hazel und Kummer flackerte über ihr Gesicht. »Wir waren gezwungen, ganz plötzlich aus unserer Heimat zu fliehen. Unser Dschungel brannte, und unsere Königin war verschwunden. Auf unserem Kontinent herrscht eine schreckliche Gefahr, und wenn wir nicht geflohen wären, hätte sie uns alle vernichtet.«

Snowfall konnte die Wellen des Mitgefühls SPÜREN, die von Lynx ausgingen, die ein wenig zu nahe links von ihr stand. Es überraschte kaum, dass *sie* auf jede rührselige Geschichte hereinfiel, die sie hörte. Aber Snowfall war schlauer als sie. Sie hatte ein Königreich zu beschützen.

»Das klingt, als wärt ihr besser dortgeblieben und hättet für euer Land gekämpft«, erwiderte sie. »Wir haben sowieso keinen Platz für euch. Ihr müsst gehen. Und zwar sofort.«

Hazels Gesicht verzog sich. »Warte bitte. Lass mich dir die ganze Geschichte erzählen.«

Plötzlich stürmte etwas über den Schnee auf sie zu, irgendwelche fremdartigen Silben kreischend. Snowfall wirbelte herum, zog ihre Messer und war kurz davor, sie zu werfen, als sie erkannte, dass der Angreifer ein winziges Drachenmädchen war.

So *richtig* winzig. Mit einem erschrockenen Aufschrei kam sie zum Stehen und starrte zu ihren glitzernden Waffen auf. Große, schwarz umrandete Augen blinzelten in einem warmen, goldenen Gesicht. Ihre vier Flügel waren ein wenig schimmernder und dünner als die der meisten anderen und ihre Schuppen abwechselnd schwarz und gelb gestreift.

Der Drachling brach in Tränen aus.

»Oh, gut gemacht, Eure Majestät«, flüsterte Lynx Snowfall zu. »Ausgezeichnete Selbstverteidigung.«

Ein weiterer gelb-schwarzer Drache kam herbeigeeilt und schlang seine Flügel um das Baby. Sie trug eine schiefe Brille und sah völlig erschöpft aus.

»Es ist alles gut«, murmelte sie. »Nicht weinen, Bumblebee! Schau, wir haben es in die Fernen Königreiche geschafft! Kannst du das glauben? Aber sie existieren wirklich! Ist das nicht unglaublich? Wir sind da! Wir sind jetzt in Sicherheit!«

Lynx warf Snowfall einen »Du-wirst-diesen-Moment-zerstörennicht-wahr?«-Blick zu.

»Fifiglitzi«, schniefte Bumblebee in die Schulter des anderen Drachen. »FÄÄRLSCH! GABRÜÜÜÜLL!«

Der Brillen-Drache sah auf und traf Snowfalls Blick. Ihre Augen weiteten sich, und plötzlich wirkte sie überhaupt nicht mehr müde. »Oh, wow!«, rief sie. »Unser erster neuer Drache in den Fernen Königreichen! Ist sie nicht einfach *unglaublich*? Oh mein Gott, sie sieht aus, als wäre sie aus Eis! Ich hatte ja keine Ahnung – hallo, hallo, bist du wirklich aus Eis? Ich meine ... das kannst du doch nicht sein, oder? Nein, du bist eindeutig biologisch, aber wie kannst du so glänzen? Es ist sehr kalt hier; ist das eine Art arktische Anpassung?!«

»Cricket«, mahnte Hazel in einem warnenden Ton. »Ich versuche, mit dieser Drachenkönigin zu verhandeln.«

»Oh, sie *ist* die Königin?«, platzte Cricket heraus, so aufgeregt, dass ihre Worte noch schneller durcheinanderpurzelten. »Vom ganzen Kontinent? Wahnsinn! Wie viele Drachen sind das denn? Meinst du, der Ort ist so groß wie Pantala?«

»Vom Königreich des Eises«, unterbrach Snowfall kalt. »Ich bin Königin Snowfall von den Eisflüglern.«

»Und nein, wir sind tatsächlich nicht aus Eis«, flüsterte Lynx zu Cricket. Snowfall starrte sie finster an.

Hinter Cricket, Hazel und Bumblebee erkannte Snowfall noch mehr Drachen, die auf den Strand taumelten. Es waren wirklich Hunderte von Drachen. Und sie landeten mit so ... *erleichterten* Mienen, als ob sie genau hier sein wollten. Als wäre dies genau das Gebiet, das sie zu stehlen gehofft hatten.

Einer von ihnen brach zusammen und grub seine Krallen in den schneebedeckten Boden. *Ist er krank?*, fragte sich Snowfall.

Ist er ansteckend? Eine weitere Bewegung veranlasste sie, sich nach rechts zu drehen, aber es war nur ein Paar junger, starker Blattflügler, die dabei halfen, einen Seidenflügler aus dem Wasser zu ziehen. *Haben sie Magie? Werden sie plötzlich gewalttätig werden?*

»Ihr müsst hier verschwinden«, zischte sie in Richtung Hazel. Sie bemerkte, dass sie immer noch die Messer in der Klaue hielt, mit denen sie den Drachling bedroht hatte. Hoheitsvoll hob sie den Kopf und steckte sie in die Scheide. »Ihr seid hier nicht willkommen. Fallt doch stattdessen in Thorns Reich ein.«

»Mehrere Drachen von uns können im Moment unmöglich weiterfliegen«, flehte Hazel. »Sie sind verletzt, alt oder noch zu klein, und wir sind schon seit Tagen unterwegs. Bitte! Sie müssen sich ausruhen.«

»Das ist nicht mein Problem«, erwiderte Snowfall. »Es sind nicht meine Drachen.«

»Snowfall«, mahnte Lynx bedeutungsvoll.

«Sind sie nun mal nicht!«, protestierte Snowfall. »Ich habe einen Stamm zu beschützen!«

»Wir sind keine Bedrohung für euch, das verspreche ich«, versicherte Hazel. Snowfall sah, dass die Blattflügler-Königin zitterte. War das Angst, Erschöpfung oder Kälte? Hoffentlich Kälte – vielleicht würden die hier herrschenden Temperaturen sie noch schneller aus dem Eiskönigreich vertreiben, als sie es vermochte.

Wenn ja, wäre es vielleicht in Ordnung, sie eine Nacht verweilen zu lassen, wenn sie versprachen, am Strand zu bleiben ... und gleich am nächsten Morgen aufzubrechen ...

»Das sind alle!«, verkündete eine forsche, vertraute Stimme. Jemand Großes und Blaues sprang aus dem Meer. »Ich meine, außer Turtle, aber er wird bald keuchend auftauchen, keine Sorge.«

Snowfall schnappte nach Luft.

»*Du*«, stieß sie hervor.

Es war diese furchtbare »Drachling-der-Prophezeiung«-Meeresflüglerin, die die Jadeberg-Akademie leitete! Also WAR dies eine Invasion der Meeresflügler! Irgendwie! Und war sie nicht mit Glory befreundet? Die Nachtflügler lauerten wahrscheinlich in der Nähe und warteten darauf, dass Snowfall von den seltsam aussehenden Drachen abgelenkt wurde, und dann würden sie ZUSCHLAGEN! Ein Hinterhalt! Ein Angriff! Genau wie sie es vermutet hatte!

»Oh nein«, rief Tsunami, runzelte die Schnauze und warf Snowfall einen verärgerten Blick zu. »Wir sind im Königreich des Eises gelandet? Ich dachte, wir wären viel weiter südlich.« Seufzend schüttelte sie ihre Flügel aus und Salzwasser, Seetang und winzige Seeschnecken verteilten sich um sie herum.

»Was machst du hier?«, verlangte Snowfall wütend zu wissen. »Wie kannst du es WAGEN, in mein Königreich einzufallen? Und noch dazu mit einer riesigen Schar verdächtiger, seltsam aussehender Fremder?! Verschwindet SOFORT!«

»Wir sind nicht verdächtig«, protestierte diejenige namens Cricket. »Wir sind nur müde und verängstigt und fliehen vor einer wirklich furchteinflößenden, bösen Sache. Was sollen wir denn deiner Meinung nach tun?«

»Es ist schon in Ordnung, Cricket«, murmelte Hazel und ging einen Schritt zurück, zu ihren anderen grünen Drachen. Snowfall bemerkte, dass diejenige, die sich zuerst bewegt hatte, wieder aufstand und bedrohlich die Stirn in Furchen legte. »Ich wäre auch beunruhigt, würden plötzlich so viele Drachen in meinem Dschungel auftauchen.«

»Aber ich wette, du wärst nicht SUPER GEMEIN zu ihnen«, schnauzte Tsunami.

»Oh, ich weiß!«, wandte Cricket ein. »Warte, Königin Snowfall, wir sind doch keine völlig Fremden! Bumblebee und ich hatten vor Hunderten von Jahren eine Vorfahrin, die auf eurem Kontinent lebte. Ist das zu wissen vielleicht hilfreich? Du musst von ihr gehört haben – wir sind Nachkommen von Clearsight!«

Aus den Augenwinkeln beobachtete Snowfall, wie Tsunami zusammenzuckte. Sie selbst erfasste ein seltsamer Schwindelanfall, als hätte der Boden unter ihr plötzlich Risse bekommen und sie in den dunklen Ozean gleiten lassen. Zorn durchzuckte sie, hämmerte in ihren Schläfen und floss bis in die Spitzen ihrer Flügel.

Die schwarzen Schuppen. Der verräterische Wir-sind-schlauer-als-du-Ausdruck. Sie hätte es erkennen müssen. Diese Drachen waren *zu einem Teil Nachtflügler*.

Und was noch schlimmer war: Sie waren mit *Clearsight* verwandt, dem Drachen, der Darkstalker überhaupt erst zur Macht verholfen hatte. Die wahre Liebe dieses Massenmörders. Wutentbrannt hob Snowfall ihre Klauengelenke und schlug die Armbänder mit den Diamanten zusammen. Einmal, zweimal, dreimal, genau wie es in der Anleitung beschrieben stand.

Hinter ihr, auf der Spitze der Klippe, erschien die gesamte Armee der Eisflügler.

Kapitel 5

Lynx sprang erschrocken weg von Snowfall. Die anderen Drachen – Hazel, Cricket, Bumblebee, Tsunami und Hunderte der angeblichen Angreifer – blieben wie erstarrt stehen und starrten auf die glitzernden Reihen von Soldaten.

»Bei den drei Monden – wie hast du das gemacht?«, zischte Lynx.

Grinsend hielt Snowfall ihr die Armbänder entgegen. »Das Geschenk der Tarnung«, erklärte sie. Den Erläuterungen in der Verbotenen Schatzkammer zufolge konnte sie damit sich selbst verbergen oder alles andere, was sie verbergen wollte. Also hatte sie in der Nacht ihre Armee versammelt und sie zum Aufbruch gerüstet, die Waffen im Anschlag. Sie hatte ihr neues magisches Spielzeug getestet. Sie war sich nun sicher, dass ihre Armee, vor aller Augen verborgen, hinter ihr herflog. Und da war sie, als hätte sie sie aus dem Nichts geholt.

Jetzt fühlte sie sich stark – wie eine Königin. Die fremden Drachen sahen alle verängstigt aus – sie hatten Angst vor *ihr*. SO BRILLIANT. Alles, was sie sich erhofft hatte! Mit der Armee und der Magie hatte sie ihre Macht bewiesen. Sie würden es nicht mehr wagen, sich mit ihr anzulegen.

Warum hat Mutter sie nie verwendet?, fragte sie sich. *Wir hätten während des Krieges eine solch eindrucksvolle Eisflügler-Magie gebrauchen können. Sie hätte ihre Armee oder Spione oder einen Attentäter verstecken können, um Burn und Blister zu verfolgen. Das Geschenk der Tarnung hätte uns zum gefährlichsten Stamm des Krieges gemacht!*

Nun denn. Jetzt ist es an der Zeit für eine Eisflügler-Königin, die sich nicht scheut, alle ihre Mittel einzusetzen.

Sie senkte ihre Stimme auf ihren kältesten, eisigsten Ton. »Ich sagte«, zischte sie leise. »Verschwindet. Von hier.«

Zögernd flackerte Hazels Blick von ihr über die Armee zu Lynx. »Natürlich«, antwortete sie. »Wir werden – wir werden gehen.« Sie trat noch einen Schritt zurück.

Ein einziger Drache sah nicht verängstigt aus, wie Snowfall feststellte. Die stirnrunzelnde Blattflüglerin hinter Hazel bäumte sich auf wie ein wütender Eisbär, der zum Angriff übergeht. Ihr Schwanz peitschte, als sie Snowfall anstarrte. Je schneller Snowfall sie aus dem Königreich des Eises hinauszwang, desto besser.

»Was *war* das?«, schnaubte Cricket und rückte ihre Brille zurecht, um zu der Armee raufzuschielen. »Können sich alle Drachen hier unsichtbar machen? Was könnt ihr sonst noch? Bumblebee, hast du das gesehen?«

»Funklzähn«, murmelte Bumblebee und vergrub ihren Kopf an Crickets Schulter.

»Schon gut, schon gut«, brummte Tsunami und breitete ihre Flügel aus. »Ich hätte es mir denken können, dass wir im schlimmsten Königreich landen, und der erste Drache, dem wir begegnen, die Königin der Miesepeter ist.«

Bevor Snowfall Tsunami den Kopf abbeißen konnte, meldete sich unerwartet Lynx zu Wort.

»Sie ist nicht miesepetrig!«, rief Lynx. »Sie ist eine GROSSARTIGE Königin und dies ist das beste Königreich! Niemand hat euch eingeladen, um uns zu beleidigen.«

Hazel hatte im Hintergrund leise Befehle gegeben und Drachen losgeschickt, um alle zu versammeln, aber jetzt hielt sie inne und berührte Tsunamis Schulter, bevor die Meeresflüglerin sich mit Lynx streiten konnte. »Kannst du uns woanders hinführen?«, bat sie.

»Ja, nach Süden, zum Königreich des Sandes«, antwortete Tsunami. »Dort finden wir Luna und Moon. Und ich bin mir sicher, Königin Thorn weiß, wie man mit einer Gruppe harmloser, müder, trauriger Drachen umgeht, die ihre Heimat verloren haben.«

»Sie kann euch gerne behalten!«, schnaubte Snowfall und schlug ihre Flügel zurück. Tsunami bedachte sie mit einem angewiderten Blick und drehte sich um, um den Drachen beim Aufbruch zu helfen.

Süden, dachte Snowfall plötzlich. *Wenn sie der Küste folgen ... was sie wahrscheinlich tun werden, damit sie sich oft ausruhen können ... könnten sie in Reichweite der Großen Eisklippe gelangen.*

Diese wird sie sofort mit Eisspeeren beschießen, obwohl sie sie von der anderen Seite her überfliegen werden.

Sie zögerte. Das *würde* das Problem vollständig beseitigen. Die Nachkommen von Clearsight wären weg, sie müsste sich um nichts mehr kümmern und ihr Königreich wäre wieder sicher.

Aber sie in den sicheren Tod zu schicken, war genau das, was Darkstalker tun würde.

Snowfall wollte gerade etwas sagen – sie war sich ziemlich sicher, dass sie etwas sagen wollte – als Lynx ihr zuvorkam.

»Ihr müsst vorsichtig sein«, wandte sie sich an Hazel. »An unserer südlichen Grenze gibt es eine Eisklippe, die alle Drachen, die keine Eisflügler sind, angreift, sobald sie sie passieren. Ihr müsst auf das Meer hinausfliegen, um sie zu umgehen – ziemlich weit hinaus, denke ich.«

Diese Nachricht ließ Hazel so müde aussehen (und Cricket so fasziniert), dass Snowfall *beinahe* eingeknickt wäre.

Aber sie konnte nicht. Sie musste stark sein. Drachen von außerhalb ihres Königreichs waren gefährlich, das war das Einzige, was zählte.

»Wir werden mit euch fliegen«, verkündete Lynx, OHNE SICH AUCH NUR DIE GERINGSTE MÜHE ZU MACHEN, DIESEN PLAN MIT SNOWFALL ZU BESPRECHEN.

»Wir bringen euch zur südlichen Grenze des Eisreiches und sorgen dafür, dass ihr sicher hinüberkommt.«

»Ihr alle?«, fragte Hazel und blickte wieder zu der Armee hinauf.

»Nur ich und Königin Snowfall«, erklärte Lynx.

»ÄHEM«, warf Snowfall ein. »Und zehn meiner Leibwächter.«

Sie war sich nicht ganz sicher, warum sie überhaupt zugestimmt hatte, mitzukommen. Vielleicht wollte sie nur sicherstellen, dass sie wirklich weg waren. Ja, das ergab Sinn. Am besten wäre es, sie weit über die Grenze zu bringen, damit sie endgültig aus ihrem Leben verschwanden.

Sollte sie ihre Armee wieder tarnen und sie folgen lassen? Oder wäre das zu viel des Guten ... ein Zeichen der Angst statt der Stärke? Hmmm.

Sie dachte über ihre Optionen nach, während sie oben auf der Klippe saß und beobachtete, wie sich die Drachen unten zum Aufbruch bereitmachten. Sie bewegten sich SEHR LANGSAM. Wenn es stimmte, dass sie vor einem Feind geflohen waren, dachte Snowfall, musste es sich um einen ziemlich trägen Feind handeln, sonst hätte er sie leicht einholen können. Ein riesiges Faultier vielleicht. Ein Seeelefant an Land. Ein bösartiger Gletscher.

Lynx war dort unten und versuchte zu helfen. Snowfall beobachtete, wie sie sich zwischen den Drachen bewegte und ihnen Schalen mit geschmolzenem Schnee zum Trinken brachte. Sie hatte auch einen der Soldaten gebeten, zum nächstgelegenen Geschenk der Nahrung zu fliegen und ein paar Robben zu holen, um sie unter den Drachen zu verteilen. Snowfall hatte überlegt, ihm das zu verbieten, aber sie beschloss, es wäre königlicher, sich nicht einzumischen. Schließlich war das Geschenk der Nahrung eine Magie, die so viele Robben hervorbrachte, wie die Drachen benötigten, also konnten sie ihnen nicht wirklich ausgehen.

Anscheinend aßen die Seidenflügler jedoch kein Fleisch, was Snowfall noch misstrauischer machte, denn traf das nicht auch auf die Regenflügler zu? Konnte man sicher sein, dass diese seltsamen Drachen nicht für Königin Glory arbeiteten?

Jedenfalls wuchs in diesem Kiefernwald nichts, was sie essen konnten. *Im Eiskönigreich wären sie also völlig fehl am Platz*, sagte sich Snowfall und unterdrückte die Schuldgefühle, die in ihr aufkeimten. *Zu kalt, keine Pflanzen und vor allem Drachen, die sie loswerden wollen. Sie sollten also gleich weiterziehen und zum Problem einer anderen Königin werden.*

Die seltsamen Drachen hatten eine Art großes, provisorisches Ding, das mehr schlecht als recht auf dem Ozean schwamm und aus Palmen bestand, die mit Lianen zusammengebunden waren, soweit Snowfall das beurteilen konnte. Tsunami hatte es auf dem Meer zurückgelassen, als sie an Land kam, aber nun schwamm sie zurück, um es zu holen. Ein paar der gesünderen Drachen sowie Lynx halfen ihr, es ans Ufer zu ziehen. Snowfall beobachtete sie genau, wie sie einigen der ältesten, schwächsten und kleinsten Drachen halfen, darauf zu klettern. Offensichtlich sollten sie über den Ozean gezogen werden, da sie selbst nicht in der Lage waren, diese Strecke aus eigener Kraft zu fliegen.

Dann hätten sie ihren eigenen dummen Kontinent nicht verlassen dürfen, dachte sie. *Wie hatte sie ihn genannt? Pintala? Sie hätten dortbleiben und sich um ihre eigenen Probleme kümmern sollen, anstatt sie zu mir zu bringen.*

Sie schnippte mit dem Schwanz, um ihre Lieblingsgeneralin herzuordern. Ivory eilte sofort herbei und verbeugte sich mit genau dem Respekt, den Snowfall erwartet hatte.

Ivory war bei dem Kampf mit den Nachtflüglern dabei gewesen. Nur sie hatte nicht gedacht: *Königin Snowfall, igitt, was für eine schreckliche Wahl*, wie so viele der Drachen in ihrer Armee. Ihre Gedanken drückten aus: *Ich hoffe, sie schafft das. Wenn wir das überleben, werde ich unserer neuen Königin helfen, wo ich nur kann.*

Es war nicht gerade *Hurra, Snowfall ist die Beste!*, aber es zählte zu den einzigen unterstützenden Worten, die Snowfall in dem Chaos gehört hatte. Deshalb war sie Snowfalls Liebling und würde für immer im Ersten Kreis bleiben, wenn es nach ihr ging.

»Ich übertrage dir die Verantwortung, während ich nicht im Königreich bin«, verkündete Snowfall.

»Mir?« Generalin Ivory sah einen Moment lang überrascht aus. »Ja, Eure Majestät. Darf ich fragen – was ist, wenn Tundra Einwände hat?«

»Dann soll sie ihren eigenen Schwanz fressen«, schnauzte Snowfall. »Sag ihr, sollte sie sich beschweren, werde ich sie mit Freuden in einen anderen Kreis versetzen.« *Oh*, dachte sie mit einem plötzlichen Anflug von fast so etwas wie Vergnügen. *Wenn ich die Eindringlinge von hier wegbringe, schaffe ich es heute Abend bestimmt nicht mehr zurück in den Palast. Ich werde irgendwo übernachten müssen. Das heißt, ich muss die Rangliste nicht machen!*

Vielleicht war es ein schlechtes Zeichen, aber dieser Moment war tatsächlich der glücklichste, seitdem sie Königin geworden war.

Lynx winkte ihr zu, und die Drachen unter ihr erhoben sich in einem Wirbelwind von Flügelschlägen vom Strand. Snowfall rief die zehn ausgewählten Wächter herbei und sprang in den Himmel, um sich ihnen anzuschließen. Natürlich flog sie nicht *mit* ihnen, sondern eher etwas abseits, wo sie sie zwar sehen konnte, aber nicht von einem von ihnen angerempelt wurde.

Ihr Plan, Abstand zu halten, wurde jedoch durchkreuzt, als Königin Hazel zu ihr herüberschwebte und neben ihr flog.

»Was soll das?«, murrte Snowfall und wich leicht zurück.

»Bald werden wir dein Königreich verlassen haben«, antwortete Hazel. »Ich hatte einfach gehofft ... Du bist die einzige Königin, die ich je kennengelernt habe, abgesehen von meiner Urgroßmutter. Und du bist noch gar nicht so alt. Ich meine, du scheinst in meinem Alter zu sein, und ich ... Ich würde gerne wissen, wie du das alles machst, denn es ist wirklich neu für mich und es ist viel... viel schwieriger, als ich dachte. Weißt du, meine Urgroßmutter war die am längsten regierende Königin, die es je gab, und ich dachte, ich hätte noch so viel Zeit, bis es mich trifft.«

Snowfall würde auf keinen Fall Mitleid mit einem seltsamen eindringenden Drachen von der anderen Seite des Meeres entwickeln. Sie waren ganz und gar NICHT gleich.

»Wie lange bist du schon Königin?«, erkundigte sich Hazel.

Weniger als ein halbes Jahr, aber wenn sie Hazel das anvertraute, würden die eingefallenen Drachen sie sicher nicht mehr ernst nehmen. Sie mussten sich weiterhin vor ihr fürchten.

»Eine lange Zeit«, antwortete sie. Es fühlte sich tatsächlich ziemlich wahr an, als sie dies behauptete. Wenn man kaum schlief, kamen einem die Tage und Nächte wahrscheinlich tausendmal länger vor.

»Oh«, meinte Hazel. »Dann muss es dir ja inzwischen sehr leicht fallen.«

Snowfall hoffte, ihr Gesicht verriet sie nicht. »Natürlich gibt es ... Herausforderungen«, erklärte sie. »Aber die Eisflügler haben viele Traditionen, für deren Aufrechterhaltung ich verantwortlich bin. Sie helfen dabei, das Königreich sicher und geordnet zu halten, und solange ich sie befolge, bleibt alles so, wie es sein soll, und alle sind in Sicherheit.«

»Sicherheit wäre so wunderbar«, seufzte Hazel traurig. »Wir haben unser Zuhause und unsere Bäume verloren, noch bevor ich geschlüpft bin. Sollten wir einmal solche Traditionen gehabt haben, sind sie jetzt verschwunden.« Sie hielt einen Moment lang inne und blickte nach Westen, als wäre der Horizont von den Geistern all dessen gesäumt, was ihr Stamm verloren hatte. Nach ein paar Herzschlägen fragte sie: »Wie ist eure letzte Königin gestorben?«

»Durch eine böse magische Seuche«, antwortete Snowfall. »Und eure?«

Hazel zögerte. »Nun ... ich glaube nicht, dass sie tot ist. Aber ich weiß es nicht mit Sicherheit. Wir haben gegen diesen Feind gekämpft, der die Gedanken anderer Drachen übernehmen und sie kontrollieren kann. Er hat die Kontrolle über Königin Sequoia erlangt. Er könnte sie also getötet haben, nur glaube ich, er lässt sie eher am Leben, um sie gegen uns zu verwenden.« Sie seufzte und bemerkte dann, wie Snowfall sie anstarrte. »Was?«

»Ein Feind, der den Verstand anderer Drachen übernehmen kann?«, forschte Snowfall. »War sein Name Darkstalker?«

»N-nein«, antwortete Hazel zurückhaltend. »Wir dachten immer, es sei Königin Wasp, aber es stellte sich heraus, es könnte vielleicht eine Pflanze sein.«

Snowfall kniff die Augen zusammen. »Eine Pflanze?«

»Eine sehr böse Pflanze«, fügte Hazel hinzu.

Was war wahrscheinlicher – eine böse Pflanze oder Darkstalkers schreckliche Nachtflügler-Kräfte, die irgendwie über den Ozean reichten, um einen mythischen Kontinent voller Nachkommen von Clearsight zu beherrschen?

Snowfall dachte kurz darüber nach. Ihrer Meinung nach schien absolut nichts Darkstalkers Magie oder Bösartigkeit zu übertreffen.

Vielleicht war es aber auch ein anderer magischer, bösartiger Nachtflügler. Es könnte durchaus noch andere geben.

»Sollte sie also noch am Leben sein, gehst du dann zurück, um sie zu retten?«, fragte Snowfall.

»Auf jeden Fall. Ja. Falls ich herausfinde, wie«, beteuerte Hazel, »man die Gedankenkontrolle aufhalten kann, meine ich.«

»Aber müsstest du dann nicht deinen Thron an sie zurückgeben?«

»Das würde ich auf der Stelle tun!«, erklärte Hazel inbrünstig.

Würde ich das auch tun?, dachte Snowfall. *Wenn ich dafür meine Mutter zurückbekäme?*

Ja ... aber sie waren trotzdem nicht gleich. Hazel hatte wahrscheinlich keine ruchlose verschollene Schwester, die auf sie lauerte.

»Gibt es noch jemanden, der Königin werden möchte?«, interessierte sich Snowfall. »Ich meine, jemand, der dir den Thron wegnehmen könnte?«

Hazel warf einen Blick über ihre Schulter und Snowfall folgte ihm zu der Blattflüglerin, die sie zuvor stirnrunzelnd angeschaut hatte. Sie flog dicht neben ihrer grünen Freundin, fast so dicht, dass sie ihre Schwänze ineinander verschränken konnten, und es sah aus, als würden sie sich streiten.

»Nein«, erwiderte Hazel. »Ich meine, es gibt Drachen, die wahrscheinlich bessere Königinnen wären als ich. Aber sie wollen es nicht.«

»Ha! Sie *behaupten*, dass sie es nicht wollen«, platzte Snowfall heraus. »Willst du einen Rat, wie man sich als Königin verhält? Sei immer auf der Hut. Traue niemandem. Irgendjemand heckt immer etwas aus, um deinen Thron zu erobern, deine Untertanen zu ermorden oder dein Territorium zu stehlen!«

Hazel blinzelte und schirmte ihre Augen gegen die helle Reflexion der schneebedeckten Klippen zu ihrer Linken ab. »Immer?«, fragte sie mit leiser Stimme. »Sogar hier in den Fernen Königreichen?«

Snowfall schnaubte. »*Besonders* hier. Und besonders beim Stamm der Nachtflügler – hüte dich vor Drachen mit schwarzen und silbernen Schuppen. Sie können deine Gedanken lesen und in die Zukunft sehen, und sie wollen alle anderen Stämme auslöschen, damit sie als einzige übrig bleiben.«

»Das klingt nach Clearsight«, sagte Hazel nachdenklich. »Ich meine, nicht das Gedankenlesen. Ich habe noch nie gehört, dass sie das konnte – können die Drachen hier das wirklich? Aber sie vermochte in die Zukunft zu sehen ... und ihre Nachkommen haben meinen Stamm fast ausgelöscht.«

»Siehst du?« Snowfall schlug eine Möwe mit dem Schwanz von ihr weg. »Nachtflügler. Böse. Unzuverlässig. Und ja, sie sind wirklich Gedankenleser.«

»In ihrem Buch klingt sie allerdings nicht böse«, meinte Hazel. »Ich habe es auf der Flucht ein paar Mal gelesen, und sie erscheint mir viel freundlicher als etwa Königin Wasp. Ich glaube nicht, sie hätte einen Stamm ausgelöscht oder irgendjemandem wehgetan, hätte sie es verhindern können.«

Snowfall rollte mit den Augen. Dieser grüne Drache würde nicht mehr lange regieren, versuchte sie weiterhin, das Beste in Drachen wie Clearsight zu sehen.

»Ich sehe besser mal nach dem Floß«, entschuldigte sich Hazel und blinzelte zu den Drachen hinunter, die das Gefährt durch die Wellen zogen. »Ich hoffe, wir können später weiterreden!« Sie flitzte davon und überließ Snowfall ihren kreisenden, beunruhigenden Gedanken.

Es war ein viel längerer Flug, als Snowfall erwartet hatte. Zum einen, weil die seltsamen Drachen STÄNDIG anhalten mussten, um sich auszuruhen, und zum anderen, weil sie einen großen Umweg über den Ozean fliegen mussten, um nicht in Reichweite der Eisklippe zu geraten. Außerdem war das Floß unhandlich und die Drachen, die es zogen, tauschten immer wieder die Plätze. Einmal kippte eine unerwartete Welle das ganze Gefährt um, woraufhin alle in eine Riesenpanik fielen und sich ins Wasser stürzten, um die zappelnden Schwimmer zu retten, obwohl Tsunami und Turtle zur Stelle waren und alles völlig in Ordnung war. Die ganze Überreaktion war völlig unnötig!

Am späten Nachmittag erreichten sie schließlich die andere Seite der Tundra, das umstrittene Gebiet zwischen den Königreichen des Eises und des Sandes. (Ein Territorium, das DEFINITIV Snowfall gehörte! Für sie gehörte das Land eindeutig zum Eiskönigreich, und Königin Thorn konnte sich einen Kaktus in die Nase stecken, wenn sie glaubte, ein Recht darauf zu haben!)

Die Kieselstrände wichen langsam einer Küstenlinie aus gelbweißem Sand und die Temperaturen wurden im Laufe ihres Fluges immer wärmer. Gerade als die Sonne den westlichen Rand des orangefarbenen Himmels streifte, erhob sich Tsunami aus dem Wasser in die Lüfte, winkte Hazel zu und zeigte auf etwas, das sich weiter unten befand.

Es war eine Hütte mit einem Dach aus Palmwedeln, die in einer kleinen Bucht lag, in der das Wasser ruhig und klar war. Und vor der Hütte, auf dem Sand, standen vier Drachen, die in den Himmel blickten.

Snowfall kniff die Augen zusammen und wünschte sich wieder einmal, dass dieser dämliche Ring mit dem Geschenk des Sehens tatsächlich funktionierte. Die Eisflügler hatten ein schärferes Sehvermögen als die meisten anderen Stämme, aber aus dieser Entfernung konnte sie die Gesichter dennoch nicht so deutlich erkennen, wie sie es gerne wollte.

Sie konnte jedoch sehen, einer der Drachen dort unten war blassgrün, mit blauen, goldenen und weißen Sprenkeln und hatte vier Flügel, wie einige der seltsamen Drachen von der anderen Seite des Meeres – die Seidenflügler, wie Hazel sie genannt hatte.

Er stand neben jemandem, der EINDEUTIG ein Nachtflügler war. Ein Nachtflügler! Und einem dieser seltsamen Regenbogendrachen! Sie ARBEITETEN zusammen! Snowfall hatte die ganze Zeit recht gehabt!

Sie spürte, wie ein Angstschauer über ihre Schuppen lief und versuchte, diesen zu verdrängen. Schließlich begleiteten sie zehn gut bewaffnete Eisflügler-Soldaten. Sie besaß das Geschenk der Tarnung und das Geschenk der Stärke. Dieser Nachtflügler war es, der Angst haben sollte.

Die anderen beiden waren Sandflügler, langweilig, nichts zum ... Moment. Snowfall sauste tiefer und stieß ein Zischen aus.

Einer der Sandflügler war *Jerboa.*

Jerboa, IHR Animare-Drache! Jerboa, die ganz allein in einer Hütte leben und mit niemandem außer der Königin der Eisflügler sprechen sollte! (Vielleicht war das nicht genau das, was Königin Glacier gemeint hatte, aber zumindest hatte sie es so ausgedrückt!) Jerboa hatte nicht die Erlaubnis, anderen Sandflüglern und seltsamen Drachen von jenseits des Meeres zu helfen, und AUF KEINEN FALL DURFTE SIE SICH MIT EINEM NACHTFLÜGLER ZUSAMMENTUN.

Die Nachtflügler hatten ihre eigenen Animare-Drachen! Sie brauchten Jerboa nicht auch noch! Warum half sie einem von ihnen? Oder vielleicht sogar ihnen ALLEN?

Vielleicht hatte Jerboa also EINFACH gelogen, wenn die behauptete, die Animare-Magie funktioniere nicht mehr! Sie wollte den Eisflüglern nicht mehr helfen, da sie jetzt mit Snowfalls Feinden zusammenarbeitete!

Snowfalls Flügel vibrierten vor Stress, Wut und Nervosität, als sie vor den anderen Drachen auf dem Strand landete.

Mit strahlendem Gesicht sprang der Seidenflügler auf sie zu.

»Ist Blue bei euch? Und Swordtail? Halt, du bist kein Seidenflügler, tut mir leid – aber – oh! Sundew!« Sie eilte an Snowfall vorbei und warf ihre Flügel um die stirnrunzelnde Blattflügler-Frau, die, wie sich herausstellte, neben einem bedrohlichen Ausdruck noch ziemlich verblüfft aussehen konnte.

»Sundew!«, rief der Seidenflügler erneut und ließ sie los. »Ich fasse es nicht, dass ihr es alle hierhergeschafft habt! Wo ist Swordtail? Und Blue?«

Sundews freudiger Blick verflog und sie grub mit ihren Krallen nervös Rillen in den Sand. »Sie sind nicht hier, Luna. Es tut mir so leid.«

Luna presste ihre Klauen ans Gesicht, doch bevor sie in Tränen ausbrechen konnte, schaltete sich Sundews Gefährtin ein.

»Soweit wir wissen, sind sie noch am Leben«, berichtete sie. »Aber Königin Wasp hat sie. Das ist eine sehr lange Geschichte.«

»Wir holen sie zurück«, erklärte Sundew kämpferisch. »Das verspreche ich dir. Sogar diese hirnverbrannte Schnecke Swordtail. Wir werden einen Weg finden, sie zu retten.«

»Ja!«, rief Luna. »Ich bin so was von bereit! Wenn ihr mir sagen könnt, wie man den Ozean überquert, breche ich sofort auf!«

»Den Ozean zu überqueren, ist leider nicht das Schwierigste«, meinte Sundew.

Lunas Blick wanderte zu Cricket, die hinter den Blattflüglern stand und Bumblebee hielt. Sie winkte den gelb-schwarzen Drachen heran und umarmte auch sie. »Dann erzählt mir alles in Ruhe«, bat sie und die fünf gingen den Strand hinauf in die Hütte.

Snowfall hatte nur halb zugehört. Ihr Blick war auf Jerboa gerichtet, und könnte sie Drachen mit ihren Blicken einfrieren, wäre dieser Animare-Sandflügler längst bis auf die Knochen zu

Eis erstarrt. Die Wut in ihrem Blick brannte so stark, und sie konnte nicht *fassen*, wie lange Jerboa brauchte, um sich endlich umzudrehen und ihr in die Augen zu schauen. Aber Jerboa sah nicht einmal schuldbewusst aus! Sie sah ... verärgert aus? Müde? IRGENDWAS NERVIGES!

Snowfall stürmte auf sie zu. Der Nachtflügler und der andere Sandflügler waren zum Wasser hinuntergegangen, um den Meeresflüglern mit viel Tamtam und Gezwitscher und fröhlichen Wiedersehensgeräuschen zu helfen, das Floß an Land zu ziehen. Um Jerboa und ihr kleines Stück Sand herum herrschte eine kleine Oase der Stille.

»Was tust du hier?«, knurrte Snowfall sie an.

Jerboa zog eine Augenbraue hoch. »*Ich* wohne hier. Was tust du hier?«

»Arbeitest du mit diesen Drachen zusammen?«, herrschte Snowfall sie an. »Hast du ihnen einen Zauber gegeben, mit dem sie in mein Königreich eindringen können?«

Jerboa bedachte sie mit einem vernichtenden Blick. »Ich bin mir ziemlich sicher, ich habe schon einmal erwähnt, dass niemand in dein Königreich eindringen will.«

»Falsch«, schnauzte Snowfall. »Diese Drachen haben es versucht, und ich habe sie vertrieben. Und zwar GANZ ALLEIN, ohne *deine* Hilfe.«

»Siehst du«, erwiderte Jerboa barsch. »Ich wusste, dass du es schaffen kannst. Du musstest nur an dich glauben.«

»Warum hilfst du einem Nachtflügler und nicht mir?«, zischte Snowfall leise.

»Ich helfe niemandem«, stellte Jerboa klar. »Ich habe nur meine Aufgabe erfüllt. Alles, was ich hier getan habe, war, drei Drachen

Unterschlupf zu gewähren und sie einander vorzustellen. Allerdings bedeutet es etwas ganz anderes, drei Drachen Unterschlupf zu bieten, als meine Bucht mit zwei kompletten Stämmen zu teilen.« Sie runzelte leicht die Schnauze, als sie das Chaos der Drachen betrachtete, das sich an ihrem Strand tummelte. Schwänze und Klauen wirbelten den Sand auf. Einige Drachen wateten in den Untiefen der Bucht, fingen Fische und Krebse und verschlammten damit Wasser. Andere hatten sich mit ausgebreiteten Flügeln entlang des Strandes niedergelassen, um sich in der Sonne zu wärmen. Auf den meisten Gesichtern stand pure Erleichterung und einige der Seidenflügler sammelten bereits Kokosnüsse zum Essen und debattierten in aller Ruhe darüber, wie sie sie öffnen sollten.

Der Nachtflügler kam zurück an den Strand und plötzlich erkannte Snowfall sie. Es war diese unangenehme Kleine mit den Visionen, die Winter so sehr mochte. Moonface oder so ähnlich. Sie war Darkstalkers allerbeste Freundin gewesen, als er damals aus dem Berg ausgebrochen war.

Winter zufolge war sie auch maßgeblich daran beteiligt gewesen, Darkstalker aufzuhalten, aber angesichts des Mangels an tatsächlichen Beweisen (oder einer Leiche, um genau zu sein; Snowfall hätte gerne eine eindeutig tote Darkstalker-Leiche gehabt, die sie untersuchen, anschreien und auf ihr herumtrampeln konnte), konnte Snowfall nicht umhin, sie immer noch sehr verdächtig zu finden.

Genau diese Nachtflüglerin bei ihrem Animare-Drachen zu sehen, fand sie besonders schlimm.

»Hallo«, japste Moonface atemlos. »Du bist Königin Snowfall, nicht wahr?«

»Du weißt ganz genau, dass ich das bin«, erwiderte Snowfall kalt. »Gedankenleserin.«

Der schwarze Drache hatte den Anstand, ein wenig verlegen auszusehen. »Ich heiße eigentlich Moon«, erklärte sie. »Nur Moon, nicht Moonface.«

Snowfall wünschte sich, eines der Animare-Geschenke der Eisflügler wäre eine Unverwundbarkeit gegen Nachtflügler-Kräfte gewesen. Das wäre EXTREM nützlich gewesen. WARUM war nie jemand draufgekommen?

Weil sie nicht unsere Todfeinde waren, bis sie Arctic gestohlen haben, erinnerte sie sich. *Und danach gab es keine Animare-Geschenke mehr.*

Moon fasste sich zusammenzuckend an die Schläfen. »Das sind wirklich viele lärmende Drachen«, sagte sie zu Jerboa.

»Das stimmt«, bestätigte Jerboa und betrachtete ein paar Blattflügler-Drachlinge, die am Strand herumtollten und freudig schreiend miteinander rangen. »Hat dir das deine Vision gezeigt?«

»So in etwa«, antwortete Moon. »Aber das ist erst der Anfang, glaube ich.«

»Nur der Anfang?« Jerboa betrachtete Moon beinahe so verärgert, wie sie vorhin Snowfall angesehen hatte. »Kommen da noch mehr? *Hierher?* Speziell an diesen Strand?«

»Nein ... warte. Genau genommen weiß ich es nicht«, gestand Moon.

»Sie können vorerst bleiben«, beschloss Jerboa mit einem Seufzer. »Bis sie bereit sind weiterzuziehen, was besser bald geschehen sollte. Aber wohin sollen wir sie nur schicken?«

»Ich weiß!«, rief der andere Sandflügler und eilte in kleinen Sprüngen über die Dünen auf sie zu. »Ich habe eine Idee! Moon, wir können sie nach Sanctuary bringen!«

»Ja, natürlich«, stimmte die Nachtflüglerin ihm zu und ihr ganzes Gesicht entspannte sich. »Das ist perfekt. Dort werden sie sicher sein.«

»Winter ist doch dort, oder?«, fragte Lynx.

Moon warf ihr einen neugierigen Blick zu. »Kennen wir uns?«

»Ich bin Lynx«, stellte sich die Eisflüglerin vor. »Eine Freundin von Winter. Aber eine noch loyalere Untergebene meiner ausgezeichneten, einzig wahren Königin Snowfall hier, natürlich«, fügte sie schnell hinzu.

Snowfall schnippte ihr mit dem Schwanz Sand ins Gesicht und Lynx nieste.

»Wollt ihr mit uns kommen? Nach Sanctuary?«, bat Moon. »Ich bin sicher, Winter würde sich freuen, euch zu sehen, und wir könnten noch ein paar starke Flügel gebrauchen, um den Drachen zu helfen, dorthin zu gelangen.«

Lynx warf Snowfall einen hoffnungsvollen Blick zu.

»Jedenfalls können wir nicht tagelang hier rumsitzen«, gab Snowfall zu bedenken.

»So lange wird es nicht dauern«, beruhigte Moon, als sie Jerboas Gesichtsausdruck bemerkte. »Vielleicht einen Tag zum Ausruhen und übermorgen brechen wir auf? Oder morgen, vielleicht brechen wir morgen auf.«

Schnell brach um sie herum die Nacht herein, aber ausnahmsweise gelang es Snowfall, die Sterne zu betrachten, ohne ein Gefühl des Erstickens zu verspüren. Ausnahmsweise kribbelte es ihr nicht in den Schuppen, weil sie wusste, Tundra konnte sich nicht mit ihren kalten, verurteilenden Krallen auf sie stürzen. Die Ranglistenwand befand sich weit, weit weg, und für einen einzigen glücklichen Abend brauchte sich Snowfall keine Sorgen zu machen.

Daraus könnten zwei Abende werden. Vielleicht drei ... oder sogar vier, wenn Sanctuary inspiziert werden musste oder etwas in dieser Richtung. Die Ranglistenwand würde nicht verschwinden. Nach ihrer Rückkehr würde sich Snowfall ihr wieder stellen. Es gab echt keinen Grund, überstürzt zurückzukehren. Königin Glacier war oft tagelang auf diplomatischen Reisen oder in Kampfeinsätzen unterwegs gewesen, und das Königreich war nicht zusammengebrochen.

Vielleicht war das der Grund, warum sie so oft fort gewesen war?

»Gut«, wandte sich Snowfall an Lynx. »Wir begleiten diese Drachen nach Sanctuary. Aber nur, damit ich sichergehen kann, dass mein seltsamer, von Zweibeinern besessener Cousin nichts Hinterhältiges mit seinen neuen Freunden anderer Stämme im Schilde führt.« Snowfall bedachte Moon mit einem stechenden Blick, nur um klarzustellen, wen genau sie meinte.

Die Stämme legten sich früh schlafen. Es stellte sich heraus, die Seidenflügler konnten eine Art seltsames silbriges Zeug aus ihren Klauengelenken produzieren. Einige von ihnen stellten daraus kleine Hängematten her, die sie an die Bäume hängten und in denen sie dann schliefen. Es erschien Snowfall sehr merkwürdig und überhaupt nicht wie eine normale Drachenfähigkeit.

Sie befahl den anderen Eisflüglern, sich einen eigenen Strandabschnitt zu suchen, etwas entfernt von den anderen Stämmen, aber noch in Sichtweite. Sie stellte einen rotierenden Wachplan auf und gab die Anweisung, vor allem den Nachtflügler im Auge zu behalten.

Nach dem Sonnenuntergang kühlte es erfreulicherweise ein wenig ab, aber es war für Snowfalls Empfinden immer noch zu warm. Sie stach ihre Krallen in den Sand und grub sich tiefer und tiefer, bis sie eine kalte Sandschicht fand, die weit unter der sonnenwarmen oberen Schicht lag. Das fühlte sich besser an. Es war zwar keine Eisplatte, aber es würde sie genug abkühlen, um schlafen zu können.

Sie rollte sich in dem Loch zusammen und spürte, wie ihre Waffen sie in die Seite stachen. Die Animare-berührten Armbänder drückten schwer auf ihre Klauen, und das Diadem war ziemlich unbequem beim Schlafen. Aber selbstverständlich würde sie nichts davon ablegen. Sie könnte diese Messer, Wurfsterne oder magischen Kräfte brauchen, sollte sie mitten in der Nacht angegriffen werden. Immerhin war sie hier von Feinden umgeben. (Na ja, eigentlich war sie von zehn Eisflügler-Soldaten umringt, und erst DANN von einem Haufen Feinde. Trotzdem.)

Zumindest konnte sie das Geschenk des Sehens ablegen, denn das blöde Ding funktionierte überhaupt nicht.

Sie zerrte an dem Opalring, um ihn von ihrer Klaue zu ziehen.

Er bewegte sich nicht.

Was seltsam war. Hatte er sich nicht locker angefühlt, als sie ihn zum ersten Mal angelegt hatte?

Snowfall betrachtete ihn stirnrunzelnd. Der Opal fing das Sternenlicht ein und funkelte sie fröhlich an.

Sie zerrte erneut daran. Er saß definitiv fest.

Seltsam und lästig.

Mit einem Seufzer gab sie auf. Sie war heute Abend zu müde für einen Kampf mit einem Schmuckstück. Morgen würde sie ihre Klaue mit Palmöl einreiben, dann würde der Ring leicht abrutschen. Dummes, nutzloses, frustrierendes, dämliches Ding.

Sie steckte ihre Nase unter den Schwanz und schlief zum ersten Mal seit Monaten innerhalb weniger Augenblicke ein.

Kapitel 6

Sie fliegt, obwohl sich ihre Flügel so schwer anfühlen. Sie befürchtet, sie könnten sie jeden Moment in den Ozean hinunterziehen. Sie fliegt schon seit Tagen. Unter ihr breitet sich in alle Richtungen nichts als tückisches Wasser aus, das unermüdlich darauf wartet, sie zu verschlingen.

Alle Inseln sind so weit entfernt, manche davon winzig. Es gleicht einem Wunder, dass diese Insel überhaupt jemand entdeckt hat. Sie schien groß genug, um zu hoffen, sie sei das Ferne Königreich – aber sie war leer, und laut Karte lag sie gerade einmal auf halbem Weg zum anderen Kontinent.

Jeden Morgen erhebt sie sich erneut und mit Schrecken in den Himmel, weil sie befürchtet, es könnte der Tag sein, an dem ihnen die Inseln ausgehen und alle ertrinken würden.

Sie können nicht umkehren. Niemand kann das. Es gibt nur die eine Karte. Allein wüsste sie nicht, wie sie der Inselkette folgend den ganzen Weg zurück nach Hause fände. Was hinter ihnen liegt, ist noch schlimmer als das hier ... der brennende Dschungel, die weißäugigen Drachen, die Gedankenkontrolle! Jemand hat gesagt, mit dem Einatmen des falschen Rauchs sei man darin gefangen. Ihre Flügel zittern vor Angst.

Sie dachte, sie würde sich einer Armee anschließen. Sie glaubte, die Zeit der Rebellion sei endlich gekommen, und es sei an der Zeit, mutig und heldenhaft zu sein! Io versprach, die Chrysalis würden sich erheben, sich den Blattflüglern anschließen und gegen Königin Wasp für Freiheit und eine bessere Zukunft kämpfen.

Aber sie hatten keine Gelegenheit dazu bekommen.

»Kämpfen wir nicht gegen sie?«, hatte sie gefragt.

Nein. Als sie den Giftdschungel erreichten, hatte sich alles verändert. Königin Wasp konnte jetzt Seidenflügler und Blattflügler kontrollieren. Sie hatten verloren, bevor sie auch nur eine einzige Klaue erhoben hatten.

Alles, was sie tun konnten, war zu fliehen.

Sie schaffte es nicht einmal anzuhalten, um ihren kleinen Bruder oder ihre ruhigen, stets verwirrten Großeltern zu holen. Sie hatte sie im Papierwespenbau zurückgelassen, im Glauben, sie würde innerhalb von ein oder zwei Tagen nach Hause kommen und sie mit einer triumphierenden Blattflügler-Armee befreien. Sie hatte sich nicht einmal von ihnen verabschiedet.

Wo sind sie jetzt? Wurde ihr Verstand von der Königin der Schwarmflügler kontrolliert?

Sind sie jetzt noch unfreier als zuvor? Wird sie sie jemals wiedersehen?

Ihre Tränen verwischen die Umrisse der Drachen um sie herum, dann werden sie vom kalten Wind weggefegt.

»Noch zwei Tage, bis wir die Fernen Königreiche erreichen«, glaubt ein Blattflügler, der neben ihr fliegt; seine Stimme ist freundlich. Liebenswürdige Blattflügler – sie hatte von ihrer Existenz bis jetzt keine Ahnung gehabt. »Wir sind fast da. Dann können wir uns ausruhen und sind in Sicherheit.«

Sicherheit. Ausruhen. Beides klingt unmöglich. Alles, was sie will, ist, festen Boden unter sich zu spüren und auch nur für einen Moment nicht völlig verängstigt zu sein.

Sie reibt sich das Gesicht trocken und fliegt weiter.

Snowfall schreckte mit heftig pochendem Herzen aus dem Schlaf auf. Ihre flatternden Flügel schleuderten Sand in alle Richtungen.

Ihre Flügel, ihre eigenen Flügel. Weiß und gebogen, und nur zwei, wie es sich gehörte. Mit ihren Krallen berührte sie ihren Kopf: Nichts Seltsames wuchs daraus hervor. Erneut überprüfte sie ihre Flügel, aber sie hatten sich während der Nacht definitiv nicht in Pfirsichorange mit saphirfarbenen Flecken verfärbt.

Sie befand sich an einem Strand. Einem Strand – in der Nähe schlugen Wellen und alles war blass und perlgrau im frühen Morgenlicht. Überall um sie herum schliefen Drachen.

Ich bin Königin Snowfall, versicherte sie sich. »ICH BIN Königin Snowfall«, wiederholte sie laut, denn das Universum um sie herum betrachtete sie argwöhnisch, was sehr ärgerlich war.

Lynx hob ihren Kopf von einem nahegelegenen Sandhaufen und blinzelte matt. »Wer sagt, dass du es nicht bist?«, murmelte sie. »Ich, ähm, werde sie töten, sicher! Irgendwann später, oder so. Jetzt ist es zu früh, vor dem Frühstück wird keiner abgestochen.« Ihre Stimme schweifte ins Unsinnige ab, als sie wieder in den Schlaf glitt.

Snowfall zog in Erwägung sie aufzuwecken, was eine Königin sicherlich tun konnte, aber dann hätte sie erklären müssen, dass sie ein böser Traum erschreckt hatte und einfach nur Gesellschaft wollte, was absolut unköniglich wäre.

Nicht so sehr der Inhalt des Traums hatte sie erschreckt, obwohl er beunruhigend gewesen war. Aber sie hatte den ganzen Tag mit diesem nervösen, verzweifelten Stamm von sanftmütigen Regenbogendrachen verbracht. Also war es gar nicht so abwegig, von deren Situation zu träumen.

Das Verrückte daran war, sie hatte *wirklich* das Gefühl gehabt, *jemand anderes* zu sein. In dem Traum war sie ganz und gar einer dieser heimatlosen Seidenflügler gewesen, ein komplett anderer Drache, ohne einen Gedanken an das Königreich des Eises. Nicht die geringste Spur von Snowfall steckte darin.

Das gefiel ihr überhaupt NICHT, KEINESFALLS.

Und jetzt überfluteten sie all diese anhaltenden GEFÜHLE. Das Gruselige, das ihr über die Schuppen lief, war das eine; sie war es gewöhnt, sich vor gefährlichen Dingen da draußen zu fürchten; sie konnte sie alle irgendwie unter einen Hut bringen, außer die besonders gefährlichen Dinge.

Es war die ermüdende, kräftezehrende TRAURIGKEIT, die sie hasste. Wie konnte sie wegen eines Kontinents und ein paar Drachen, die sie nie zuvor gesehen hatte, so deprimiert sein? Drachen wohlgemerkt, die nur in ihrem Traum existierten. Ihr Gehirn hatte sie aus dem Nichts herbeigezaubert!

Reiß dich zusammen. Mir geht's gut. Es sind nur diese dummen, erbärmlichen Drachen, die mir Kopfzerbrechen bereiten.

Sie blickte düster den Strand hinauf auf die schlummernden Gestalten um Jerboas Hütte. Moment, was, wenn das WIRKLICH wahr war? Vielleicht war das eine Art unheimlicher Drachenmagie von jenseits des Meeres! Vielleicht hatten sie ihr einen rührseligen Albtraum eingeflößt, um ihr Mitleid zu erhaschen!

Wenn das alles war, was sie konnten, dann war das ein ziemlich bescheidener Zauber. Hätte *sie* die Macht, Drachen konkrete Träume zu schicken, würden sie alle davon träumen, wie stark und außergewöhnlich sie war. Sie würden sie ehrfürchtig bewundern und alles tun, was sie ihnen auftrug, ohne jemals Zweifel an ihrer Macht zu hegen.

Snowfall beugte sich vor und stupste Lynx in die Schulter.

»Hey«, keifte sie. »Lynx. Lynx. LYNX. Wach auf, ich habe eine wichtige Frage! Hattest du irgendwelche seltsamen Träume?«

»Arrrrrgrmph«, gab Lynx träge von sich und versuchte, sich von Snowfalls Klaue wegzurollen. »Geh weg.«

»Du kannst deiner Königin nicht befehlen wegzugehen«, mahnte Snowfall. »Deine Königin verlangt, dass du ihre Frage beantwortest! Das ist ein königlicher Befehl!«

»Waaaaaaaaaaaaaaas?«, protestierte Lynx, ohne die Augen zu öffnen.

»Hattest du letzte Nacht irgendwelche seltsamen Träume?«, fragte Snowfall ungeduldig.

»Nein«, murmelte Lynx. »Ich habe gut geschlafen. Ich würde immer noch gut schlafen, wenn es nach mir ginge. Es sei denn, ich träume, meine Königin weckt mich zu einer unmöglichen Zeit auf, um mich nach meinen Träumen zu fragen; in diesem Fall, ja, das wäre etwas seltsam.«

»Du bist eine nutzlose Untergebene«, bemerkte Snowfall.

»Freeeeeundin«, betonte Lynx deutlich, bevor sie sich wegdrehte und sich noch tiefer in den Sand eingrub. Ihre Stimme kam schläfrig über die Düne. »Das Wort, das du suchst, ist *Freundin.*«

»Hrmph.« Snowfall stach ein Loch in den Strand und schob eine vorbeikommende Krabbe hinein. *Wenn ich es mir recht überlege* ... sie hatte auch gut geschlafen. Richtig, richtig gut. Trotz des Traums fühlte sie sich zum ersten Mal seit Ewigkeiten ausgeruht.

Okay, dann schüttle es ab. Es war nur ein Traum. Es wird Zeit, diese Drachen nach Sanctuary zu bringen und sie zum Problem einer anderen Königin zu machen, damit ich nach Hause fliegen kann.

Zwei ihrer Wachen sprangen auf und folgten ihr, als sie den Strand hinaufmarschierte. Die meisten der pantalanischen Drachen schliefen noch, aber diejenige, die bereits vor den anderen hier gewesen war und bei Jerboa gewartet hatte, schichtete gerade Holz auf, wobei ihr ein paar andere halfen.

Snowfall wurde beim Näherkommen langsamer und ließ ihren Blick über die Fremden schweifen. Sie wusste, ihr Gehirn hatte einfach einen Haufen Gedanken aus ihrem Unterbewusstsein zusammengewürfelt, aber –

Sie spürte, wie ihr Herz in ihrer Brust einen erschrockenen kleinen Satz machte.

Da: schlafend, den Rücken an einen der grünen Drachen gepresst. Pfirsichorangefarbene Schuppen, saphirblaue Flecken. Und der Blattflügler neben ihr ... war das nicht derjenige, der beim Fliegen zu ihr gesprochen hatte?

Nur, dass ich mir DAS AUSGEDACHT HABE! In meinem Kopf! In einem wirren Traum!

Bestimmt hatte sie gestern die beiden Drachen zusammen fliegen sehen, ohne bewusst darüber nachgedacht zu haben.

Ihr Unterbewusstsein hatte wahrscheinlich mitbekommen, wie die beiden sich anfreundeten, und dieses Bild in eine Kiste gesteckt mit der Aufschrift: IGITT! FLIRT ZWISCHEN DEN STÄMMEN! NICHT IN ORDNUNG! TRÄUM SPÄTER DAVON!

Sollte sich herausstellen, dass der Name des Seidenflüglers Atala war, dann war auch das *definitiv* ein Zufall, für den es eine vernünftige Erklärung gab, deswegen brauchte sie das gar nicht erst herauszufinden.

Stattdessen setzte Snowfall sich hin und beobachtete die Drachen beim Feuermachen. Soweit sie gestern gesehen hatte, konnten weder Seiden- noch Blattflügler Feuer speien, also erwartete sie, entweder der Nachtflügler oder einer der Sandflügler würde auftauchen und es für sie anzünden.

Doch als der Holzstapel hoch genug war, trat die erste Seidenflüglerin vor und streckte ihre Vorderklauen aus. Ihre eigentümliche Drachenseide begann sich aus ihren Klauengelenken zu winden ... außer ...

Snowfall schoss auf ihre Füße und eilte näher.

Die Seide dieses Drachen hatte die Farbe von Gold und dort, wo sie das Holz berührte, züngelten Flammen und entfachten ein Feuer.

Uppps.

»Was ist das?«, fragte Snowfall den nächststehenden Seidenflügler. Er war kleiner als sie, blassgrau und braun mit einem Hauch von Violett. Er blinzelte, gähnte, streckte sich, gähnte wieder und beantwortete schließlich, etwa dreihundert Jahre später, ihre Frage.

»Oh«, sagte er. »Richtig. Luna ist ein Flammenseidenflügler.«

Er begann erneut zu gähnen und Snowfall war versucht, ihm einen Hummer ins Gesicht zu schleudern. »Das sagt mir gar nichts«, schnauzte sie. »Benutze doch einfach mal MEHR WÖRTER, die ECHTE INFORMATIONEN ENTHALTEN, wenn's dir nichts ausmacht.«

»Ähm«, stotterte er und schluckte nervös sein Gähnen hinunter. »Also, ihre Seide kann feurig sein. Wenn sie es will.«

Snowfall sah ihn mit zusammengekniffenen Augen an. »Könnt ihr das alle?«

»Nein, nein, nein«, antwortete er. Den Kopf schüttelnd schnippte er mit dem Schwanz in Richtung Luna. »Flammenseidenflügler sind sehr selten. Deshalb ist sie weggelaufen, verstehst du, schon bevor wir anderen geflohen sind. Königin Wasp hält die Flammenseidenflügler gefangen, aber sie ist entkommen und –«

»Okay, genug der Worte«, unterbrach Snowfall ihn und winkte ihn weg. Er blinzelte ein paar Mal und streckte sich dann wieder. Ein metallisches Geräusch lenkte Snowfalls Aufmerksamkeit wieder auf das Feuer.

Luna hatte einen der Fäden ihrer Flammenseide genommen und ihn zu einem langen Draht verdreht, den sie zwischen ihren Klauen hielt.

Sie kann Feuer halten?

Snowfall beobachtete, wie sich Luna über die Klauen eines Seidenflüglers beugte und den Flammenfaden vorsichtig über sein Metallarmband an seinem Klauengelenk zog. Eine versengte Linie erschien auf dem Metall. Luna zog sie wieder und wieder nach, bis das Feuer durch das Armband brach, und es in den Sand fiel.

Luna und der Seidenflügler lächelten sich an, dann wandte sie sich dem Armband des nächsten Drachen zu, um dasselbe mit ihm zu tun.

Was seltsame Kräfte betraf, so war diese Kraft nicht gerade die furchterregendste. Snowfall hatte schon gegen viele feuerspeiende Drachen gekämpft; die Flammenseide war im Grunde nur eine seltsamere, sich langsamer bewegende Version davon.

Was wahrscheinlich heißt, sie können noch etwas anderes, das sie aber verheimlichen, dachte sie missmutig. *Selbst die Regenflügler sind nicht so harmlos und sanftmütig wie diese Trottel. Die Seidenflügler haben wahrscheinlich auch ein geheimes Gift und warten nur auf eine Gelegenheit, es auf uns zu schleudern!*

Snowfall rieb ihre eigenen Klauengelenke unter dem Geschenk der Tarnung. In ihrem Traum letzte Nacht hatte sie wie alle Seidenflügler ein Armband um ihr Klauengelenk getragen. Es war furchtbar schwer, erinnerte sie sich jetzt. Sie – ihr Traum-Ich – hatte sich gefühlt, als würde es sie in den Ozean hinunterziehen. Das Armband trug eine Inschrift, die es ihr erlaubte, den Papierwespenbau zu betreten und zu verlassen.

Papierwespenbau. Was für ein melodramatischer Name, den sich mein Traumhirn ausgedacht hat.

Oder gestern hat jemanden diesen Namen erwähnt und ich kann mich einfach nicht mehr daran erinnern.

Sie schaute sich um, aber der saphirgefleckte Drache (Atala?) schlief noch immer. Snowfall verspürte das irrationale Verlangen, zu ihr hinüberzulaufen und sie zu schütteln, zu schreien: »Luna brennt die Armbänder ab! Du kannst es endlich loswerden! Beeil dich, lass es dir abnehmen!«

Moment, da waren auch Buchstaben in ihre Klauenfläche geritzt gewesen. Buchstaben, die für ihre Eltern und ihren eigenen Namen standen ... *woher sollte ICH das WISSEN?*

Ihre Schuppen kribbelten unangenehm.

»Hey«, blaffte sie den Seidenflügler an, den sie vorhin befragt hatte. Er stand jetzt in der Schlange, um sich sein Armband abbrennen zu lassen, und er zuckte zusammen, als Snowfall ihn wieder ansprach. »Zeig mir deine rechte Klaue.«

»Ähm«, murmelte er, hielt sie aber bereitwillig hin. Tatsächlich waren drei Buchstaben in seine Klauenfläche geritzt, ein Dreieck aus alten, vorsätzlich zugefügten Narben.

»Was bedeuten sie?«, fragte Snowfall.

»Das große *L* steht für meinen Namen«, erklärte er. »Ich heiße

Lappet, falls das nicht zu viel Information ist. Und die beiden kleinen sind die Initialen meiner Eltern.«

»Warum sollten deine Eltern dir das antun?« Snowfall runzelte die Stirn – die Schnitte mussten tief und ziemlich schmerzhaft gewesen sein, um solche bleibenden Spuren zu hinterlassen.

»Das haben sie nicht«, erwiderte er. »Das waren die Schwarmflügler.« In seinen Augen blitzte etwas auf, die erste starke Emotion, die sie bei ihm gesehen hatte. »Sie machen das bei allen Seidenflügler-Drachlingen. Nur einer der Wege, wie sie uns überwachen können.«

»Damit sie uns kontrollieren können. EUCH, ich meine, natürlich euch«, korrigierte sich Snowfall schnell. »Die Schwarmflügler und Königin Wasp. Sie kontrollieren euren ganzen Stamm.«

Er zog seine Klaue zurück und ballte sie zur Faust. »Das *haben* sie«, bestätigte er. »Aber wir hatten vor, sie zu bekämpfen. Wir hatten vor, die Dinge zu ändern, wir wussten nur nicht, wie.«

»Ah, das sind also die Chrysalis«, erkannte Snowfall. »Eure Widerstandsgruppe.«

Lappet warf ihr einen sehr verwirrten, leicht misstrauischen Blick zu. »Woher weißt du von den Chrysalis?«

Das ist eine WIRKLICH AUSGEZEICHNETE FRAGE, Lappet. »Ich hörte gestern jemanden darüber reden«, behauptete sie.

Oder?

Oder ihr Traum war tatsächlich real. Und sie war tatsächlich in einer von Atalas Erinnerungen gewesen.

Sie wollte nicht fragen, aber sie musste es einfach. »Kennst du diesen Drachen?«, fragte sie, auf den Seidenflügler mit den blauen Flecken deutend. »Wie heißt sie?«

»Atala«, antwortete er vorsichtig.

ARRRRRRRRRRRRGH NEIN. Es könnte immer noch ein Zufall sein! Hat es vielleicht jemand erwähnt? Oder hat mein Unterbewusstsein einen ganzen Haufen Informationen gesammelt, ohne dass ich es gemerkt habe?

Oder Theorie Nummer zwei: eine riesige magische Verschwörung. Genauso gut möglich!

»Was könnt ihr sonst noch alles?«, fragte sie. »Haben Seidenflügler noch andere Kräfte? Können sie zum Beispiel anderen Drachen Träume schicken oder von ihnen Besitz ergreifen oder so was in der Art?«

»N-nein«, meinte Lappet und wich einen Schritt von ihr zurück. »Flammenseide ist die einzige ›Kraft‹, die Seidenflügler haben, wenn man es so nennen kann.«

»Feuer aus den Klauengelenken schießen? Ja, das zählt als Kraft, du Schmetterlings ... ähm ... Drache«, ergänzte sie, bevor sie »Schmetterlingshirn« sagen konnte. Wäre das überhaupt eine Beleidigung für einen Seidenflügler? »Was ist mit den Blattflüglern? Besitzen sie irgendwelche Traumkräfte?«

»Nicht, dass ich wüsste«, erklärte er. »Warum? Ist, äh ... ist etwas passiert?«

»Nein!«, bellte sie. »Bei den drei Monden! SEI NICHT SO NEUGIERIG, LAPPET!« Sie drehte sich um, wirbelte dabei den Sand auf und stapfte den Strand hinunter zum Wasser.

Falls er die Wahrheit sagte und sie wirklich den Traum eines anderen Drachen gehabt hatte, der tatsächlich nicht von einem der seltsamen neuen Stämme geschickt worden war, dann war jemand anderes schuld.

Oder besser gesagt, *etwas* anderes war schuld daran.

Theorie Nummer drei: Das ist die unangenehmste, vor allem wegen des Blicks, den Lynx mir zuwerfen wird, sollte sie wahr sein.

Hatte ihr etwas anderes diesen Traum geschickt, keimte in Snowfall ein schrecklicher Verdacht auf. Sie wusste genau, welches selbstgefällige kleine Schmuckstück daran schuld war.

Kapitel 7

»Alles ist gut«, murmelte Snowfall vor sich hin. Sie blickte auf den silbrigen Fisch, der um ihre Klauen schwamm. Das Meer hier war unangenehm warm, wärmer als oben im Eisreich. »Keine Sorge, es gibt nichts zu befürchten. Ganz sicher trage ich kein verfluchtes Schmuckstück. Es kann jeden Moment von meiner Klaue rutschen und dann komme ich mir blöd vor.«

Das Geschenk des Sehens ...

»NEIN!«, brüllte sie den Ring an. »Das ist doch nicht möglich! Wie kann mir ein EISFLÜGLER-Geschenk VERRÜCKTE TRÄUME von VERRÜCKTEN FERNEN DRACHEN bescheren, DIE NICHT EXISTIEREN SOLLTEN?«

Das *Letzte*, was sie brauchte, waren mystische Visionen von völlig Fremden. Wie sollte ihr das helfen, eine starke, mächtige, ausgezeichnete Königin zu sein? Wer war der idiotische Animare, der sich so etwas ausdenken würde?

Wenn sie schon eine magische »Vision« haben musste, konnte sie dann nicht von jemandem sein, der nützlich war? Zum Beispiel von einer gewissen intriganten Schwester, die es auf ihren Thron abgesehen haben könnte?

Und selbst wenn er die Ursache für den Traum war, erklärte das nicht, warum er jetzt nicht abging.

Sie tauchte den Ring ins Meer, bis sich ihre Krallen taub anfühlten, dann zog sie so fest daran, wie sie konnte.

Aua. Er bewegte sich nicht mal ein *kleines* bisschen.

»Große Eisgeister«, zischte sie den Opal an. »Was ist los mit dir?« Sie versuchte, eine Klaue unter das Ringband zu schieben, aber es saß zu fest. Sie ruckelte wild daran herum, aber das Ding ließ sich nicht einmal um ihre Klaue drehen. Sie schlug den Opal gegen einen aus dem Wasser ragenden Felsen, aber nichts passierte, außer dass ihre Klauen schmerzten, und der Opal sie unverschämt und völlig unversehrt anfunkelte.

»Was MACHST du da?«, fragte Lynx' Stimme hinter ihr.

»Nichts!«, rief Snowfall über ihre Schulter. Sie steckte die Klaue mit dem Ring zurück ins Wasser und drehte sich mit ihrer gelassensten, königlichsten Miene um.

Lynx zog ihre Augenbrauen hoch, was so viel bedeutete wie: »Ich *weiß*, dass du lügst, aber ich kann es nicht *sagen*, weil du die Königin bist, aber vielleicht solltest du es einfach *zugeben*. Meine Augenbrauen drücken das Ungesagte aus!«

»Na ja, du hast dieses Nichts sehr energisch ausgeführt«, meinte Lynx. »Deshalb habe ich mich das gefragt. Du weißt schon. So viel energisches Nichts vor dem Frühstück.«

»Vielleicht habe ich schon gefrühstückt«, konterte Snowfall. »Was du nicht wissen kannst, da du den halben Morgen verschlafen hast.«

»Ich *weiß*, dass du nicht gefrühstückt hast«, grinste Lynx, »denn ich habe mich bei deinen Wachen erkundigt, und sie berichteten, du wärst schon seit einer Ewigkeit hier draußen und würdest entweder mit deinen eigenen Klauen oder einem unsichtbaren Hai kämpfen.«

Mit gesträubten Schuppen warf Snowfall einen finsteren Blick auf ihre Wachen, die mit besorgter Miene am Strand aufgereiht standen. »Das haben sie also behauptet?«

»Nein«, gab Lynx zu. »Sie sagten nur, dass du noch nicht gefrühstückt hast. Den Rest habe ich hineininterpretiert, als ich dich ein paar Minuten lang beobachtet habe.«

»Ich bin nur geschwommen«, erklärte Snowfall und hob ihr Kinn an. »Daran ist doch nichts Ungewöhnliches.«

»Ich weiß, wie du schwimmst!«, entgegnete Lynx. »Normalerweise hast du dabei nicht unbedingt Ähnlichkeit mit einem aufgeregten Tintenfisch.«

»Ich sollte wirklich anfangen, eine mentale Liste zu erstellen«, brauste Snowfall auf, »damit ich dich, wenn wir nach Hause kommen, für all deine Vergehen hinrichten lassen kann.«

»Mich einmal hinrichten zu lassen, würde wahrscheinlich reichen«, lachte Lynx. Sie schnippte mit ihrem Schwanz einen Spritzer Wasser auf Snowfall. »Komm schon, Snowfall. Auch Königinnen brauchen jemanden, mit dem sie reden können. Sag mir, was los ist.«

»Nichts ist los!«, protestierte Snowfall. »Ich habe nur ein *kleines* Problem mit diesem Ring, den ich nicht abnehmen kann, aber das ist nicht wichtig. Ich meine, nicht im Vergleich zu ›Was machen wir mit all den heimatlosen Drachen und den schlimmen Dingen, vor denen sie weglaufen?‹, also wirklich.«

Lynx legte den Kopf schief und betrachtete Snowfall einen Moment lang, als wäre sie eine Palme, die plötzlich mitten im Eispalast aufgetaucht war. »Jetzt, wo sie hier sind, wird schon alles gut gehen«, sagte sie schließlich. »Lass mich den Ring mal sehen.«

Widerwillig streckte Snowfall ihre Klauen aus und Lynx klemmte den Ring zwischen ihre Krallen. Sie zog und zerrte daran, versuchte, ihre Krallen darunterzuschieben und zerrte weiter, bis Snowfall schließlich die Nase voll hatte und ihren Arm zurückzog.

»Also echt, DU bist keine Hilfe«, zischte Snowfall. »Das überrascht mich nicht.« Sie tauchte ihre Klauen wieder in das Wasser.

Aber jetzt sah Lynx besorgt aus, was bedeutete, sie war im Begriff, sehr lästig zu werden. »Er bewegt sich wirklich überhaupt nicht«, stellte sie fest. »Snowfall ... ist der Ring aus der Verbotenen Schatzkammer? Ist er Animare-berührt?«

Mit gekräuselter Stirn schüttelte Snowfall ein Stück Seegras von ihrem Schwanz. »Ja. Aber er funktioniert nicht.«

»Bist du sicher?«, forschte Lynx nach. »Was soll er bewirken?«

»Er soll ... die Sehkraft schärfen«, erklärte Snowfall. »Aber er hat überhaupt nichts bewirkt, und deshalb will ich ihn loswerden.«

»Gab es Anweisungen dazu?«, drängte Lynx. »Darüber, wie man ihn benutzt, was er bei anderen Königinnen bewirkt oder wer ihn hergestellt hat?«

»Nein!«, motzte Snowfall. »Niemand hat eine Enzyklopädie darüber geschrieben! So kompliziert ist es nicht: Zieh den Ring an, dann siehst du besser!«

»Aber das ist nicht passiert«, überlegte Lynx. »Warte, gab es denn überhaupt Aufzeichnungen dazu?« Ihr Gesichtsausdruck wurde von einem absolut nervtötenden, weit aufgerissenen Schreckensblick beherrscht. »Hast du ihn einfach angelegt, ohne etwas darüber zu wissen?«

»Warum denn nicht?«, schnauzte Snowfall. »Eine bessere Sicht wäre doch hilfreich!«

»Aber was ist, wenn es einen Haken gibt?«, rief Lynx. »Wenn der Zauber eine geheime Kehrseite besitzt? Oder der Animare-

Drache, der ihn gefertigt hat, dem Zauber einen Fluch hinzugefügt hat?«

Oder was, wenn er etwas ganz anderes bewirkt, als ich dachte? Snowfall schob diesen Gedanken schnell beiseite.

»Dann hätten wir ihn nicht behalten!«, knurrte sie Lynx an. »Er läge nicht mehr in unserer Schatzkammer, wenn er böse wäre! Irgendeine verfluchte Königin vor uns hätte ihn schon vernichtet!«

»Es sei denn, er wurde verzaubert, sodass er niemals zerstört werden kann!«, stieß Lynx aus, was sich unangenehm nach Snowfalls innerem Monolog anhörte. »Vielleicht taucht er alle hundert Jahre auf magische Weise in der Verbotenen Schatzkammer auf, um eine neue unglückselige Königin zu umgarnen!«

»Ich bin NICHT unglückselig!«, schrie Snowfall. »Wer ist denn jetzt paranoid? Er war ein *Geschenk* für die Eisflügler-Königinnen! Er soll uns also stärker und sicherer machen! So wie die Ranglistenwand und die Eisklippe!«

»Ich persönlich vertraue nicht darauf, dass es unseren Stamm stärker macht, wenn wir alle ständig gegeneinander ausgespielt werden«, rief Lynx. »Und ich glaube auch nicht, es macht uns sicherer, wenn wir uns von den anderen Stämmen abtrennen!«

»Wow«, zischte Snowfall. »Du stellst die grundlegendsten Geschenke in Frage, die unseren Stamm zusammenhalten? Du gehörst wirklich nicht in den Ersten Kreis! Was für ein Eisflügler bist du eigentlich?«

»Einer, der tatsächlich manchmal selbstständig denkt«, erwiderte Lynx, flatterte mit den Flügeln und spritzte versehentlich einen kleinen Fisch in Snowfalls Gesicht. »Ich will, dass du eine bessere Königin bist als die vor dir, denn ich kenne dich und weiß, du kannst das sein. Aber es steht dir frei, dein Leben weiterhin nach den Regeln dieser erdrückenden Ranglistenwand auszurichten, sollte das alles sein, was du willst, und es steht dir frei, mich an das Ende der Liste zu setzen, sobald wir nach Hause kommen.« Sie machte einen Schritt auf den Strand zu, dann drehte sie sich für einen weiteren Wortschwall noch einmal um. »*Falls* dieser mysteriöse Zauberring dich überhaupt nach Hause kommen lässt. Nach allem, was die Animare-Magie uns angetan hat, kann ich nicht glauben, dass du dich noch einmal in ihre Klauen stürzen würdest!«

Wütend plätscherte sie davon. Snowfall warf sich unter das Wasser und schrie all ihre Wut in einem Strudel von Luftblasen heraus.

Das war der Grund, warum sie niemandem von ihren Problemen erzählte! Sie wurden dadurch nur noch schlimmer!

Lynx hatte *nicht* recht. Es war nur ein *dummer kaputter Ring.*

Definitiv hatte Snowfall das Geschenk des Sehens falsch interpretiert, und es hatte NICHTS MIT IHREM TRAUM VON LETZTER NACHT zu tun. NEIN. Das würde sie nicht dulden.

Als sie wieder auftauchte, stand Lynx bei den Fremden am Feuer, wo einige der kleinsten Drachlinge im Sand eine Art baumartigen Termitenhügel bauten. Snowfall beobachtete, wie sich zwei junge Blattflügler auf das Gebilde stürzten und es plattstampften.

Der Opalring glitzerte gold-blau-lavendel im Morgenlicht.

Ich habe keine Angst vor dir, dachte Snowfall kämpferisch. *Ich werde dich heute loswerden, auch wenn ich mir dafür meine Klaue abhacken muss.*

Sie würde diesen Ring loswerden, ihn ins Meer werfen und dann dafür sorgen, dass die fremden Drachen nach Sanctuary gelangten. Anschließend würde sie nach Hause fliegen, alles nahm wieder seinen normalen, alltäglichen Gang. Angstbesetzt, aber das machte ihr Leben aus.

Snowfall plätscherte zurück an den Strand und winkte ihren Wächtern königlich zu. Hier gab es nichts zu sehen. Es gab keine Königinnen, die ihren königlichen Verstand verloren. Ganz sicher nicht.

Sie wartete, dass Lynx sie garantiert nicht beobachtete, dann beträufelte sie ihre Klauen mit Palmöl aus einem der Krüge vor Jerboas Hütte. Auch das funktionierte nicht; Snowfalls Klauen fühlten sich dadurch lediglich schmierig an.

»Oh, bitte«, keifte Jerboa säuerlich von der Tür aus. »Bedien dich nur. Meine Sachen gehören anscheinend allen.«

»Das ist deine eigene Schuld«, schimpfte Snowfall, den nun extrem glänzenden Ring schwenkend.

»Dass du zu viel hässlichen Schmuck trägst?«, fragte Jerboa. »Das ergibt Sinn. Ich habe diese Wirkung auf Drachen.«

»Ich bräuchte das nicht, würde deine blöde Magie funktionieren«, schimpfte Snowfall mit einem Schnipsen ihrer Flügel. »Hast du sie heute schon überprüft? Funktioniert sie jetzt?«

Die Stirnfalten in Jerboas Gesicht vertieften sich. »Nein. Sie funktioniert bei niemandem.« Sie warf einen Blick zurück in die Hütte; Snowfall wunderte sich, warum.

»Wirklich nicht?«, bohrte Snowfall nach. Sie streckte ihre Vorderklauen aus. »Lass es uns ausprobieren. Sag diesem Ring, er soll von meiner Klaue rutschen.«

Seufzend schaute Jerboa sich noch einmal um, aber es befanden sich keine anderen Drachen in der Nähe, die ihnen Aufmerksamkeit schenkten. Der Sandflügler streckte die Klaue aus und tippte den Ring zweimal an. »Komm sofort von der Klaue der Königin runter«, befahl sie.

Der Ring bewegte sich nicht. Snowfall versuchte erneut, daran zu ziehen, aber er saß genauso fest wie zuvor. Sie knurrte leise.

»Ist er Animare-berührt?«, fragte Jerboa und klang endlich neugierig.

»Das dachte ich«, murrte Snowfall. »Aber er scheint völlig kaputt zu sein.«

»Animare-berührt von wem?« Jerboa runzelte wieder die Stirn. »Wann?«

»Vor Tausenden von Jahren«, erklärte Snowfall grummelnd. »Vom schlimmsten Eisflügler-Animare der Geschichte, nehme ich an! Eine Art wurmstichiger Sandschlürfer! WARUM sollte irgendjemand einen Ring mit der Absicht verzaubern, dass er an jemandes KLAUE BLEIBT? Was für eine dumme Verschwendung von Magie ist das?«

Nachdenklich kratzte sich Jerboa am Kiefer, aber ihre angespannte Miene hatte sich gelockert. »Vielleicht ist er verzaubert worden, um leicht reizbare Königinnen zu frustrieren, und sie etwas Geduld zu lehren.«

»SCHWACHSINN!«, brüllte Snowfall. Einige der Seidenflügler sprangen auf und drehten sich um, um den Ursprung des Geräuschs zu sehen. Sie senkte ihre Stimme. »Kein uraltes Schmuckstück muss mir etwas beibringen! Ich bin sehr geduldig! Ich bin schon seit Monaten Königin, ohne *irgend*jemandem mit einem Eiszapfen ins Gesicht gestochen zu haben, obwohl viele Drachen es *mehr als verdient* hätten.«

»Na dann«, lenkte Jerboa ein, »sobald meine Magie zurückkommt, werde ich die Entfernung deines Rings zu meiner obersten

Priorität machen, einverstanden?«

»Nicht nötig«, erwiderte Snowfall. »Ich habe einen anderen Plan.« Sie warf Jerboa einen prüfenden Blick zu und fügte flüsternd hinzu: »Aber wenn sie zurückkommt, lass es mich sofort wissen!«

Jerboas Gesichtsausdruck war alles andere als eine Bestätigung, aber sie duckte sich ohne ein weiteres Wort in ihre Hütte. Snowfall erhaschte einen flüchtigen Blick auf den Nachtflügler, der immer noch fest schlief. Rasch entfernte sie sich – das Letzte, was sie brauchte, war dieser Drache, der in ihrem Kopf herumstocherte! Schlimm genug, dass Lynx ihr ständig besorgte Blicke zuwarf; da fehlten gerade noch Nachtflügler, die dachten, sie sei schwach (oder von seltsamen Schmuckstücken verflucht).

Drüben am Feuer war Luna endlich allein, nur umgeben von einem Haufen weggeworfener Armfesseln. Die meisten der anderen Seidenflügler waren losgezogen, um Kokosnüsse zu sammeln oder sich in den warmen Sand zu legen. Lynx sah sie oben am Himmel, sie flog mit einem der Blattflügler.

Snowfall näherte sich Luna. Die Seidenflüglerin ließ das Armband aus ihrer Klaue fallen und beäugte Snowfall mit alarmierender Gründlichkeit.

»Hey«, grüßte Snowfall unwirsch. »Dieses Feuerfadending. Kannst du das an meinem Ring ausprobieren? Er steckt fest und nervt mich.«

»Du bist doch die Königin der Eisflügler, oder?«, begann Luna und hob ihr Kinn. »Diejenige, die gestern meinen Stamm aus ihrem Königreich vertrieben hat?«

»Was für dich ganz gut ist«, meinte Snowfall. »Sonst wären sie nicht hier, um dieses rührende Wiedersehen mit dir zu feiern.«

Luna rollte mit den Augen und streckte ihre Klauen aus. »Zeig mal her.«

Behutsam reichte Snowfall ihr die Klaue mit dem Ring daran.

Luna hob einen Feuerfaden aus dem Sand neben ihr auf und beugte sich über ihre miteinander verschränkten Klauen.

Der brennende Faden streifte die silberne Rundung des Rings einmal, zweimal, dreimal, ohne auch nur eine Spur auf dem Metall zu hinterlassen. Luna runzelte die Stirn und probierte es erneut. Die Hitze fühlte sich enorm unangenehm in der Nähe ihrer Schuppen an. Auch das Gefühl, dass dieser Seidenflügler ihre Krallen umklammerte, gefiel ihr nicht. Aber sie hielt still und starrte in die schimmernden Tiefen des Opals, bis Luna schließlich sagte: »Das ist so seltsam. Tut mir leid, Eure Majestät. Es klappt nicht.«

Snowfall hob den Opal auf Augenhöhe und zischte ihn an. Wie konnte es sein, dass *Feuer* ihm nichts anhaben konnte? »Verrate es nicht Lynx«, bat sie Luna.

»Äh ... klar«, stimmte Luna zu. »Gern geschehen.«

»Pah!«, schnaubte Snowfall und stapfte davon.

Sie entdeckte einen großen Felsbrocken an einem schattigen Platz nahe der Baumgrenze und hockte sich darauf, um sich eine Weile dem Grübeln hinzugeben. Ihre Wächter schwärmten in einem diskreten Kreis um sie herum, einer von ihnen brachte ihr einen Fisch zu essen. Sie hatte ihm sogar dafür gedankt – *wenigstens eine ausgezeichnete königliche Tat!*

Die anderen Animare-berührten Dinge ließen sich leicht ablegen, kein Problem. Die Tarnarmbänder und das Diadem der Stärke, aus und wieder an, nichts Unheimliches war an ihnen.

Snowfall hatte immer darauf vertraut, dass ein Eisflügler-

Animare nur etwas Großartiges erschaffen würde. Etwas Gutes, Hilfreiches und Kluges! Wie ein Eisflügler eben war! Ein Eisflügler-Animare würde sich niemals einen geheimen bösen Zauber ausdenken, wie es ein Nachtflügler tun würde. Das war doch so. Oder?

Der Ring war keine große Sache, sagte sie sich. Es war Lynx' Schuld, dass sie sich überhaupt Gedanken darüber machte. Eigentlich fühlte sie sich ganz gut, sogar besser als sonst. Wahrscheinlich, weil sie Tante Tundras selbstgefälliges Gesicht einen ganzen Tag lang nicht ertragen musste.

Außerdem hatte der Ring, falls ein geheimer Zauber in ihm ruhte, sie (*noch*) nicht mit einer schrecklichen Krankheit angesteckt oder sie in einen anderen Drachen verwandelt (HA, er könnte es ja mal VERSUCHEN; sie war SNOWFALL UND WÜRDE ES IMMER SEIN). Er hatte sie nicht dazu gebracht, fremde Eindringlinge in ihr Reich zu lassen. Sie war dieselbe wie immer. Alles war normal.

Sogar die beständige Traurigkeit aus dem Traum war im Laufe des Tages ein wenig verflogen. Sie konnte Atala von ihrem Platz aus sehen. Der Seidenflügler wirkte nicht *völlig* unglücklich, was beruhigend war. Atala ließ sich ihre Armmanschette wegbrennen, aß eine Klaue voll Datteln, lachte einen Blattflügler aus, der versuchte, eine Krabbe zu fangen und diese ihn in die Nase zwickte, und machte mehrere Nickerchen. Eine Weile starrte die Seidenflüglerin auch auf den Ozean hinaus. *Sie denkt an die Familie, die sie zurückgelassen hat*, dachte Snowfall. *Ich hoffe, sie sind in Sicherheit.*

Nein, das tue ich nicht! Das ist mir völlig egal! Sie schüttelte sich heftig. *Ich kenne sie nicht! Warum sollte* mich *das interessieren?*

Blöder Traum. Oder Vision. Oder was auch immer.

Kurz vor Sonnenuntergang hörte Snowfall das Knacken und Knirschen von Klauenschritten in den Bäumen hinter ihr. Sie drehte sich um und entdeckte die stirnrunzelnde Blattflüglerin, die zwischen den Palmen umherging und heruntergefallene Kokosnüsse in einen Sack warf. Eine weitere grüne Drachenfrau, mit rosafarbenen Streifen auf ihren Flügeln und Hörnern, folgte ihr.

»Wir sind *gerade* erst hier angekommen«, murmelte der rosa gefärbte Blattflügler träge. »Warum benimmst du dich schon jetzt wie ein frustrierter Panther? War das nicht unser Ziel?«

»Aber wir können nicht bleiben, Cobra Lily«, rief die andere. »Wir können uns nicht einfach ein nettes, sicheres Plätzchen suchen und es uns gemütlich machen! Das ist nicht der Plan! Ich werde *nicht* unseren ganzen Kontinent und alle Drachen dort aufgeben!«

Cobra Lily zuckte mit den Schultern, ein elegantes Heben und Senken ihrer Flügel. »Sei doch nicht so aufgebracht darüber, Nettle, Belladonna und ein paar dumme Seidenflügler zu verlieren«, murmelte sie. »Das scheint mir sogar ein Vorteil zu sein. Nettle wird uns nicht mehr nerven. Keine Belladonna mehr, die dir vorschreibt, was du tun sollst.«

Die mit der finsteren Miene warf ihr einen besonders grimmigen Blick zu. »Königin Sequoia befindet sich ebenfalls noch dort und die Hälfte der Drachen, mit denen wir aufgewachsen sind. Ein Ungeheuer hat unser Zuhause gestohlen! Übrigens haben diese ›dummen‹ Seidenflügler viel riskiert, um uns zu helfen.«

»Reg dich nicht so auf«, beruhigte Cobra Lily. »Ich meine ja nur, dass dieser Ort schon wesentlich schöner ist als ein Dschungel voller fleischfressender Pflanzen oder ein Land voller gedankengesteuerter Käferdrachen. Vielleicht könnten wir hierbleiben. Uns ein neues Zuhause schaffen, mit einer Königin – sowohl über die Seidenflügler als auch über die Blattflügler. Ich wette, den meisten dieser Drachen würde es nichts ausmachen, einer Königin Sundew zu folgen.«

»Nein«, knurrte Sundew. »Hör auf, das zu sagen. Hazel ist unsere Königin.« Sie drehte sich ein wenig um und entdeckte Snowfall, die auf ihrem Felsen lag. Ihr Schwanz peitschte kurz, dann breitete sie ihre Flügel aus und hob in den Himmel ab.

Das ist interessant, überlegte Snowfall. *Sundew. Sie ist eine Bedrohung für Hazels Herrschaft. Auch wenn sie es nicht beabsichtigt, wollen andere Drachen sie auf dem Thron sehen.*

Genau wie die Drachen, die wahrscheinlich immer noch wollen, dass Crystal Königin wird statt mir. Wie viele von ihnen gibt es? Verstecken sie sie? Planen sie etwas? Stellen sie eine Armee auf? Verschwören sie sich mit den Nachtflüglern?

Wo IST sie?

Snowfall grübelte, bis eine ihrer Wachen zu ihr kam und ihr meldete, die seltsamen Stämme hätten beschlossen, noch eine Nacht zu bleiben, um erst am Morgen nach Sanctuary aufzubrechen. Snowfall hatte schon gemerkt, dass Hazel gerne noch länger geblieben wäre – die Königin der Blattflügler lehnte sich immer wieder wehmütig an die Palmen, die sich wiegenden Blätter betrachtend. Aber Moon versicherte allen eifrig, in Sanctuary würde es noch besser sein, mit mehr Bäumen, viel Platz und ausreichend Essen für alle.

Äußerst verdächtig. Möglicherweise hegten sie einen ruchlosen Plan, wenn ein Nachtflügler sich so enthusiastisch benahm.

Bei Sonnenuntergang grub Snowfall ihre Schlafhöhle mit

besonderem Eifer, den ganzen überschüssigen Sand in Lynx' Richtung schleudernd. Sie hatte nicht vor, sich über diesen lächerlichen Ring Gedanken zu machen. Sie weigerte sich, eine weitere »VISION« von mysteriösen Drachen zu haben, die sie nicht kannte. Sie war die Königin, und sie würde ihrem Gehirn einfach befehlen, eine ganz normale Nacht mit ganz normalen Träumen zu haben. Ja.

Sie rollte sich zusammen, schloss die Augen und übernahm fast augenblicklich die Schuppen eines anderen Drachen.

Kapitel 8

Sie ist allein in der Küche, rollt Antilopenfleischbällchen und gibt sich Mühe, ihre Krallen beschäftigt zu halten.

Sie versucht, nicht an Cinnabar zu denken oder daran, dass sie mit dem Rest der Chrysalis zusammen sein sollte, um endlich die Welt zu verändern.

Und sie bemühte sich, ihren missgebildeten Flügel nicht zu hassen.

»Es tut mir leid, Tau«, hatte Cinnabar geflüstert und ihre Vorderklauen zwischen ihre genommen. »Wir haben darüber gesprochen. Du wusstest, du kannst dich uns nicht anschließen, wenn es zu einem Kampf kommt. Es wäre zu gefährlich für dich.«

»Du meinst, ich könnte nicht mit euch mithalten«, hatte Tau wehmütig geantwortet.

»Überleg doch mal, gegen wen wir kämpfen«, hatte Cinnabar sie erinnert. »Was wäre, du würdest Treehopper auf dem Schlachtfeld begegnen und er hätte weiße Augen und ein Zombiegehirn? Was wäre, wenn er dich angreifen würde – oder mich? Es ist besser, du musst ihm so nicht gegenübertreten. Hier bist du sicher, bis wir gewinnen und dich holen.«

»Ich hoffe so sehr, dass ihr gewinnt.« Tau hatte sie mit kräftig klopfendem Herzen umarmt.

Zurückgelassen zu werden war schlimmer, als sie erwartet hatte. Nicht zu wissen, was los war. All ihre Freunde waren fort und kämpften ohne sie. Hatten sie wirklich ein Gegenmittel gegen die Gedankenkontrolle gefunden?

Ist Treehopper endlich frei von Königin Wasp?

Oder tötet er jetzt gerade Seidenflügler, seelenlos und mit toten Augen?

Sie zittert. Wie kann er sich jemals verzeihen, wenn Wasp ihn zwingt, Taus Freunde zu verletzen?

Von den Schwarmflüglern hat es keine Spur gegeben. Jeder einzelne von ihnen ist plötzlich erstarrt, hat sich zum nächsten Fenster gedreht und ist nach Norden geflogen. Es ist friedlich, wenn der ganze Juwelenbau fast leer ist, aber auch beunruhigend.

»Tau!«

Richtig – nicht alle Schwarmflügler.

Lady Scarab marschiert in die Küche und beäugt die Fleischbällchen so aufmerksam, dass sie fast ihre Nase in eines von ihnen steckt. »Was ist das?«, fragt sie. »Welche Kräuter verwendest du? Warum riecht es so?«

»Antilopenfleischbällchen«, antwortet Tau geduldig.

»Ich habe das einzige gute Rezept für Antilopenfleischbällchen«, verkündet Lady Scarab. »Falls du keinen Schnittlauch hineingetan hast, sind sie nicht genießbar.«

»Ich habe Schnittlauch reingetan«, bestätigt Tau.

»Wahrscheinlich zu viel«, schnüffelt Lady Scarab.

In der Halle hinter ihnen gibt es Krach. Beide drehen sich zu dem Geräusch schneller Klauenschritte um. Lady Jewel stürmt in die Küche und ein Blick in ihr Gesicht versetzt Tau in totale Panik.

»Cinnabar war gerade hier«, keucht Jewel. »Mit einer Nachricht – die Schwarmflügler haben gewonnen. Sie brennen den Giftdschungel nieder, und wenn sie damit fertig sind, kommen

sie hierher, und jetzt können sie auch die Seidenflügler unter ihre Gedankenkontrolle bringen.«

»Was?« Tau umklammert die Arbeitsplatte, ihre Klauen glitschig vom Fett. Sie kann nicht den kleinsten Teil dieser Information verarbeiten, geschweige denn die gesamte Nachricht. Sie stürzt sich auf das zuerst Gehörte. »Cinnabar ist hier? Geht es ihr gut?«

»Sie hatte nur Zeit, mir die Nachricht zu überbringen«, erklärt Jewel. »Sie mussten so schnell wie möglich zu den anderen Bauten, um den Rest der Seidenflügler zu warnen. Ich habe ihr versprochen, dass wir alle hier in Sicherheit bringen werden.« Sie blickt wild im Raum umher, als würde sie überlegen, jeden Seidenflügler im Bau in eine ihrer Kartoffelkisten zu packen.

»Aber wie?«, fragt Tau. »Wohin können wir gehen?« *Ihr Herz fühlt sich an, als würde es sich nach innen drücken und zu einem Nest aus Angst und Stacheln zusammenschrumpfen. Es war nicht vorgesehen, dass sie verlieren. Es durfte nicht noch schlimmer werden.*

»Na, das ist ja ein schöner Schlamassel«, zischt Lady Scarab. »Wer wird denn JETZT meine schreckliche Nichte zur Strecke bringen? Es wäre wirklich schön, wenn ICH eine Tochter hätte, die bereit wäre, um den Thron zu kämpfen, der eigentlich uns gehören sollte.«

»Nicht JETZT, Mutter«, stöhnt Jewel. »Cinnabar trug mir auf, alle zum Skorpionsee zu bringen. Von dort aus können wir selbst entscheiden, wohin wir gehen, aber wir müssen alle zusammen aufbrechen.« Sie drückt ihre Krallen kurz an ihre Schläfen. »Wir brauchen Boten, die jede Ebene des Baus überprüfen. Jemanden, der zu den Netzen geht. Drachen, die die Kokons aller Seidenflügler tragen, die sich gerade in der Metamorphose befinden, und andere, die alle Seidenflügler- und Schwarmflügler-Eier aus den Gelegen retten.«

»Nein«, erwidert Scarab. »Nicht die Schwarmflügler-Eier, Jewel.«

»Wir können sie nicht zurücklassen!«, protestiert Jewel. »All diese winzigen Drachlinge.«

»Sie sind bereits infiziert«, sagt Scarab geradeheraus. »Sobald sie geschlüpft sind, kann Wasp durch ihre Augen sehen, und dann wird sie uns finden. Du kannst sie nicht mitnehmen, sonst bringst du alle anderen in Gefahr.«

Jewel krümmt ihre Klauen und atmet tief durch. Tau weiß, sie denkt an ihre eigenen Kinder, die jetzt unerreichbar sind, weil sie zusammen mit allen anderen durch die Gedankenkontrolle weggerufen wurden. Jewel hatte geglaubt, sie seien frei von der Gedankenkontrolle, bis sie mit den anderen Schwarmflüglern wegflogen.

Anscheinend errät Lady Scarab ebenfalls Jewels Gedanken, denn sie sagt mit ungewohnter Sanftmut: »Ich vermisse sie auch. Aber es ist besser, wenigstens Bescheid zu wissen. Sie könnte sie gegen uns verwenden, hätte sie sie hiergelassen.«

»Das kann sie immer noch«, meint Jewel leise.

»Nur wenn sie es schafft, dich zu finden, um dich zu bedrohen«, gibt Scarab zu bedenken. »Es ist sicherer für die Kinder, wenn du verschwindest.«

Jewel antwortet nicht, aber ihr Schwanz peitscht über den Boden und wirft einen Stapel Zitronen um.

»Vielleicht können wir ein paar der Schwarmflügler-Eier mitnehmen«, schlägt Tau vor. »Diejenigen, die nur eine Injektion erhalten haben. Cricket hat behauptet, Wasp müsse jedes Ei zweimal stechen, um es kontrollieren zu können.«

»Das war lediglich ihre Theorie«, knurrt Scarab. »Sie könnte sich irren. Es ist zu riskant.«

»Aber wenn wir einige von ihnen retten können, müssen wir es

tun«, entgegnet Jewel. »Ich werde darüber nachdenken – in der Zwischenzeit bringt ihr beide möglichst viele Seidenflügler hierher, dann teilen wir uns in Teams auf.«Sie eilt wieder aus der Küche, Listen von Aufgaben vor sich hin murmelnd.

Tau wartet nicht, ehe sie sich noch mehr von Scarabs grimmigen Warnungen anhören muss. Sie rennt aus der Küche und durch Jewels Villa, wobei ihre Klauen auf dem Boden schleifen. Zuerst gibt sie den anderen Dienern Bescheid, dann den Gefangenen in Jewels Kerker. Wie viele Seidenflügler gibt es im ganzen Bau? Werden sie alle auf sie oder auf Lady Jewel hören? Wie schnell können sie entkommen?

Nur so schnell wie unsere langsamsten Drachen – und dazu gehöre ich.

Der Schrecken treibt sie an, die Drachen einen nach dem anderen in den Ballsaal zu rufen. Sie bekommt die Bilder nicht aus dem Kopf: Bilder ihrer Freunde mit weißen Augen, ein Abbild der gedankenkontrollierten Schwarmflügler, Bilder von Treehopper, der rücksichtslos jeden Seidenflügler beim Versuch ihn aufzuhalten, aufschlitzt, Bilder von Königin Wasp, wie sie den Dschungel niederbrennt und alle Blattflügler tötet, dabei ihr gnadenloses Lachen ausstoßend.

Aber Cinnabar ist ihr entkommen. Es ist also möglich, wir müssen nur schnell genug sein.

Wir müssen fliehen. Wir *müssen* es tun. Oder keiner von uns wird je wieder frei sein.

Snowfall wachte EXTREM schlecht gelaunt auf.

Das heißt, sie wachte in einem Zustand rasender Panik auf, verwirrt und verängstigt, weil sie plötzlich an einem Strand schlief, wo sie doch Drachen zusammentreiben sollte, um aus dem Juwelenbau zu fliehen. Aber als sich ihr Herzschlag allmählich wieder normalisiert hatte, erinnerte sie sich, wer sie *eigentlich* war, und ihr natürliches Mürrisch-Sein kehrte in zehnfacher Stärke zurück.

Was. Bei den Monden. War. DAS.

Ein Blick nach unten verriet ihr, dass ihre Krallen zitterten. Sie stieß sie so tief in den Sand, wie sie konnte, bis das Zittern aufhörte.

»Ich habe gesagt, keine Visionen mehr!«, zischte sie den Ring atemlos an. Dieses Mal konnte sie sich nicht einreden, sie hätte nur zufällig von jemandem geträumt, den sie kürzlich getroffen hatte. Sie hatte Tau noch nie in ihrem Leben gesehen und würde dies vermutlich auch nie. Entweder hatte sie einen imaginären Drachen heraufbeschworen (mit einer verbotenen Liebe, revolutionären Freunden, einem ganzen Drachenbau und etwa einer MILLION weiterer Drachen, um die man sich Sorgen machen musste!), oder diese dämliche Magie hatte ihren *Verstand den ganzen Weg über den Ozean* geschleift, um sie mit unheimlichen Dingen zu quälen, gegen die sie machtlos war.

WAS SOLL DAS ALLES?!

Snowfall hörte, wie sich jemand durch den Sand auf sie zubewegte. Sie hob den Kopf aus ihrer Höhle. Natürlich war es Lynx, die ganz schön durcheinander aussah.

»Ich habe eine Theorie!«, rief Lynx, als sie Snowfalls Gesicht erblickte. Kein »Guten Morgen« oder »Hallo, Eure Majestät« oder »Entschuldigung, aber ich war gestern ein voreingenommenes Walross«.

Irritiert schüttelte Snowfall ihre Flügel aus. »Wunderbar«, keifte sie. »Lass mich raten – ich habe wieder etwas falsch gemacht.«

»Du hast mich gestern geweckt, um mich nach seltsamen Träumen auszuhorchen«, antwortete Lynx, auf sie deutend. »Weil *du* einen seltsamen Traum hattest. Dieser Ring, den du nicht abnehmen kannst, heißt Geschenk des Sehens, nicht wahr? Deshalb dachtest du, es ginge um das Sehvermögen. Aber das stimmt nicht! Ich glaube, er beschert dir seltsame Träume! Die allerdings keine Träume sind! Es sind Visionen. Kapiert? Verstehst du, was ich meine? Das Geschenk des Sehens, also des *Erkennens*?«

»Große Eisgeister, hör endlich auf zu reden«, knurrte Snowfall. »Das habe ich bereits vor etwa hundert Jahren herausgefunden. Aber selbst wenn das der Fall ist, erklärt das nicht, warum der Ring an meiner Klaue festsitzt. Ich glaube immer noch, er ist kaputt.«

»Aber er tut doch *etwas*!« Lynx schnippte mit dem Schwanz, und ihr Gesicht leuchtete vor Aufregung. »Vielleicht ist es wichtig! Hattest du letzte Nacht wieder eine Vision? Wovon handelte sie?«

»Ich dachte, du traust der Animare-Magie nicht und findest es eine schreckliche Idee, das hier zu tragen«, schmollte Snowfall anklagend.

»Damit habe ich auch immer noch recht«, erwiderte Lynx, »aber solange du das Ding trägst, sollten wir herausfinden, was es uns zu sagen versucht.«

»Es versucht nicht, mir irgendetwas zu sagen!«, protestierte Snowfall. »Es ist ein Ring! Ein lebloses Objekt! Ohne Plan oder Gefühle! Außer vielleicht Selbstgefälligkeit. Du bist sehr selbstgefällig«, schnauzte sie den Opal an.

»Arrrrgh, Snowfall, sag mir, was du gesehen hast!« Mit dem Schwanz peitschend wirbelte Lynx Sand auf. »Passiert etwas im Königreich des Eises? *Wird* etwas passieren?«

»Nein!«, bellte Snowfall. »Nichts Nützliches! Nichts über meinen Stamm oder meine Probleme! Überhaupt nichts Wichtiges! Sollte das eine dumme Zauberei sein, dann ist es WIRKLICH SUPER-DÄMLICHE Magie! Warum sollte ich, die Königin der Eisflügler, etwas über die inneren Gefühle eines Haufens von Regenbogendrachen von einem völlig unwichtigen Kontinent erfahren, den ich niemals sehen werde?«

»Innere Gefühle?«, staunte Lynx. »Wie – du konntest fühlen, was die Seidenflügler empfanden?«

»Zuerst war ich einer dieser Trauerklöße«, berichtete Snowfall und deutete auf den Strand. »Ihr Name ist Atala. Totales Trauerkloßgesicht. Letzte Nacht war ich irgendein WILLKÜRLICHER Drache namens Tau, der da drüben festsitzt und ausflippt. Warum sollte ich das sehen müssen? Es ist ja nicht so, dass ich irgendetwas tun kann, um ihnen zu helfen!«

Nicht, dass sie es getan hätte, selbst wenn es ihr möglich gewesen wäre! Sie hatte nicht vor, noch MEHR aufdringliche, seltsam aussehende Drachen hierher einzuladen!

»Hmmmm«, meinte Lynx. »Vielleicht kannst du es aber? Irgendwie? Vielleicht müssen wir einfach alles, was du in deinen Visionen erfahren hast, zusammenfassen und uns überlegen, was wir damit anfangen können.«

»Dieser Ring ist kein Geschenk, er bedeutet Hausaufgaben!«, schnauzte Snowfall. »Davon habe ich schon genug, danke! Ich bin jetzt Königin; andere Drachen sollten die Dinge erledigen, die mich anöden!«

»Dann erzähl mir von der letzten Vision«, bat Lynx eifrig. »Und auch alles über die erste Vision, bevor du sie vergisst. Ich werde herausfinden, was sie bedeuten.«

Snowfall zeigte mit einer Kralle auf sie. »Nein. Ich werde diesen Unsinn ignorieren. Sind diese lahmschneckigen Drachen schon bereit, nach Sanctuary zu fliegen?«

Lynx sah aus, als wolle sie noch weiter diskutieren, aber sie blieb still und folgte Snowfall den Strand hinauf, um nachzusehen.

Und nein, natürlich war niemand bereit aufzubrechen. Natürlich brauchten die fremden Stämme den ganzen Vormittag, um sich zu organisieren. Sie beschlossen, die Hälfte der Drachen zurückzulassen. Die Stärkeren sollten voranfliegen und dafür sorgen, dass es für alle einen Platz gab. Anschließend quartierten sie die Zurückgebliebenen um, und trafen die Entscheidung, eine Pause einzulegen, um etwas zu essen. Als sich ihre Flügel schließlich in den Himmel hoben, stand die Sonne schon hoch über ihnen.

Snowfall ging gerade zurück, um den Rest ihrer Wachen zu rufen, als der Name von Königin Thorn fiel. Mit gespitzten Ohren drehte sie sich um und sah, wie Moon mit dem Sandflügler sprach, der nicht Jerboa war.

»Ich fliege voraus und statte Thorn auf dem Weg einen Besuch ab«, verkündete er. »Falls sie wissen will, warum eine Schar ungewöhnlich aussehender Drachen über ihr Reich fliegt. Darüber möchte sie vielleicht Bescheid wissen.«

»Sag ihr, wohin sie unterwegs sind«, schlug Moon vor. »Sanctuary liegt technisch gesehen an der Grenze zwischen dem Sandflügler- und Himmelsflügler-Gebiet, also sollte sie wissen, dass sie sich dann dort aufhalten.«

Ha, dachte Snowfall bei sich und schritt weiter vorwärts. *Mal sehen, wie IHR das gefällt! Wenn Thorn zulässt, dass all diese Drachen über ihrer Wüste herumflattern und sich an ihrer Grenze niederlassen, ist sie vielleicht doch nicht so eine starke Königin, wie alle denken!*

Was würde wohl Königin Ruby von diesen neuen Drachen halten, wenn diese am Rande des Himmelsflügler-Territoriums lebten? Sanctuary sollte eine kleine Enklave für Drachen sein, die nicht in ihre eigenen Königreiche zurückkehren konnten. Verbannte Drachen, wie Snowfalls Cousin Winter, oder die verbliebenen Klauen des Friedens, die lieber unter sich bleiben, als zu ihren Stämmen zurückkehren wollten. Snowfall glaubte nicht, Ruby oder Thorn hätten sich jemals vorgestellt, mit ihrer Zustimmung einen Zufluchtsort für Hunderte fremder Drachen zu schaffen, als die Klauen des Friedens die Stadt bauen durften.

Was passiert, sollten ihnen noch mehr Drachen aus Pantala hierher folgen? Versucht Cinnabar, auch den Rest der Seidenflügler herzuholen? ALLE, aus allen Bauten?

Wo können sie denn sonst hin, wenn Königin Wasp und ihre gehirngewaschenen Schwarmflügler ganz Pantala kontrollieren?

Snowfall unterbrach diesen Gedankengang mit einem Zischen. *Das ist DEREN Problem. Nicht MEINES. Ich muss mich um die Eisflügler kümmern! Ich bin für niemanden sonst verantwortlich, und sie sind mir auch egal!*

Der Schrecken schien ihr jedoch noch immer in den Gliedern zu stecken, und sie wurde das dringende, panische Gefühl nicht los, dass sie eine ganze Stadt von Drachen in Sicherheit bringen musste, bevor es zu spät war. Wie alt die Vision wohl war? Hatte sich die Szene letzte Nacht ereignet, als Snowfall sie geträumt hatte, oder Tage zuvor, wie ihre Vision von Atala?

Falls es vor Tagen passiert ist ... wo befinden sich Tau, Jewel und Scarab jetzt? Sicher versteckt oder gefangen genommen?

IST DOCH EGAL. HÖR AUF, AN SIE ZU DENKEN!

»Lasst uns aufbrechen«, befahl sie ihren Wachen. Sie stellten sich in Formation um sie herum auf und folgten den Seiden- und Blattflüglern, weg vom Ozean nach Osten, in den Wüstenhimmel. Snowfall warf einen Blick zurück und sah Jerboa vor ihrer Hütte sitzen und ihren Abflug beobachten.

Warum scheint es sie nicht mehr zu kümmern, dass ihre Magie nicht funktioniert?, überlegte Snowfall. Wäre *sie* ein Animare-Drache, der plötzlich die Magie verloren hätte, würde sie völlig ausrasten. Jerboa hingegen schien sich hauptsächlich darüber zu amüsieren, wie sehr das Snowfall ärgerte.

Es war immer noch möglich, dass sie Snowfall angelogen hatte. Aber wenn die Animare-Magie funktionierte, hätte Tsunamis Bande von rechtschaffenen Weltverbesserern sie dann nicht eingesetzt, um alle pantalanischen Drachen in Sicherheit zu bringen? Oder um Königin Wasp aufzuhalten?

Das hätten sie definitiv getan. Sie haben sie ja auch benutzt, um die Seuche zu beenden und Darkstalker aufzuhalten. Sie könnten alle Probleme der pantalanischen Drachen mit einem Schnippen ihrer Krallen lösen, wenn sie in diesem Moment über Magie verfügten.

Also, warum tun sie es nicht?

Warum sollte die Magie einfach ... aufhören zu funktionieren?

Snowfall beäugte den Opalring. »Weißt du irgendetwas darüber?«, knurrte sie ihn an. »Warum funktionierst DU und echt nützliche Magie nicht?« Sie schüttelte mürrisch ihre Klauen aus und starrte ihn wieder an. »Weißt du was, wie wäre es, wenn du mir, anstatt meinen Kopf mit Mitleid und Unsinn zu füllen, eine Information gibst, die ich wirklich brauche? Zum Beispiel eine Vision, die erklärt, was mit der Magie passiert ist?«

War es das, was sie falsch gemacht hatte? Vielleicht musste sie dem Ring mitteilen, welche Vision sie interessierte. Oh, das wäre so einfach und SO toll! Visionen von allem, was sie wollte! Warum hatte sie nicht schon früher daran gedacht?

»Ja«, sagte sie mit Nachdruck. »Hörst du mich, Ring? Heute Nacht keine Seidenflügler-Albträume mehr. Nur eine nette, unkomplizierte Szene, in der ich herausfinde, warum die Animare-Magie nicht funktioniert. Das ist ein guter Plan.«

Der Opal fing das Licht ein und funkelte sie in leuchtenden Regenbogenfarben an. Snowfall konnte nicht deuten, ob dies »Natürlich, Eure Majestät, alles, was Ihr sagt« oder »Ha ha ha! Ich gebe dir, was immer ich dir geben will, und du kannst nichts dagegen tun, ha ha!« bedeutete.

Ich schätze, ich werde es heute Nacht herausfinden.

Sie flog dem Band aus Drachen hinterher, das sich über den Himmel zog. Beinahe fühlte sie sich sicher, ihr Problem gelöst zu haben.

Trotzdem war es schwer, das unheilvolle Gefühl abzuschütteln, dass sie vielleicht, nur vielleicht, in eine gefährlichere Magie gestolpert war, als sie erwartet hatte.

Kapitel 9

Die Eisflügler, Blattflügler und Seidenflügler flogen in einem seltsamen, ungeordneten Schwarm über die Wüste, die, nebenbei bemerkt, ein SCHRECKLICHER Ort war. Die Sonne brannte erbarmungslos und versengte die Schuppen auf Snowfalls Rücken. Sie hatte das Gefühl, sie könnten abplatzen. Wie konnte man nur an einem solchen Ort leben? Es war SO HEISS. IGITT.

Die Blattflügler sahen angesichts der Hitze fast genauso unglücklich aus wie sie selbst. Ihre Flügelschläge wurden langsamer, je weiter sie sich vom Meer entfernten und sich die endlose, baumlose Landschaft unter ihnen ausbreitete. Felsen und Sand und Sand und Felsen und eine ganze Menge Nichts.

Jerboa behauptete immer wieder, niemand wolle das Eisreich haben, aber wer würde ihm DAS bitte schön vorziehen? Natürlich würde jeder Drache lieber an einem kühlen, schönen, verschneiten, kristallklaren Ort leben, wo es Eisbären und Walrosse gibt. Was gab es denn hier zu essen? Winzige, dürre Eidechsen? Knochige, eklig riechende Kamele? Es schien viel logischer, dass Drachen in das Königreich des Eises eindringen wollten als in diese Gegend. Snowfall hatte völlig Recht, sich Sorgen um seine Verteidigung zu machen.

Moon hatte von ihrem Sandflügler-Freund eine Art Karte bekommen, auf der jede Oase entlang ihrer Route eingezeichnet war. Sie hielten zweimal an, um etwas zu trinken. Snowfall watete zu den winzigen Quellen und versuchte dabei, jeden Tropfen in ihre Schuppen zu saugen. Es kam ihr plötzlich etwas verrückt vor, dass ihr Stamm jemals gegen die Sandflügler gekämpft hatte, denn dieses Gebiet war das absolut Schlimmste. Unmöglich konnte es hier etwas Gutes für sie geben!

Es war später Nachmittag, als sie zum ersten Mal einen Blick auf die Berge erhaschten, die sich wie ein langer, riesiger Drachenrücken über den Horizont schlängelten. Größtenteils leuchteten sie in Grün und Braun, und ihre Gipfel waren mit herrlichem Schnee bedeckt.

Tau hat noch nie Berge gesehen, dachte Snowfall, doch als sie sich bei diesem Gedanken ertappte, wurde sie wütend.

Na UND?, giftete sie ihr Gehirn an. *Ich habe noch nie einen dieser «Bauten« gesehen, und ich bin TOTAL FROH darüber.*

Sie beschleunigte ihr Tempo, um Hazel einzuholen. Sie sah ein wenig überrascht aus, als Snowfall sie ansprach, aber zu müde, um darauf zu reagieren.

»Hallo, eine Frage an dich«, begann Snowfall. »Wie viele Drachen habt ihr zurückgelassen?«

»An Jerboas Strand?«, fragte Hazel. »Ungefähr –«

»Nein, nein«, unterbrach Snowfall. »Bei euch auf Pantala. Wie viele Drachen leben noch dort?«

»Oh.« Hazel blinzelte. »Also, die ... die Blattflügler-Armee, wenn man sie so nennen kann – alle, die mit Königin Sequoia in den Kampf gezogen sind. Sie müssen sofort vom Atem des Bösen getroffen worden sein ... wahrscheinlich stehen sie jetzt unter Wasps Macht.« Sie biss sich auf die Lippe, verzog die Stirn und machte noch mehr seltsame Dinge mit ihrem Gesicht. Schließlich erkannte Snowfall, Hazel bemühte sich verzweifelt, nicht zu weinen. »Ich hoffe, einige von ihnen konnten entkommen. Und dann gibt es noch in allen Bauten den Rest der Seidenflügler. Hunderte von ihnen, ich weiß gar nicht genau, wie viele es sind. Die mit uns geflogen sind, stammen nur aus drei Bauten, und sie gehörten zu einer Gruppe namens Chrysalis. Sie waren in den Dschungel aufgebrochen, um uns im Kampf gegen die Schwarmflügler zu unterstützen.«

»Aber das ging furchtbar schief«, bemerkte Snowfall. »Und jetzt sind alle Seidenflügler, die ihr zurückgelassen habt, in Gefahr.«

»Ja ...« Hazel brach ab und warf ihr einen verwirrten Seitenblick zu. »Du klingst irgendwie besorgt um sie.«

»Bin ich nicht!«, wehrte Snowfall ab. »Das bin ich ganz bestimmt nicht!« *Vielleicht nur ein bisschen besorgt um Tau. Aber nicht wirklich! Nur wegen eines dämlichen Zaubers, der mir seltsame Träume beschert!* »Nein«, fügte sie entschlossen hinzu. »Falls ich mir überhaupt SORGEN mache, dann nur, weil ich mich frage, ob all DIESE Drachen am Ende irgendwann auch in mein Reich strömen.«

»Es ist sehr schwer, den Ozean zu überqueren«, grübelte Hazel. »Ich – ich meine, wir hoffen, sie versuchen es ... aber ich kann nicht vorhersagen, wie viele es wagen werden, ob sie es schaffen, oder wann. Wenn es das ist, wonach du fragst.«

»NACHTFLÜGLER!«, brüllte Snowfall und brachte Hazel damit für einen Moment aus ihrem Flugrhythmus. Vor ihr drehte sich, mit verwirrtem Blick, Moon um. Auf Snowfalls Wink flog sie zurück und gesellte sich auf Hazels andere Seite.

»Ja?«, fragte Moon behutsam.

»Du kannst in die Zukunft sehen, nicht wahr?«, schnarrte Snowfall. »Winter hat mir von deiner Prophezeiung über Darkstalker erzählt, nicht, dass das irgendjemandem geholfen hätte. Bist du jemals nützlich? Kannst du vorhersagen, ob die anderen Seidenflügler es auf diesen Kontinent schaffen werden?«

»Ich – das ist nicht –«, stammelte Moon verblüfft. »Meine Visionen sind nicht so konkret. Ich habe einen Blick auf die Ankunft dieser Gruppe erhascht, aber ich habe keine anderen pantalanischen Drachen gesehen. Das heißt aber nicht, dass sie es nicht schaffen.«

»Und wir können nicht in deinem Kopf herumstochern, um das herauszufinden?«, wollte Snowfall wissen. »Etwa eine Vision heraufbeschwören, oder so?«

»Ich dachte, ihr könntet das«, gab Hazel zu. »Ich meine, ich dachte, Clearsight könnte es, nach allem, was ich gelesen habe. Also glaubte ich, ihr könntet alles vorhersehen, was ihr wollt.«

Moon schüttelte den Kopf. »Clearsights Kraft war ungewöhnlich. Meine Visionen sind nur kurz, ein gelegentliches Geschenk des Universums, und ab und an erhalte ich eine kryptische Prophezeiung.« Schnell schloss sie den Mund, aber Snowfall hatte die Veränderung in ihren Augen bereits bemerkt.

»AHA!«, rief sie. »Du hattest eine ›kryptische Prophezeiung‹ über all das, nicht wahr?«

»Das stimmt, Tsunami sagte, das hättest du!« Hazels Augen leuchteten auf. »Wurde darin der Atem des Bösen erwähnt? Hat sie dir gesagt, wie wir alle Drachen und Pantala retten können?«

»Nicht ganz«, gab Moon zögernd zu. »Ich will euch nur deutlich machen, es handelte sich um kryptische Informationen, schon vergessen?«

»Sag es uns trotzdem«, befahl Snowfall. »Wir werden es für dich entschlüsseln.«

Moon seufzte und rezitierte dann:

Eure Augen, Flügel, Feuer wendet
zum Land jenseits des Meers!
Wo Drachenleben durch Gift endet,
ist keinem Freiheit mehr beschert.

Ein Geheimnis in ihren Eiern,
ein Geheimnis in ihrem Buch,
ein Geheimnis, das tief versteckt ruht,
wird die retten mit wahrem Mut.

Eure Herzen, Geister und Flügel öffnet
den Drachen auf der Flucht vor dem Schwarm!
Stellt euch dem Bösen mit vereinten Klauen,
oder kein Stamm überlebt das Grauen.

Nachdem sie geendet hatte, herrschte mehrere Flügelschläge lang Stille. Hazel starrte in den Himmel vor ihnen, die Stirn in Falten gelegt. Ihr Mund bewegte sich, als sie die Prophezeiung leise wiederholend vor sich hinmurmelte.

»Nun«, meinte Snowfall schließlich. »Das gefällt mir nicht. Nein, das gefällt mir nicht. Darkstalker war für mich schon böse genug.« Sie sah, wie Moon zusammenzuckte, als sie Darkstalkers Namen erwähnte. Interessant! Fühlte sich der Nachtflügler schuldig nach allem, was mit ihm geschehen war? Oder fühlte sie sich schuldig, weil sie gelogen hatte und er tatsächlich gar nicht weg war? Konnte nicht ER das »Böse« sein? Wie viel »Böses« konnte es denn überhaupt geben?

»Moment mal«, fuhr sie fort, als ihre Gedanken einen neuen Pfad einschlugen. »Hast du gesagt, keiner der Stämme würde überleben?«

»Das ist die Prophezeiung«, erklärte Moon und spreizte ihre Vorderklauen zu einer »Ich-habe-keine-Ahnung«-Geste.

»Du meinst doch, keiner der pantalanischen Stämme«, stellte Snowfall klar. »Richtig? Es geht nur um diese drei. Nicht um die sieben Stämme auf diesem Kontinent. Es hat nichts mit uns zu tun. Stimmt's?«

»Ich denke, es könnte uns alle betreffen«, mischte sich Lynx plötzlich und sehr unwillkommen ein. Snowfall hatte nicht einmal bemerkt, wie sie unter ihnen aufgetaucht war. »Ich meine, die Prophezeiung beginnt damit, dass sie zu uns spricht – ›wendet eure Augen auf das Land jenseits des Meeres‹, richtig? Und dann ›stellt euch dem großen Bösen mit vereinten Klauen‹ – das klingt, als würde es sich auf alle Stämme beziehen, hier und dort.«

»Quatsch«, entgegnete Snowfall. »Wir können nicht, gemeinsam vereint, etwas Bösem entgegentreten, das sich auf der anderen Seite des Ozeans befindet, selbst wenn wir es wollten. Was, um das klarzustellen, der Stamm der Eisflügler NICHT will.«

»Es gibt hier sieben Stämme?«, fragte Hazel Moon. »Jeden mit einer Königin?«

Moon nickte. »Ja. Wir sollten einen Rat einberufen und abwarten, ob sie alle kommen«, sinnierte sie. »Sie sollten über euch und Pantala Bescheid wissen und über alles, was da drüben passiert.«

Oh, wunderbar, dachte Snowfall mürrisch. *Alle Königinnen, die mich nerven, zusammen an einem Ort. Die sich mit mir streiten und mir vorschreiben, was ich tun soll.* Gut daran wäre allerdings, dass sie durch den Aufenthalt in Sanctuary und den Rat der Königinnen die Ranglistenwand für ein paar weitere Tage umgehen könnte. Aber Thorn, Ruby, Moorhen, Coral und am schlimmsten Glory zuzuhören, wie sie immer wieder über Einigkeit und Zusammenarbeit und »gegenseitiges Vertrauen« und all diesen Unsinn redeten, zählte im Grunde zu Snowfalls schlimmstem ALBTRAUM. WÜRG.

»Ich gebe Tsunami Bescheid«, verkündete Moon, ihre Flügel neigend. »Ich bin sicher, sie kann ein paar Drachen aus Sanctuary organisieren, um den Königinnen Nachrichten zu überbringen.« Sie flog in Richtung der beiden Meeresflügler davon.

»Wie erstaunlich, dass all eure Königinnen so gut miteinander auskommen«, sagte Hazel wehmütig. »Ich wünschte, wir würden es schaffen, dass drei Stämme auf Pantala friedlich zusammenleben.«

»HA!«, rief Snowfall. »Friedlich zusammenleben! Wir haben gerade einen Krieg hinter uns!« *Genau genommen zwei, wenn man den Krieg zwischen den Eisflüglern und den Nachtflüglern mitzählt, den ich zu führen VERSUCHT habe, bevor diese Wichtigtuerin sich eingemischt hat.*

»Wirklich?«, fragte Hazel ungläubig mit weit aufgerissenen Augen.

»Lange Geschichte«, fügte Snowfall mit einem Schnauben hinzu.

»Ich werde sie dir erzählen«, bot Lynx an, und verbrachte dann den Rest des Fluges damit, Hazel vom Erbfolgekrieg der Sandflügler zu berichten: Wie er begann, von der Prophezeiung und davon, wie die heldenhaften Drachlinge ihn schließlich beendeten. Snowfall war persönlich der Meinung, sie bekamen ganz schön viel Lob, bedachte man, dass die wahren Helden eine tödliche Schlange und eine alte verzauberte Kugel gewesen waren.

Wenn es in der Prophezeiung einen Eisflügler gegeben hätte, hätte er den Krieg wahrscheinlich viel früher und sauberer beendet. Aber egal, das war nicht Snowfalls Problem.

Beim Anflug auf Sanctuary stellte Snowfall erschrocken fest, dass es sehr viel größer war, als sie sich vorgestellt hatte. Das neue Drachendorf wurde entlang eines Baches gebaut, der an einem See in den Ausläufern des Wolkengebirges entsprang und bergab floss. Einige der neuen Drachengebäude erhoben sich aus den Wildblumenwiesen, andere standen unter den Bäumen des Waldes. Snowfall fand es erstmal SEHR unübersichtlich. Jedes Drachenhaus sah völlig anders aus: Hier gab es einen seltsamen Lehmhügel mit einem Loch an der Spitze, daneben stand eine grobe Hütte aus Baumstämmen und Blättern, und drüben am See entdeckte sie ein paar krumme Bauten, halb im Wasser und halb aus dem Wasser ragend.

Bei der Landung stellte Snowfall fest, es gab auch mehr Drachlinge, als sie erwartet hatte, von denen einige wirklich seltsam aussahen. Der erste, den sie entdeckte, war ein winziges Ding, das im Bach spielte und sich auf Fische stürzte. Seine Schuppen waren tief mahagonibraun wie die eines Erdflüglers, aber mit phosphoreszierenden bläulichen Schuppen entlang des Rückens und der Flügel. Soweit sie erkennen konnte, hatten seine Klauen Schwimmhäute wie ein Meeresflügler.

In der Nähe hatte sich eine kleine Gruppe orangefarbener und roter Drachlinge um einen Himmelsflügler geschart und hörte ihm zu, während er ihnen aus einer Schriftrolle vorlas. Zwei der roten Drachlinge hatten skorpionartige Schwanzstacheln und einer der orangefarbenen Drachlinge ein paar schwarze Schuppen auf seiner Nase.

Snowfalls Gehirn war noch dabei, diese Informationen zu verarbeiten, als ein himmelblauer Meeresflügler aus den Bäumen auf sie zuraste.

»Tsunami!«, jauchzte er, als wäre die Sonne selbst gekommen, um ihn zu besuchen. Sein ganzes Gesicht strahlte voller Freude, was KEINEN Sinn ergab, denn wer konnte schon so begeistert sein, das absolut nervigste Mitglied der Drachlings-Prophezeiung zu sehen?

»Hey, Riptide«, grüßte sie so selbstbewusst wie sonst auch, aber ihre Stimme passte nicht ganz zu ihrem komischen Gesichtsausdruck. Ungeschickt versuchten die beiden Meeresflügler, sich zu umarmen, wobei ihre Flügel in die falsche Richtung rutschten. Letztlich stießen ihre Köpfe aneinander, sie sprangen zurück und flatterten ein wenig herum.

Snowfall vermutete, dass es einen Grund für diese seltsame Interaktion gab, aber es interessierte sie nicht sonderlich. Sie sah sich nach ihrem Cousin Winter um.

War da ein Aufblitzen von weißen Schuppen in den Bäumen? Snowfall blinzelte, aber wer auch immer es war, er war wieder verschwunden. Es könnte auch nur eine Täuschung des Lichts gewesen sein.

»Es ist so schön, dich zu sehen!«, freute sich Riptide. »Ich hatte gehofft, du würdest kommen und dir all die Veränderungen ansehen, die wir ...« Er verstummte, als sein Blick hinter Tsunami auf die Reihe von Drachen fiel und dann in den Himmel, wo immer mehr Drachen sichtbar wurden, weil selbst die Langsamflieger aufholten. »Was –«, stammelte Riptide. »Was – ähm –«

»Überraschung!«, lachte Tsunami beschwingt. »Neue Drachen für Sanctuary!«

»Neue – all diese – aber –«, stotterte Riptide.

»Sind das Regenflügler?«, erkundigte sich eine neue Stimme an Snowfalls rechter Seite. Sie drehte sich um und erblickte Winter, der durch den Bach plätscherte und die ankommenden Seidenflügler anstarrte. Hmm. Das in den Bäumen konnte also nicht er gewesen sein.

»Winter!«, rief Lynx erfreut. Er zuckte zusammen und starrte sie an. Dann fiel sein Blick auf Snowfall, die direkt neben ihr stand.

»Lynx?«, fragte er mit verwunderter Stimme. »Snowfall? Was macht ihr denn hier?«

Sich räuspernd schwenkte Lynx den Kopf vielsagend in Richtung Snowfall.

»Ich meine – Verzeihung – Eure Majestät«, korrigierte er sich, Snowfall ansehend. »Willkommen in Sanctuary.« Er verbeugte sich sogar anständig, was beschwichtigend wirkte.

»Ich bin gekommen, um diese neue Stadt zu inspizieren«, informierte Snowfall ihn. »Und um sicherzustellen, dass diese ungewöhnlichen Drachen sich hier niederlassen und nicht versuchen, ins Königreich des Eises zurückzukehren.«

»Nicht, dass sie das könnten«, bemerkte Lynx. »Angesichts der Klippe und allem anderen.«

»Sind es Hybriden?«, erkundigte sich Winter und neigte den Kopf zu einem Blattflügler, der seine Schnauze in den Bach getaucht hatte. »Davon gibt es hier sehr viele. Meeresflügler-Regenflügler vielleicht? Aber es sind so viele –« Seine Augen weiteten sich, als ein Seidenflügler stolpernd neben Tsunami landete. »Dieser Drache hat *vier* Flügel«, flüsterte er Lynx zu. »Moment, der da auch! Und der da!«

»Sie kommen von dem anderen Kontinent!« platzte Lynx heraus, was sofort ringsum für Unruhe sorgte. »Es gibt ihn wirklich,

Winter! Er ist voller Drachen! Völlig unterschiedliche Stämme! Die bunten sind Seidenflügler und die grünen sind Blattflügler. Und es sind auch zwei ... da, siehst du die gelb-schwarzen? Das sind Schwarmflügler.«

Snowfall hatte ihren Cousin noch nie so verwirrt gesehen, geschweige denn so verunsichert. Irgendwie machte das die ganze Reise nach Sanctuary lohnenswert.

Zwischen den Bäumen fiel ihr erneut etwas ins Auge – ein Lichtblitz im Gebüsch, ein Schimmer von Schuppen hinter den Blättern. Doch als sie sich umdrehte, war da nichts als Wind, der ziellos den Waldboden aufwirbelte.

Sie vertraute jedoch ihrem Instinkt. Ein weiterer Eisflügler hielt sich dort drüben versteckt und beobachtete sie.

Wer auch immer es war, er wollte nicht gesehen werden.

Kapitel 10

»Leben hier noch andere Eisflügler?«, erkundigte sich Snowfall bei Winter.

»Ein paar«, antwortete er mit einem vorsichtigen Gesichtsausdruck. »Wusstest du das nicht?«

Sie blickte hochnäsig auf ihn herab. »Natürlich weiß ich das. Ich möchte nur informiert sein, wie viele, und wer genau.«

»Ich denke, ich ... sollte nicht derjenige sein, der dir das sagt, Majestät«, meinte er. »Ich kenne ihre Gründe für ihre Anwesenheit hier nicht. Aber ich bin sicher, sie werden es dir erzählen, wenn du sie fragen möchtest.«

Snowfall überlegte, ob sie das ärgerlich genug fand, um ihn anzuschreien. Jetzt, als Königin, konnte sie das tun, und er durfte ihr nicht mehr widersprechen oder weglaufen, wie er es in ihrer gemeinsamen Drachlingszeit manchmal getan hatte.

Doch sie verpasste ihre Chance. Während sie noch nachdachte, landete dieser schreckliche Nachtflügler und sog die ganze Luft um Winters Kopf herum ein.

»Moon«, sagte er mit einer leisen, fragenden Stimme.

»Hey, Winter«, grüßte Moon nervös. Sie schwang einen ihrer Flügel in seine Richtung, ohne ihn wirklich zu berühren. »Wir vermissen dich wirklich am Jadeberg.«

»Ich vermisse dich auch«, erwiderte er. »Euch alle, ich meine, alles und jeden, ich vermisse – ich vermisse jeden.«

»Warum lebst du dann nicht mehr dort?«, fragte Lynx.

Aus irgendeinem Grund schauten sie alle Snowfall an. Sie wartete kurz, um zu prüfen, ob das zufällig geschah, aber dann, als alle sie weiterhin anstarrten, motzte sie: »Was?«

»Du hast doch bestimmt, er könne nicht zurück zur Akademie gehen«, erklärte Moon.

»Habe ich das?« Snowfall dachte einen Moment lang über diese Neuigkeit nach. Sie konnte sich nicht daran erinnern, ein solches königliches Dekret erlassen oder auch nur darüber nachgedacht zu haben. Sie wusste, zwei neue Eisflügler-Drachlinge waren für die Akademie ausgewählt worden, und jetzt, wo sie genau überlegte, waren das wahrscheinlich die Nachfolger von Icicle und Winter. Keine Ahnung, ob sie jemand gefragt hatte, ob Winter weiterhin Schüler dort bleiben durfte oder nicht. Sie hatte zwar beschlossen, dass er immer noch ein Verbannter aus dem Königreich des Eises war, aber was er außerhalb davon tat, interessierte sie nicht besonders.

»Es ist mir eigentlich egal«, informierte sie Winter. »Wenn du willst, kannst du von mir aus weiter Umarmungen studieren und all den Unsinn, der an dieser Schule passiert. Ich muss mich um viel wichtigere Dinge kümmern, zum Beispiel um diese heimatlosen Drachen und all die, die sie zurückgelassen haben.« Mit ihren Flügeln zeigte sie auf die Stämme, die immer noch um sie herum landeten. Auf der Wiese wurde es langsam etwas eng. Riptide wirkte schon leicht panisch.

»Die, die sie zurückgelassen haben?«, wiederholte Lynx und warf ihr fast genau denselben verwirrten Blick zu, mit dem Hazel sie zuvor bedachte hatte.

Als wäre es SO VERRÜCKT, dass sie auch nur einen Hauch

von Sorge um all die Seidenflügler verspürte, die immer noch mit dem unheimlichen bösen Ding da drüben gefangen waren!

»Ich sage ja nicht, sie sollen hierherkommen!«, schnauzte Snowfall sie an. »Aber ich erwarte nicht, dass diese Drachen sie einfach *aufgeben.*«

Einer der Blattflügler am Bach sah auf und musterte sie mit einem grimmigen, intensiven Blick. Snowfall erkannte sie vom Vortag – sie war diejenige, die eine Bedrohung für Hazels Krone sein könnte. Sun-irgendwas. Diejenige, die immer die Stirn runzelte und glotzte und bereit für einen Kampf war.

»WAS?«, maulte Snowfall.

»Wir werden sie nicht aufgeben!«, zischte die Blattflüglerin. »Wir werden sie nicht im Stich lassen!«

Die Blattflüglerin neben ihr strich ihr sanft über den Flügel. »Niemand behauptet, dass wir das tun«, bemerkte sie.

»Dieser Haufen Eiszapfen hat es gerade getan!«, schnappte die erste.

»Nein, Liebes«, besänftigte die zweite sie ganz ruhig. »Falls du zugehört hast: Königin Snowfall sagt genau das, was du seit drei Tagen forderst. Dass wir einen Plan ausarbeiten müssen, um zurückzukehren und alle zu retten.«

Ja. Ganz genau. Das ist es, was ich meinte, dachte Snowfall. *Nicht, weil mir irgendeiner dieser Drachen da drüben etwas bedeutet. Sondern weil ich möchte, dass die anderen alle wieder von hier verschwinden.*

»Ich bin Willow«, stellte sich der zweite Blattflügler Winter vor. »Und das ist Sundew. Wir machen uns große Sorgen um die Drachen, die immer noch auf Pantala festsitzen.«

»Wir sollten jetzt sofort aufbrechen«, meinte Sundew. »Auch

wenn es nur du, ich und Cricket sind. Wir sollten sie überraschen, bevor der Atem des Bösen noch stärker wird.«

Moon erschauderte und Winter drehte sich schnell zu ihr um. »Nein, keine Vision«, beruhigte sie ihn, bevor er fragen konnte. »Nur diese Worte ... der Atem des Bösen. Sie erschrecken mich jedes Mal.«

»Stell dir nur dieses Gefühl vor, wenn du mit diesem Ding auf demselben Kontinent festsitzen würdest«, brummte Snowfall. WIEDER warf die Hälfte der anderen ihr diesen seltsamen Blick zu. Vielleicht färbte der Ring ja ihre Hörner hellrosa oder so. Welchen Sinn ergab es denn sonst, dass alle, jedes Mal, wenn sie etwas sagte, so reagierten, als hätte sie ein Mini-Karibu erbrochen.

Zum Glück tauchten Tsunami, Riptide und Hazel auf und sorgten für Ablenkung.

»Riptide hat hier genug Platz«, verkündete Tsunami energisch. »Alle können bleiben.««

»Das habe ich so nicht gesagt!«, wandte Riptide ein. »*Ich* sagte, ich weiß nicht, wo wir sie alle unterbringen können, aber sie können für ein paar Nächte bleiben, während wir uns etwas überlegen.«

»Ha!« Snowfall schnippte mit dem Schwanz nach Tsunami. »Siehst du? Selbst dein lieber Freund und sein herzerwärmendes Zusammengehörigkeitsprojekt wollen nicht alle diese Trauerklöße hier beherbergen! Ich bin NICHT der Bösewicht! Meine Reaktion ist ganz normal! Nichts für ungut«, fügte sie an Hazel gewandt hinzu.

Tsunami warf Riptide einen stechenden Blick zu, worauf dieser schnell zurückruderte. »Natürlich will ich sie!«, rief er. »Wir können das hinbekommen. Ich meine, das vervierfacht zwar die Zahl der hier lebenden Drachen, aber – aber, ähm, ich muss einfach – und vielleicht, wenn wir – aber dann können die – ich meine, ja, ja, natürlich können sie bleiben.«

»Toll!«, strahlte Tsunami ihn nun an. »Ich wusste, wir können auf dich zählen.«

»Wir können helfen«, versprach Hazel. »Blattflügler ziehen es ohnehin vor, ihre Häuser in den Bäumen zu bauen, also werden wir keinen zusätzlichen Platz auf dem Boden beanspruchen. Und die Seidenflügler können ihre eigenen Netze fertigen. Vielleicht könnte ihre Seide nützlich sein.« Snowfall merkte, wie sehr sich Hazel bemühte, nicht auf einige der baufälligen Gebäude um sie herum zu starren.

»Außerdem werden wir uns nicht lange hier aufhalten«, warf Sundew ein. »Wir gehen zurück nach Pantala, sobald wir herausgefunden haben, wie wir den Atem des Bösen besiegen können.«

Hazel und Willow tauschten einen Blick aus, der selbst Snowfall stutzen ließ; daher überraschte es sie nicht, als Sundew mit einem Zischen in Richtung See davonstapfte.

»Königin Snowfall«, bat Hazel. »Könntest du noch ein paar Tage bei uns bleiben?«

»Ich?«, fragte Snowfall und plusterte ihre Flügel auf. »Hier? Warum?«

»Damit wir die anderen Königinnen zusammenrufen können, natürlich«, erklärte Tsunami. »Für einen großen Königinnengipfel. Keine Sorge, nicht, weil wir dich hier bei uns haben wollen.«

»Sei nicht unhöflich zu meiner Königin«, knurrte Lynx scharf.

»Ich würde es wirklich zu schätzen wissen, Majestät«, warf Hazel mit großen Augen ein. »Du bist die Einzige, die ich kenne.

Ich würde mich so viel besser fühlen mit einer Freundin unter den Königinnen.«

Drei Monde, Snowfall, sag mir, dass du nicht zu einer Pfütze zerfließt, nur, weil dieser seltsame grüne Drache dich eine Freundin genannt hat. Sie kennt dich überhaupt nicht und du sie auch nicht! Warum sollte ich eine Freundin von einem anderen Stamm überhaupt WOLLEN? Was kann sie den Eisflüglern schon Gutes tun? Es ist ja nicht so, dass ein Bündnis mit ihr uns stärker machen würde.

Aber es gibt auch andere logische, königliche Gründe zu bleiben. Ich meine, ich will nicht, dass sich die anderen Königinnen ohne mich treffen! Wer WEISS, was sie über mich reden würden, wenn ich nicht hier wäre! Sie könnten sich verschwören! Und intrigieren! Und selbstgefällige Gesichter ziehen!

Zu bleiben, ist das Richtige für den Stamm der Eisflügler. Ich muss sowieso wissen, was die anderen vorhaben.

»Nun gut«, antwortete Snowfall und versuchte, gelangweilt zu klingen. »Wir können bleiben, bis die anderen Königinnen eintreffen. Aber lass sie wissen, sie sollen sich beeilen. Ich kann nicht zu lange von meinem Palast fernbleiben.«

»Wählen wir die Boten aus«, schlug Riptide Tsunami vor und zog sie weg, bevor sie irgendetwas Bissiges aussprechen konnte.

»Führst du mich herum?«, bat Lynx Winter. »Ich möchte alles sehen!«

»Natürlich«, erwiderte er und fügte nach einem Moment des Zögerns hinzu: »Moon, möchtest du uns begleiten?«

Der Nachtflügler nickte ein wenig unschlüssig. Die meiste Zeit wirkte sie irgendwie abgelenkt, als würden ihr unsichtbare Drachen etwas in die Ohren flüstern, während sich alle unterhielten.

Oh, dachte Snowfall. *Sie hört unsere Gedanken. ICH WEISS, DU KANNST MEINE GEDANKEN HÖREN, NACHTFLÜGLER! HIER IST EINER FÜR DICH: ICH GLAUBE, DEIN GANZER STAMM IST EIN HAUFEN BÖSARTIGER FEUERSCHNAUBENDER KRÖTEN!*

Moon zuckte leicht zusammen, warf Snowfall einen verletzten Blick zu und folgte Winter und Lynx auf die Wiese. Hazel und Willow standen noch kurz herum, als wären sie sich nicht sicher, ob Snowfall mit ihnen fertig war. Schließlich entfernten sie sich in dieselbe Richtung wie Sundew.

Snowfall watete in den Bach, der herrlich kalt war, wie geschmolzener Schnee. Sie stand da und ließ ihre Schuppen abkühlen, während sie die in Sanctuary lebenden Drachen betrachtete. Sie konnte Drachen von fast allen Stämmen sehen: Sandflügler, Himmelsflügler, Meeresflügler, Erdflügler und sogar ein paar Regenflügler, die sie auf den ersten Blick für Seidenflügler hielt.

Aber keine Eisflügler, so weit sie blicken konnte. Kurz bevor sie dachte: *Na ja, klar, das leuchtet ein, unser Königreich ist so wunderbar, warum sollte es jemand verlassen wollen?* musste sie sich eingestehen, sie hatte auch keine Nachtflügler gesehen, was ihre Theorie irgendwie widerlegte. Und Winter behauptete, es *gäbe* hier noch andere Eisflügler. Wo waren sie also? Warum waren sie nicht da, um die riesige Schar der neuen Besucher zu bestaunen?

Die Drachen in Sanctuary schienen eher neugierig als ängstlich gegenüber den fremden Stämmen zu sein. Snowfall vermutete, es lag wohl daran, dass einige von ihnen selbst so seltsam aussahen, oder sie waren bereits an das Zusammenleben mit anderen

Drachenarten gewöhnt. Sie beobachtete, wie der kleine braune Drache mit den phosphoreszierenden blauen Schuppen auf einen Seidenflügler zuhielt, seine Klauen langsam kreisen ließ und sich dann hinsetzte, um zu dessen vier indigo-orangenen Flügeln hinaufzustarren.

Und dann entdeckte sie erneut dieses Aufflackern von Weiß. Es bewegte sich zwischen den Bäumen auf der anderen Seite der Wiese – das war *eindeutig* ein Eisflügler!

Snowfall sprang aus dem Wasser und stürmte über die Wiese, wobei sie ein paar plumpe Drachlinge aufscheuchte. Im Schatten der Bäume erspähte sie einen Wirbel aus weißen Flügeln, als der Eisflügler sich umdrehte und floh.

Floh! Vor IHR, Königin Snowfall! Was für eine Unverschämtheit!

Snowfall verdoppelte ihre Geschwindigkeit, als sie sich zwischen die Bäume stürzte.

Kiefernnadeln stoben unter ihren Klauen auf und der Geruch von feuchtem Laub legte sich auf ihre Schnauze. Eichhörnchen warfen ihr fauchende, keckernde Rufe zu, als sie an ihnen vorbeirannte und Baumstämmen auswich. In der Ferne konnte sie den weißen Schwanz ihrer Beute aufblitzen sehen. Ein schattiger Wald in der Dämmerung war nicht gerade der beste Ort für einen Eisflügler, um sich zu verstecken.

Der beste Ort ist das EISKÖNIGREICH, dachte Snowfall gereizt. *Warum sollte ein vernünftiger Drache es jemals verlassen?*

Meinetwegen, antwortete ihr Gehirn, was furchtbar schmerzte. *Weil sie denken, ich sei eine schreckliche Königin. Genau wie all die Drachen in dieser Nachtflügler-Schlacht. Vielleicht schleichen sich die Eisflügler in Scharen aus dem Königreich, weil sie Angst haben, ich würde den ganzen Stamm ruinieren oder etwas Grässliches tun.*

Heftig schüttelte sie den Kopf. Es war unwahrscheinlich, diesen Drachen durch Schnelligkeit zu fangen. Sie war vom vielen Fliegen den ganzen Tag über müde. Sie könnte versuchen, einen Speer oder ein Messer zu werfen, obwohl das eine ziemlich brutale Methode wäre, um dessen Identität herauszufinden. Aber halt ... sie besaß doch Magie!

Schleudernd kam Snowfall zum Stehen, schlug die Armbänder der Tarnung zusammen und stellte sich vor, unsichtbar zu sein. Und das war sie dann auch. Sie konnte nicht einmal ihre eigenen Klauen sehen. Die Büsche hinter ihr schienen in einer nicht vorhandenen Brise zu zittern, als sie sie mit dem Schwanz streifte.

Sie verfolgte den fliehenden Eisflügler, aber jetzt bewegte sie sich langsamer und versuchte, sich an den Drachen heranzuschleichen, wer auch immer das war. Es war schwer, an einem so lauten, von verschiedenen Geräuschen belebten Ort etwas zu vernehmen, aber bald hörte sie jemanden vor sich nach Luft schnappen. Der Eisflügler dachte, Snowfall hätte seine Spur verloren. Er stand nun keuchend neben einem riesigen, halb mit Giftefeu bewachsenen Felsbrocken.

Snowfall kroch auf ihn zu, eine Klaue, dann die nächste, wobei sie die schimmernden weißen Schuppen hinter dem Laub im Auge behielt. Und dann ... SPRANG sie!

Pflanzenteile flogen in alle Richtungen, als sie mit dem Eisflügler zusammenstieß und ihre Klauen und Flügel sich ineinander verfingen, bis sie beide gegen die kahle Seite des Felsens prallten. Snowfall erholte sich zuerst. Ihre Flügel ausschüttelnd, beugte sie sich vor, um den anderen Drachen festzuhalten.

»Au!«, kreischte ihr Gefangener. »Es tut mir leid! Es tut mir leid!«

Snowfall blinzelte auf die blassblauen Augen, den langen, grazilen Hals und das unverwechselbare Gesicht ihrer verschollenen Schwester hinunter.

Tsetsebau
Käfersee
Geißel-
skorpionbau
Hornissenbau
Zikadenbau
Gottesanbeter-
innenbau

TEIL ZWEI

Sanctuary und Zweibeiner

Kapitel 11

»Crystal?«, schrie Snowfall heraus. Sie setzte sich auf und drehte die Armbänder, um sich wieder sichtbar zu machen. Die Augen ihrer Schwester weiteten sich, als Snowfall in ihr Blickfeld schimmerte. »Bist du mir hierher gefolgt?«

»*Dir* gefolgt?«, entrüstete sich Crystal. »Du bist doch diejenige, die *mich* durch den Wald gejagt hat!«

»Weil du auf der Lauer lagst! Verdächtig!«, rief Snowfall. »Wie lange hast du mich schon beobachtet?«

»Ich habe dich *nicht* beobachtet«, ärgerte sich Crystal. »Ich habe nicht das Verlangen, dich zu beobachten. Ich habe mich von dir ferngehalten. *Du* bist diejenige, die an *meinen* schönen, ruhigen Ort gekommen ist. Was tust du hier?« Sie drückte erfolglos gegen Snowfalls Klauen. »Außerdem, kannst du bitte endlich von mir runtergehen?«

»Warte«, beruhigte sich Snowfall und wich zurück, damit Crystal auf die Füße klettern konnte. »Du meinst – du warst *hier*? In Sanctuary, die ganze Zeit?« Es durchrieselten sie ungefähr achtzigtausend Emotionen auf einmal und es fühlte sich SEHR ÜBERWÄLTIGEND an. Bedeutete das, Crystal hatte sich nicht irgendwann einmal im Eispalast herumgetrieben? Aber was war mit ihren vernichtenden Plänen? Und warum sollte sie hierherkommen? Bedeutete das für sie Gefahr? War das alles eine Falle?

Zugegeben, selbst sie konnte sich nicht so recht vorstellen, wie Crystal eine Invasion geheimnisvoller Drachen inszeniert haben könnte, nur um Snowfall dazu zu bringen, nach Sanctuary zu kommen. Aber ihr pochendes Herz und ihre zitternden Krallen hatten Schwierigkeiten, eine andere Erklärung dafür zu finden. Crystal! Hier! Auf der Lauer liegend!

Crystal blickte sich um, als hätte sie erstmals darüber nachgedacht, wo sie war. »Ich meine, ich nehme an, ich bin hier, seit Mutter gestorben ist, mehr oder weniger«, erklärte sie.

»Um was zu tun?«, bohrte Snowfall weiter. »Verschwörungen schmieden? Eine Armee zusammenstellen? Attentäter anheuern?«

Ihre Schwester sah leicht amüsiert aus. »Wollte ich einen Meuchelmörder anheuern, würde ich nicht in einer Gemeinschaft von Zweibeiner-Verrückten wie dieser leben. Ich würde direkt in die Skorpionhöhle gehen.«

»Du *hast* also darüber nachgedacht!«, sagte Snowfall anklagend. Ein plötzliches Krachen im Unterholz warnte Snowfall gerade noch rechtzeitig. Sie wirbelte herum, als sich ein Drache aus den Bäumen in Richtung ihres Kopfes stürzte. An ihr vorbeischnellend, streifte er sie mit seinen Flügeln an der Nase und prallte an dem Felsen ab. Sie duckte sich erneut, als er wieder auf sie losdonnerte, aber dieses Mal gelang es ihm, sich zu drehen und sie gegen einen Baum zu schleudern.

Ich wusste es! Ich wusste, dass Crystal vorhatte, mich zu töten!

Crystal brüllte etwas, aber Snowfall konnte ihre Worte zwischen dem Grunzen und Knurren ihres Gegners nicht verstehen, als sie ihm einen Tritt gegen die Brust versetzte. Er hatte braune Schuppen, einen flachen, viereckigen Kopf und schwere Krallen – ein Erdflügler. Crystal hatte sich mit den Erdflüglern verbündet! Hatte sie Königin Moorhen auf ihrer Seite? Snowfall hatte Moorhen immer als die am wenigsten nervige aller Königinnen empfunden, aber vielleicht war ihr ruhiges Verhalten nur gespielt, und sie hatte sich mit Crystal verschworen!

Mit einem wütenden Zischen beschwor Snowfall die Magie der Stärke. Sie versenkte ihre Klauen in dem Erdflügler und schleuderte ihn in den Wald hinaus.

Er flog aus ihrer Sichtweite und schlug dabei eine Schneise durch die Äste. Einen Moment später ertönte in der Ferne ein dumpfer Schlag.

Crystal kreischte und stürzte hinter ihm her, verfolgt von Snowfall, die sie durch die Bäume jagte.

»Nun siehst du, was passiert!«, rief sie ihrer Schwester zu. »Ich bin nicht so leicht zu töten, wie du denkst!«

Crystal drehte sich nicht einmal um. Sie folgte so schnell sie konnte dem Pfad der Zerstörung, bis sie den Erdflügler fand, der am anderen Ende flach auf dem Rücken lag, seine Flügel zu beiden Seiten ausgestreckt.

»Gharial!«, rief sie und kauerte sich neben ihn. »Gharial, geht es dir gut?«

»Ich wollte ... dich retten ...«, keuchte er.

»Nicht besonders gut, du großes Nilpferd«, schimpfte Crystal. »Sie hat mich nicht einmal angegriffen!«

»Aber ... gefährlich«, brachte er stöhnend hervor.

Crystal schaute über ihre Schulter zu Snowfall, die am Rande der Lichtung stand und verwundert auf das Geschehen blickte. Crystal umklammerte die Vorderklauen des Erdflüglers mit ihren Klauen und er blickte mit diesem bekloppt verträumten Gesichtsausdruck zu ihr auf. Er musste sich *ganz schön* den Kopf gestoßen haben, um dieses Gesicht hinzubekommen, vor allem, wenn er ausgerechnet Crystal so ansah.

»Bist du hier, um mich zu töten?«, wollte Crystal von Snowfall wissen.

«Nein!«, erwiderte Snowfall. »Ich meine, nur wenn du etwas im Schilde führst. Sollte ich?«

»Mich töten? Nein, danke«, grinste Crystal. »Snowfall, wie könnte ich mich gegen dich verschwören oder versuchen, dich zu töten? Wir haben unserer Mutter einen Eid geschworen, weißt du noch? Ich habe versprochen, nichts zu unternehmen, um dir den Thron wegzunehmen.«

»Ja«, meinte Snowfall, »aber – du – aber trotzdem, was ist, wenn du ...« Sie brach ab. Irgendwie war es ihr nie in den Sinn gekommen, Crystal würde diesen Schwur so ernst nehmen. »Ich meine, wenn du *nichts* ausheckst, warum bist du dann verschwunden?«, fragte sie.

»Na ja«, begann Crystal, »um ehrlich zu sein, war ich mir ziemlich sicher, dass *du mich* töten wolltest. Der Eid besagte, nicht um den Thron zu kämpfen. Er beinhaltete nicht, du solltest deine Schwestern und mögliche Bedrohungen am Leben lassen.«

»*Pfff*«, schnaubte Snowfall. »Ich bin nicht die Art von Königin, die alle ihre Erben tötet, nur um sich sicher zu fühlen! Das ist pure Dummheit.«

»Ich habe auch ... Es gab noch einen anderen Ort als das Eiskönigreich, an dem ich sein wollte«, erklärte Crystal und blickte wieder auf den Erdflügler hinunter. »Oder besser gesagt, jemanden, mit dem ich zusammen sein wollte.«

Snowfall neigte den Kopf den beiden zu. Das ergab für sie immer noch keinen Sinn. Wo sonst als im Eiskönigreich sollte jemand leben wollen? Hier, in diesem lauten, unruhigen Wald voller Drachen aus anderen Stämmen? Und warum?

»Snowfall, das ist Gharial«, stellte Crystal ihn vor. »Wir haben uns im Krieg kennengelernt, als seine Truppe sich unserer Armee anschloss, um gegen Blister zu kämpfen. Als ich wieder zu Hause war, konnte ich nicht aufhören, an ihn zu denken.«

»Oh«, murmelte Snowfall. »*Ohhh.*« Jetzt machte Crystal dasselbe verknallte Gesicht wie er und sie hatte keine Kopfverletzung als Ausrede. Crystal war in diesen Erdflügler verliebt! WAS FÜR EIN VERQUIRLTER SCHWACHSINN.

Das war ihr Geheimnis, das Lynx vermutet hatte.

»Ich glaube – ich glaube, Mutter wusste es«, fuhr Crystal fort. »Oder sie hat es zumindest geahnt. Ich glaube, das könnte auch der Grund sein, warum sie mir die Krone nicht gegeben hat.«

»Weil sie so entsetzt war?«, ergänzte Snowfall.

Crystal riss ihren Kopf hoch und betrachtete sie stirnrunzelnd. »Nein! Weil sie wusste, dass es mich zerreißen würde, müsste ich mich zwischen dem Thron der Eisflügler und dem Drachen, den ich liebe, entscheiden. Er könnte niemals im Eispalast leben. Wenn ich Königin wäre, gäbe es keine Zukunft für uns.«

Das war das Dümmste, was Snowfall je gehört hatte. Lieber eine Romanze, als Königin eines ganzen Königreichs zu sein? Eine Romanze mit einem ERDFLÜGLER noch dazu?

Zum ersten Mal seit dem Kampf mit den Nachtflüglern verspürte Snowfall einen kurzen, strahlenden Moment des *Weißt du was – meine Mutter hat sich den richtigen Drachen als Königin ausgesucht.*

All diese Sorgen. Die endlosen Albträume, der Stress und das Um-die-Ecke-Spähen, weil sie vermutete, dass Crystal in jedem Schatten mit mörderischen Absichten lauerte. Und die ganze

Zeit war Crystal *hier* gewesen, hatte ihr Königreich weggeworfen und sich wegen eines, ehrlich gesagt, sehr gewöhnlich aussehenden braunen Drachen zum Deppen gemacht.

»Nun«, begann Snowfall, setzte sich hin, faltete ihre Flügel ordentlich zusammen und gähnte. »Du hättest es mir SAGEN können, anstatt einfach ABZUHAUEN und mir eine monatelange PANIKATTACKE zu bescheren.«

»Ach ja, ich hätte es dir sagen können?«, fragte Crystal skeptisch. »Hättest du dann nicht dasselbe angewiderte Gesicht gemacht und mir verboten zu gehen?«

Snowfall bemühte sich, ihren Gesichtsausdruck zu korrigieren, aber sie merkte, dass es nicht funktionierte. »Wahrscheinlich«, stimmte sie zu. »Was denkst du dir denn? Ein *Erdflügler*?«

»Ich bin übrigens ... hier«, keuchte Gharial schwach.

»Du hast keine Ahnung von der Liebe«, stellte Crystal hochmütig fest und schnippte mit dem Schwanz in Snowfalls Richtung. »Oder von Erdflüglern, wenn wir schon dabei sind.«

»Ja, und das ist auch besser so für mich!«, betonte Snowfall. Sie stand auf und wandte sich wieder in Richtung Zentrum von Sanctuary. »Also gut, dann. Wenn du wirklich nicht vorhast, mich zu ermorden, gehe ich jetzt schlafen.«

»Schön, dich kennengelernt zu haben«, keuchte Gharial, als sie ging.

Snowfalls Flügel schmerzten vom vielen Fliegen, aber sie fühlte sich so leicht wie schon lange nicht mehr. Es war, als wären ihre Schuppen aus Mondlicht, das durch die dunklen Wolken um sie herum schimmerte.

Mutter wusste, dass ich eine bessere Wahl bin als Crystal. Weil mir das Königreich mehr am Herzen liegt als alles andere.

Sie blickte hinauf zu den beiden Monden, die bereits am dämmrigen Himmel zu sehen waren, und ihre Klauen stolperten über einen heruntergefallenen Ast.

Oder … sie kannte Crystals Geheimnis und war deshalb gezwungen, mich zu wählen. Vielleicht hätte sie sich für sie entschieden, aber stattdessen musste sie mich nehmen, weil sie Angst hatte, Crystal könnte weggehen.

Snowfall seufzte. Dieser strahlende Moment hatte nicht sehr lange angehalten.

Sie fand den Weg zurück zum See und watete hinein, um sich den Schmutz des Waldes abzuwaschen und die Kratzer zu reinigen, die der Erdflügler ihr zugefügt hatte. Ihre Wächter sahen überraschend erfreut aus, sie zu sehen. Sie vermutete allerdings, es lag daran, dass sie Probleme bekämen, zu Hause allen zu erklären, wie sie die Königin verloren hatten. Sie folgten ihr zu einer Stelle am Seeufer, ein gutes Stück von den anderen Drachen entfernt, und bildeten einen Schutzwall um sie herum, während sie sich mühte, genügend Moos für einen bequemen Schlafplatz zusammenzukratzen.

Snowfall überlegte, wo Lynx war. Zweifelsohne amüsierte sie sich prächtig mit Winter und Moon. Sie lief mit ihnen in Sanctuary herum, erzählte Geschichten darüber, was Snowfall als Königin schon falsch gemacht hatte, und lachte über sie. *Kannst du glauben, dass sie dumm genug war, sich einen Animareberührten Ring an die Klaue zu stecken?* So etwas in der Art.

Sie versuchte noch einmal, ihn abzuziehen, und als das (*natürlich*) nicht klappte, legte sie sich hin und starrte den Ring in der Dunkelheit düster an. Er hatte ihr nichts zu sagen. Nicht einmal ein selbstgefälliges Glitzern heute Nacht.

Denk daran, was ich dir befohlen habe, dachte sie grimmig. *Ich fordere von dir eine konkrete Vision! Ich will wissen, was mit der Animare-Magie passiert ist! Wenn du mich heute Nacht in meinen Träumen heimsuchen musst, dann ist das die Vision, die ich beschwören will. Ich bin deine Königin und das ist mein Befehl. Hast du mich verstanden?*

Unverschämtes Schweigen von Seiten des Ringes.

Snowfall seufzte, schloss die Augen und driftete unruhig in den Schlaf.

Kapitel 12

Ihre Flügel sind grün und sie vermissen die Sonne. Ihre Krallen schmerzen, weil sie tagelang auf Stein statt auf Erde gelaufen ist. Sie ist hungrig; es gibt nicht genug Nahrung für all die Drachen, die sie verstecken. Jedes Mal, wenn jemand loszieht, um mehr zu suchen, kommt er mit schrecklichen Geschichten über haufenweise gesichtete Schwarmflügler zurück, die die Savanne durchkämmen.

Suchen sie nach ihnen – den Drachen, die den Zuckmückenbau abgebrannt haben? Oder nach Sundew und ihren Verbündeten? Sie ist sich nicht sicher.

Ein grauer Drache hat sich neben ihr zusammengerollt und schläft, den Kopf an ihre Schulter gelehnt und den Schwanz um den ihren geschlungen. Er ist der süßeste Drache, den die Welt je gesehen hat. Er hält sie für eine Heldin, obwohl sie sein Zuhause zerstört hat. Er liebt sie, wenn sie wütend ist, genauso sehr, wie wenn sie fröhlich ist. Sie hat keine Ahnung, wie sie sich in einen sanften Seidenflügler verlieben konnte, aber sie wird jeden umbringen, der ihm wehtut.

Ein anderer Blattflügler betritt die Höhle und sie bittet ihn zu flüstern, damit er Grayling nicht aufweckt.

»Seltsame Vorkommnisse da oben«, flüstert er. »Pokeweed ist gerade zurückgekommen, und er behauptet, er habe Seidenflügler mit den Schwarmflüglern zusammen fliegen sehen.«

»Was ist daran seltsam?«, fragt sie. »Die Seidenflügler arbeiten

schon so lange für die Schwarmflügler. Ich bin sicher, einige wurden gezwungen, bei der Jagd zu helfen, das ist alles.«

»Nein«, seufzt Hemlock. »Alle flogen in die gleiche Richtung. In Formation. Exakte Flügelbewegungen. Alle synchron.« Er holt tief Luft. »Und sie hatten weiße Augen.«

Sie blinzelt ihn an. »Das ist unmöglich. Wasps Kraft funktioniert nicht bei Seidenflüglern.«

»Ich schätze, jetzt funktioniert sie doch.« Er reibt sich das Gesicht.

»Wo ist Pokeweed?«, fragt sie. »Ich will ganz genau wissen, was er gesehen hat.«

»Er ist tiefer in die Höhlen vorgedrungen«, antwortet Hemlock. »Er versucht immer noch, diese affenähnlichen Kreaturen zu fangen.«

Sie haben die unterirdischen Affen schon ein paar Mal aus dem Augenwinkel beobachtet, wie sie umherhuschen, aber keiner der drei Blattflügler hat es bisher geschafft, einen zu fressen. Sie sind entweder schneller, als sie aussehen, oder erstaunlich schlau.

»Es gibt noch etwas Schlimmeres«, fährt Hemlock zögernd fort. »Eine der Seidenflüglerinnen glaubt, sie hätte dort oben auch Blattflügler gesehen.«

Sie zuckt so heftig zusammen, dass sie damit Grayling wachrüttelt. Er setzt sich auf, gähnt und streicht mit seinen Flügeln über ihre. Er ist so dünn. Sie wünscht, sie könnte ihn besser beschützen – vor dem Hunger und vor diesen Neuigkeiten.

»Das kann nicht stimmen«, zischt sie leise in Richtung Hemlock.

»Wir haben all diesen Rauch im Norden gesehen«, erklärt er düster. »Vielleicht hat Königin Wasp den Giftdschungel niedergebrannt, um uns dafür zu bestrafen, dass wir den Zuckmückenbau niedergebrannt haben. Vielleicht hat unser Stamm verloren und jetzt –«

»Nein. Sie befinden sich irgendwo da draußen«, unterbricht ihn Grayling. Dann wirft er ihr einen Blick zu, in dem mehr Vertrauen liegt, als sie jemals empfunden hat. »Die Blattflügler haben schon früher schreckliche Dinge überlebt. Sie werden sich wehren. Die Schwarmflügler werden nicht gewinnen; sie können es nicht.«

Sie wünscht sich so sehr, so wie er zu empfinden. Sie weiß nicht, was mehr schmerzt: das Schlimmste zu glauben, damit sie, wenn es wahr ist, nicht noch tiefer fallen kann ... oder an der Hoffnung festzuhalten, aber zu riskieren, dass sie zerstört wird.

»Ich wünschte, wir könnten etwas tun«, sagt sie. »Ich wünschte, wir wüssten, was passiert ist. Ich dachte, Belladonna hätte uns inzwischen eine Nachricht geschickt.«

»Vielleicht sollten wir die Schwarmflügler angreifen«, schlägt Grayling vor. »Mit all den Seidenflüglern aus dem Zuckmückenbau sind wir hier unten so viele – könnten wir sie nicht bekämpfen?«

»Nicht, wenn Königin Wasp jetzt sowohl Seidenflügler als auch Blattflügler kontrollieren kann.« Sie fügt nicht hinzu, dass Seidenflügler ziemlich nutzlose Kämpfer sind. Sie nimmt Graylings Vorderklauen, als er sein Gesicht verzieht. »Mach dir keine Sorgen. Wasp wird dich niemals kriegen. Niemals, niemals, niemals.«

Aber was soll sie denn tun? Sie können sich nicht für den Rest ihres Lebens unter der Erde verstecken. Aber wenn sie auch nicht in den Giftdschungel zurückkehren können ... gibt es dann überhaupt noch einen Ort, an dem sie sicher sind?

Als Snowfall erwachte, lag ein anderer Drache dicht neben ihr. Ein Flügel ruhte auf dem ihren und sie starrte die beruhigenden weißen Schuppen des Drachen viel zu lange an, bevor sie merkte, dass es nicht Grayling war.

Natürlich war es nicht Grayling. Grayling saß auf der anderen Seite des Ozeans fest. Er war ein Seidenflügler in einer Höhle auf einem Kontinent, den Snowfall nie zu Gesicht bekommen würde, was eine gute Nachricht war, denn dieser Kontinent erschien ihr jedes Mal, wenn sie ihn im Traum besuchte, schrecklicher.

Nein, der impertinente Drache, der neben ihr schlief, war Lynx.

Snowfall stupste ihr Gesicht an, bis Lynx' Augen aufflatterten.

»Au«, brummte Lynx. »Unhöflich.« Sie wandte ihr Gesicht ab und vergrub es unter ihrem anderen Flügel.

»Unhöflich ist es, auf dem Schwanz der Königin zu schlafen«, bellte Snowfall. »Geh runter!«

Lynx rollte sich weg, immer noch murmelnd, dann schüttelte sie sich plötzlich und setzte sich auf. »Was ist letzte Nacht passiert?«, fragte sie und blinzelte. »Hattest du wieder eine Vision?«

»Ja«, gab Snowfall widerstrebend zu, obwohl sie Lynx genau aus diesem Grund geweckt hatte. »Diesmal war ich ein dummer Blattflügler.«

»Einer von denen, die hier sind?«

»Nein.« Snowfall schüttelte den Kopf. »Ihr Name ist Bryony. Aber sie kennt diese Sundew.«

Lynx schlug mit der Klaue auf etwas Kleines und Pelziges, das durch das Unterholz huschte. »Ooooh, vielleicht bedeutet das, du solltest Sundew von deiner Vision erzählen.«

»BÄH. NEIN. Ich brauche NICHT noch tausend weitere Drachen, die sich eine Meinung zu den magischen Exkursionen bilden, die mein Gehirn unternimmt. Einer ist MEHR ALS AUSREICHEND.« Snowfall starrte den Ring an. Sie fing an, sich wieder ein wenig mehr wie sie selbst zu fühlen, aber die ruhige, besorgte Bryony-Persönlichkeit schob sich immer noch unter ihre Schuppen, und das war SO BEUNRUHIGEND.

»Du dämliches, kaputtes Ding«, zischte sie den Opal verächtlich an. »Diese Vision hatte nichts mit Animare-Magie zu tun.«

Glitzer, glitzer, glitzer, funkelte der Opal heiter zurück.

Snowfall stand auf, schlug mit den Flügeln und gab sich Mühe, die letzten Fäden der Zuneigung zu dem entzückenden grauen Seidenflügler zu zerreißen. Er war anders als die anderen. Er war etwas Besonderes und wurde geliebt, aber WAS GESCHAH HIER MIT IHR? Sie schmolz wegen eines fremden Drachen, dem sie noch nie begegnet und der definitiv nicht ihr Typ war, selbst wenn sie ihn gekannt hätte, dahin wie ein Schneeball in der Wüste?!

Empfand Crystal etwa so für diesen Erdflügler? Snowfall warf einen weiteren misstrauischen Blick auf den Ring. Wollte er ihr eine Lektion über *Mitgefühl* und *Verständnis* erteilen? IGITT.

Werde ich für den Rest meines Lebens Träume wie diesen haben? Werde ich noch ich selbst sein, wenn ich jede Nacht als ein völlig anderer Drache verbringe?

»Gestern habe ich Crystal gesehen«, informierte sie Lynx unvermittelt. »Sie wohnt jetzt hier.«

Lynx' Augen weiteten sich und sie legte ihre halb gegessene Beute weg. »Das kann nicht sein! Sie war die ganze Zeit hier?« Sie grinste. Ein Büschel Mäusefell hatte sich in ihren Zähnen verfangen. »Also, warte mal ...das heißt doch, sie hat *gar nicht* gegen dich intrigiert, oder?«

»Sie ist weggelaufen, um mit einem *Erdflügler* zusammen zu sein«, schnaubte Snowfall.

»Hmmm«, brummte Lynx. »Klingt so, als wärst du vielleicht

wegen nichts extrem paranoid und ängstlich gewesen? Vielleicht trifft das ja auch auf andere Dinge zu, bei denen du dich extrem paranoid verhältst?«

»Du bist der nervtötendste Drache der Welt«, bemerkte Snowfall. Sie hatte das Gefühl, sie müsste eigentlich wütend auf Lynx sein, sie anschreien und vielleicht in den See werfen. Aber es war schwer, sich über ein bisschen Ungehorsamkeit aufzuregen, wenn Bryony unter der Erde festsaß und Grayling in Gefahr war, unter die Gedankenkontrolle zu geraten, und sie keine Ahnung hatte, ob Tau aus dem Juwelenbau entkommen war oder ob einer von ihnen jemals den anderen finden würde.

Einen Moment lang betrachtete Lynx sie mit einer Sorgenfalte auf der Stirn, dann schüttelte sie sich energisch. »Komm und sieh dir an, was unser verrückter Freund Winter gemacht hat.«

»Freund« schien Snowfall etwas übertrieben, aber sie war definitiv froh über eine Ablenkung, und so folgte sie Lynx am Seeufer entlang durch Sanctuary. Nicht weit vom Ufer entfernt befand sich ein merkwürdiger Platz. Der frühere Baumbestand war gefällt worden, und jetzt umgab ihn ein hoher Zaun, gefertigt aus zusammengebundenen Baumstämmen und so hoch, dass Snowfall ihren Hals recken musste, um darüber zu sehen.

Im Inneren befanden sich ein von Drachen geformtes Wasserbecken, ein Haufen Blätter und Tannennadeln mit einem kleinen Blätterdach darüber und etwas, das so energisch herumflitzte, dass Snowfall einen Augenblick brauchte, um herauszufinden, was es war.

»Große Eisgeister«, flüsterte sie Lynx zu. »Ich dachte, er wäre über seine Zweibeiner-Besessenheit hinweg!«

Winter steckte seinen Kopf aus einer Hütte in der Nähe des

Zauns. »Bin ich nicht«, knurrte er verärgert. »Warum sollte ich auch? Zweibeiner sind faszinierend!«

»Du bist so seltsam!«, meinte Snowfall. »Niemand sonst hält sein Mittagessen monatelang in einem hübschen Käfig, um es zu ›studieren‹!«

»Sie ist kein MITTAGESSEN«, erwiderte er empört. »Mein Zweibeiner ist ein *Forschungsobjekt*. Ich lerne so viel über sie! Sie sind wirklich schlau!«

Snowfall rollte mit den Augen. »Was ist aus dem kleinen Hänfling geworden, den dir Mutter überlassen hat, als du zur Schule gingst?«

»Bandit. Ich musste ihn gehen lassen«, berichtete Winter niedergeschlagen. »Ich habe keine Ahnung, was mit ihm los war. Aber diese hier ist anders!«

»Die da hat ihn *fünfmal* gebissen«, raunte Lynx Snowfall zu.

»Sie ist sehr mutig«, erklärte er mit einem Anflug von Stolz. »Sie hat sich alles Mögliche einfallen lassen, um zu entkommen.«

Snowfall spähte wieder über den Zaun. Der Zweibeiner hatte einen langen Schwanz aus dunklem Fell auf dem Kopf, der mit einem Stofffetzen zusammengebunden war. Irgendwann einmal mochte er leuchtend gelb gewesen sein. Der Zweibeiner marschierte nun entlang des Zauns auf und ab, schob die einzelnen Stämme hin und her und testete sie auf ihre Standfestigkeit.

»Moon sagt, sie sei wirklich wütend«, erzählte Lynx Snowfall.

»Was?«, erwiderte Snowfall. »Warum sollte Moon deswegen wütend sein?«

»Nein, ich meine, der Zweibeiner ist wütend. Sie will unbedingt von hier weg.«

Snowfall sah Lynx stirnrunzelnd an. »Willst du damit andeuten, Nachtflügler können auch die Gedanken von Zweibeinern lesen?«

»Nicht ganz«, antwortete Winter. »Drachengedanken kann sie besser lesen, aber sie bekommt einen Eindruck von ihren Gefühlen. Sie meint, sie seien genauso stark und kompliziert wie die der Drachen«, fügte er mit einem kleinen Lächeln hinzu.

»Ich werde dieses Gespräch nicht weiter durch meine Aufmerksamkeit würdigen«, verkündete Snowfall. »Das ist das LÄCHERLICHSTE, was ich je gehört habe.«

»Winter macht sich lächerlich?«, meldete sich plötzlich eine neue Stimme. »Wenn ja, dann ist das meine Schuld! Allein mein Verdienst! Ich habe seinen ganzen Sinn für Humor von Grund auf neu erschaffen!«

Die Eisflügler wirbelten herum und entdeckten ein Paar Sandflügler, die aus den Bäumen sprangen. Derjenige, der sprach, flog, unbändig grinsend auf Winter zu. Er war der Sandflügler vom Strand, da war sich Snowfall ziemlich sicher – Moons Freund.

»Oh nein«, maulte Winter trocken. »Das war's dann wohl mit der ruhigen Nachbarschaft.«

»Ach, ich kann es in deinen Augen sehen, du hast mich so vermisst«, lachte der Sandflügler. Er legte liebevoll einen Flügel über Winters Schultern und stupste ihn mit seiner Schnauze in den Nacken. »Ich habe dich auch vermisst, bester Freund.«

Mit hochgezogenen Augenbrauen musterte Snowfall Winter, der daraufhin erwiderte: »Ich habe null Ahnung, wer diese Schmuddelschnauze ist.«

»Sein Lieblingsdrache auf der ganzen Welt«, erklärte der Sandflügler mit echter Freude. »Haben wir uns jemals offiziell kennengelernt, Eure Majestät?«, fragte er Snowfall. »Ich bin Qibli. Königin Thorns Stellvertreter, sozusagen.«

»Ha!«, meinte die andere Sandflüglerin dazu und begann

dann tatsächlich zu lachen, als Qibli ihr einen beleidigten Blick zuwarf.

Lynx stupste Snowfall in die Rippen, aber sie hatte den lachenden Drachen bereits erkannt. Snowfall hatte kurz nach ihrer Wahl zur Königin eine diplomatische Reise in jedes der Königreiche unternommen, sehr gegen ihren Willen, aber anscheinend gehörte das zu den Pflichten einer Königin.

»Königin Thorn«, grüßte sie und neigte den Kopf genau im richtigen Winkel.

»Königin Snowfall«, erwiderte Thorn und tat es ihr gleich. »Ich bin froh, dass du noch hier bist.«

»Oh?«, fragte Snowfall. Die Stacheln entlang ihres Rückgrats sträubten sich, da sie sich auf einen Vortrag über Benimmregeln echter Königinnen gefasst machte. Nein, Moment – das war eher der Stil von Königin Coral. Königin Thorn hielt nicht viel von Regeln und Traditionen. Aber das bedeutete auch, sie konnte ihre Meinung auf schrecklich direkte Weise kundtun.

»Mir gefällt nicht, was ich über dieses Ding auf der anderen Seite des Ozeans gehört habe«, fuhr Thorn fort. »Den Monden sei Dank, dass in Pyrrhia Frieden herrscht, so können wir alle gemeinsam wie vernünftige Drachen und nicht wie knurrende Hyänen darüber reden.«

Frieden in Pyrrhia. Snowfall hatte so nie darüber nachgedacht. Sicher, der Krieg um die Nachfolge der Sandflügler war vorbei, aber ihre Mutter war erst *vor Kurzem* von einem Nachtflügler ermordet worden. Snowfall würde ihre Gefühle gegenüber *diesem* Stamm nicht gerade als *friedlich* bezeichnen.

Das machte sie aber noch lange nicht zu einer knurrenden Hyäne! Ganz im Ernst!

»Sind die anderen Königinnen auf dem Weg?«, erkundigte sich Snowfall.

»Riptide glaubt, sie könnten bis heute Abend hier sein«, antwortete Qibli fröhlich. Er schenkte Winter ein weiteres hoffnungsvolles Lächeln und sein Ohrring fing das Licht eines Sonnenstrahls auf.

Dieser Ohrring – *der* Ohrring. Zumindest sah er genauso aus wie die Ohrringe, die ihren Stamm vor Darkstalker und der Seuche gerettet hatten. Sie erinnerte sich daran, wie sie säckeweise ankamen, gebracht von den Eisflüglern, die in Possibility lebten, gesandt von Königin Thorn aus dem Königreich des Sandes. Snowfalls allererste Aufgabe als Königin war es gewesen, dafür zu sorgen, dass jeder Eisflügler in ihrem Königreich einen Ohrring erhielt, um die Auswirkungen der Seuche rückgängig zu machen.

Lange Zeit waren sie sich nicht sicher, ob es wirklich ungefährlich war, sie wieder abzulegen. Jeder Eisflügler hatte seinen Ohrring monatelang getragen und eines Tages nahm jemand seinen ab, um zu sehen, was passieren würde. Die Seuche kam nicht zurück und die Drachen legten sie nach und nach ab. Aber jeder bewahrte seinen Ohrring an einem sicheren Ort auf, nur für den Fall ... nur für den Fall, dass sie wieder gebraucht wurden.

Nur für den Fall, dass Darkstalker nicht wirklich weg war.

Snowfall war der letzte Eisflügler gewesen, der seinen Ohrring abgelegt hatte. Sie trug ihn immer noch bei sich, in der Tasche, die an ihrem Hals hing.

Wie seltsam, genau denselben Ohrring an diesem begeisterten Sandflügler zu sehen! Es war nur ein normales kleines Schmuckstück und nicht das Ding, das ihren ganzen Stamm gerettet hatte.

»Geht es dir gut?«, flüsterte Lynx ihr ins Ohr.

Snowfall richtete sich auf und faltete königlich ihre Flügel. »Ja. Immer.«

Und dann zuckte etwas hinter ihren Augen auf wie ein Blitz, und ihre Gedanken teilten sich in zwei Hälften, alles um sie herum – Sanctuary, das Zweibeiner-Gehege, Königin Thorn, Lynx, Snowfall selbst – löste sich in Luft auf.

Kapitel 13

Seine Krallen zittern. Es sind seine Krallen, und doch sind es nicht seine Krallen.

Seine Krallen würden niemals einen fliehenden Drachling aus den Netzen reißen und in den Bau zerren. Seine Stimme würde verängstigten Seidenflüglern niemals Befehle zubrüllen; seine Krallen würden sie niemals mit diesem Speer bedrohen. Woher kam dieser Speer überhaupt? Wie lange ist er schon so? Die Tage verschwimmen ineinander – er ist schon so lange nicht mehr sein wahres eigenes Ich.

Die Königin ist in seinem Kopf, in seinen Muskeln, in seinen Krallen. Es ist schlimmer, als er es sich je vorgestellt hat. Er hat früher versucht, sich vorzustellen, wie sich die Schwarmflügler fühlen müssen, wenn sie die Macht übernimmt. Oft zieht er sich ganz nach innen zurück und starrt in sich hinein, nur so kann er die Zeit vergessen. Er weiß, sein Körper bewegt sich auch ohne sein bewusstes Zutun.

Aber im Moment kann er nicht vergessen. Er ist in seinem eigenen Bau. Dem Ort, aus dem er vor nicht allzu langer Zeit mit Cricket und Swordtail geflohen ist. Er stürmt durch vertraute Gänge, zerschlägt Auslagen auf dem Markt und trommelt alle Seidenflügler zusammen, die friedlich im Mosaikgarten in der Sonne gelegen haben. Er sieht Drachen, die er aus der Schule kennt und die ihn, gelähmt vor Schreck, anstarren.

Sie wissen, dass er das nie tun würde. So finden sie heraus, dass die Königin jetzt Seidenflügler und Schwarmflügler kontrollieren kann. Nur ist es nicht die Königin ... es verhält sich noch schlimmer. Aber das wissen sie noch nicht.

Sie betrachten ihre eigenen Klauen und fragen sich, wann es auch ihnen passieren wird. Werden sie sich daran erinnern? All das hat sich auch Blue gefragt.

Aber dafür braucht es einen Entwicklungsprozess. Die neue, stärkere Pflanze des Atems des Bösen wird für diesen Prozess benötigt, und die Drachen, die sie schneller wachsen lassen sollten, sind geflohen.

Sundew. *Niemand hat sie bisher gefunden, auch Cricket nicht, soweit Blue weiß. Vielleicht befindet sie sich in Sicherheit ... vielleicht sind sie jetzt sogar in den Fernen Königreichen, weit weg von all dem.*

Unachtsamkeit, *zischt Wasps Stimme in seinem Kopf. Es war eine seltsame Entdeckung, dass sie zwar seine Gedanken nicht lesen kann, er aber ihre hören kann, manchmal sogar sehr deutlich.*

Sie ist wütend über die Seidenflügler, die ihr bereits entwischt sind. Hunderte von ihnen sind in den beiden Tagen verschwunden, als ihre Armee den letzten Rest des Atems des Bösen aus dem brennenden Dschungel rettete.

Der Dschungel – sie hat mich gezwungen, ihn zu verbrennen, denkt er – er muss sich beherrschen, nicht daran zu denken.

Sie waren gleichzeitig auf der Jagd nach Blattflüglern, aber sie fanden keine.

Keine.

Wie konnten sie alle entkooooommen?

Wo könnten sie hin sein?

Ich werde sie finden. Und sie vernichten.

Wenigstens habe ich ihre Armee und ihre Königin. *In seinem Kopf zeigt sich die Königin erfreut und gleichzeitig wütend. Wasp will Königin Sequoia und alle Blattflügler töten, aber der Atem des Bösen lässt sie nicht.*

Er kontrolliert sie ebenso wie sie die Schwarmflügler kontrolliert.

Er braucht die Blattflügler; er braucht jeden Hauch von Blattgeflüster, den sie besitzen, um so schnell wie möglich mehr von der Pflanze wachsen zu lassen.

Sobald es genug von ihnen gibt, können sie die Seidenflügler übernehmen – aber nur, wenn sie alle Seidenflügler finden können. Die meisten von ihnen sind untergetaucht, während der Dschungel brannte. Blue befand sich bei Königin Wasps Armee, als sie Bau für Bau durchsuchten. Papierwespenbau: leer, bis auf Wasps gemeine, verwirrte Schwester, Lady Yellowjacket. Wespenbau: leer. Juwelenbau: leer, worüber Königin Wasp besonders wütend war, denn wo versteckten sich Lady Jewel und Lady Scarab? Waren sie mit den Seidenflüglern geflohen?

Ich wusste, ich hätte sie schon vor Jahren töten sollen.

Wasp wurde klar, sie mussten denen, die die Bauten warnten, zuvorkommen, falls ihr überhaupt noch eine Chance dafür blieb. Sie schickte Krieger zu allen Bauten aus. So kam Blue hierher, in sein Zuhause. Er hatte gehofft, es würde ebenfalls leer sein– aber wer auch immer die Bewohner warnen wollte, kam leider zu spät.

Er hatte seine Mütter gesehen, Burnet und Silverspot, aber er glaubte nicht, sie hätten ihn gesehen, was er als eine gewisse Erleichterung empfand. Sie befanden sich in der Menge, die in das Gelege geschoben wurde; dort sollten sie festgehalten werden, bis der Atem des Bösen für sie bereit war.

Und *ich* muss Wache halten, *denkt Blue.* Über meine eigenen

Freunde und meine Familie. Ich kann nicht einmal mit ihnen reden oder ihnen sagen, wie sehr ich sie vermisst habe oder dass mir das alles leidtut.

Wenn ihm die Tränen kommen, und das passiert oft, kann er sie nicht wegwischen, denn seine Krallen sind nicht seine eigenen.

Es sind meine Krallen.

Alle ihre Krallen sind meine Krallen.

Es macht Wasp Spaß, durch diesen kleinen Seidenflügler zu blicken, den Flammenseidenflügler, der es gewagt hat, ihr zu trotzen, aber sie hat viele Drachen im Griff und kann sich nicht zu lange mit einem beschäftigen. Im Zikadenbau und im Hornissenbau sind die Fallen aufgestellt. Diejenigen, die die Seidenflügler gewarnt haben, werden zurückkommen, um sie zu retten, und dann schnappen ihre zahnbewehrten Blätter zu und sie werden gefangen sein wie Fliegen in den Klauen einer Pflanze.

Wasp runzelt die Stirn. Das war nicht ihre Metapher.

*»**Geh aus meinem Kopf raus**«, zischt sie, aber es bemüht sich nicht einmal, ihr zu antworten.*

Das alles wird sich lohnen. ***Manchmal muss man mit Monstern zusammenarbeiten, um die Macht zu bekommen, die man will.***

Drei Stämme, die sich alle vor ihr verbeugen. Das ist es, was sie schon immer gewollt hat, nicht wahr? Dass die Seidenflügler und die Blattflügler eine Bedrohung darstellen, weiß sie schon, seit sie sie als junger Drachling gesehen hat. Sie waren anders, gefährlich, fremd und furchterregend.

Diese Stämme hätten mich zuerst angegriffen, hätte nicht ich sie angegriffen.

Wenn alle böse sind, kann man nur überleben, wenn man selbst die Böseste ist.

Seidenflügler und Blattflügler sind anders als wir und müssen kontrolliert werden.

Solange sie alles kontrolliert, wird sie sicher sein. Alle werden sicher sein. Niemand kann sie bedrohen, weil niemand auch nur eine Klaue gegen sie erheben kann.

Alle hatten es auf mich abgesehen, aber ich habe es ihnen gezeigt, und jetzt gehören sie alle mir.

Das ist es, was es bedeutet, eine wahre Königin zu sein: vollständige Kontrolle. Sie hat nichts zu befürchten. Niemand kann sie aufhalten, mit ihr streiten oder sich über sie beschweren. Sie fürchten SIE, und so sollte es auch sein.

Sie geht auf und ab und sie merkt, wie ihre Gedanken wieder unkontrolliert abschweifen. Sie wird etwas töten müssen, um sich zu beruhigen.

Ganz plötzlich wurde Snowfall aus Wasps Gedankenwelt herausgerissen und landete hart und schmerzhaft wieder in ihrem eigenen Kopf. Es fühlte sich an, als wäre sie gerade aus großer Höhe herabgestürzt und hätte sich auf halbem Weg von einem Drachen in einen völlig anderen verwandelt.

Oder eher in einen dritten Drachen. Von Blue zu Wasp zu mir.

Blue verkörperte den größten Gegensatz zu ihrem eigenen Selbst – so war sie nie gewesen – eine solche Machtlosigkeit hatte sie noch nie gespürt. Dieses Gefühl war FURCHTBAR und sie HASSTE es. Niemals würde sie dem Ring verzeihen, ihr das angetan zu haben.

Aber Wasp ... Wasp war schlimmer, weil Snowfall das Echo ihrer eigenen Ängste in Wasps Kopf gehört hatte.

Ich bin nicht wie sie, oder? Ich würde nie die Entscheidungen treffen, die sie getroffen hat ... oder doch?

Wie zum Beispiel eine seltsame Magie zu akzeptieren, über die ich nicht genug weiß, nur um mächtiger zu werden?, meldete sich ein unbequemer Teil ihres Gehirns.

Sie stellte fest, sie lag im Gras und ihr Gesicht war nass, als hätte sie jemand kopfüber in einen See getaucht. Die Luft roch nach Zweibeinern, Kiefern und fernem Schnee. Sie war definitiv wieder auf ihrem eigenen Kontinent.

Ich bin weder Wasp noch Blue. Ich bin ich. Ich bin Snowfall. Ich war schon immer Snowfall.

Ich WILL nicht jemand anderes sein! Nie wieder!

Jemand rüttelte sie an der Schulter.

»Wach auf, bitte wach auf«, bettelte der Jemand. »Snowfall? Snowfall?«

Lynx, die wieder einmal respektlos vergaß, wie eine Königin angesprochen werden sollte.

Mühsam öffnete Snowfall ihre Augen. Ihr Kopf schmerzte, als wäre sie auf etwas aufgeschlagen, als sie ohnmächtig wurde. Na ja ... nicht wirklich ohnmächtig. Sie war von einer dämlichen magischen Vision überwältigt worden.

Oh NEIN.

Nicht das! Eine Vision mitten am Tag, wenn sie hellwach war? Sie hatte angenommen, sie kämen nur nachts, wie normale Träume. Konnte sie *jederzeit* von Visionen heimgesucht werden?!

Sie richtete sich auf, griff nach dem Ring und mühte sich, ihn abzureißen.

Lynx stieß einen freudigen Schrei aus und warf ihre Flügel um Snowfall. »Das war furchtbar!«, rief sie. »Bitte tu das nie wieder!«

»Was genau tun?«, hörte sie Qiblis Stimme. Snowfall blickte

auf und stellte fest, dass ein ganzer Kreis von Drachen sie umringte, deren Blicke von verwundert über neugierig bis besorgt reichten. Ein völlig überdimensioniertes Publikum für ihren Zusammenbruch. Qibli, Winter, Königin Thorn und Lynx waren da, aber irgendwann hatten sich auch Sundew, Luna und Cricket mit ihrem kleinen Schwarmflügler im Arm zu ihnen gesellt.

Cricket. Snowfalls Herz machte bei ihrem Anblick erschrocken einen kleinen Hüpfer. Sie konnte fast spüren, wie Blue sich durch ihre Schuppen drängte und der bebrillten Drachin Liebesstrahlen entgegenschoss. IGITT, WIE SCHRECKLICH. Cricket entsprach vielleicht einen Tick mehr als Grayling Snowfalls Typ, aber war immer noch mehrere Kontinente davon entfernt!

»Mir geht's gut!«, schnauzte sie. »Es ist nichts! Es geht mir gut! Hört auf, mich so anzustarren!«

Königin Thorn und Winter traten höflich einen Schritt zurück und gaben vor, die Wolken zu studieren. Aber Cricket konnte ihren Blick nicht abwenden; fasziniert schaute sie Snowfall durch ihre Brille hindurch an.

»E-Entschuldige bitte, a-aber dein Gesichtsausdruck –«, stammelte Cricket. »Irgendetwas in deinem Gesicht, nur kurz, als du noch bewusstlos warst – es war so seltsam vertraut.«

»Sie ähnelte Moon, wenn sie Visionen von der Zukunft heimsuchen«, mutmaßte Luna. »Kannst du auch in die Zukunft blicken? Was hast du gesehen?«

Den Kopf schüttelnd kauerte sich Snowfall noch ein wenig tiefer ins Gras. Ihre Klaue schmerzte von den gewaltsamen Versuchen, den Ring abzuziehen, und ihr Kopf tat immer noch weh, als wäre Wasp tatsächlich aus ihm herausgerissen worden. Ein seltsames flaues Gefühl im Magen quälte sie, für das es keine vernünftige Erklärung gab, außer vielleicht, die plötzliche Verwandlung von einem Drachen in einen anderen könnte irgendwelche körperlichen Nebenwirkungen haben.

Hatte sie die Zukunft gesehen? Oder war es die Vergangenheit? Oder geschah es gerade jetzt?

»Vielleicht ist sie nur hungrig«, überlegte Lynx in dem Versuch, Snowfall zu schützen. »Drachen werden doch ständig vor Hunger ohnmächtig, oder?«

»Eisflügler besitzen nicht die Kraft der Vorhersehung«, belehrte Winter Luna. »Nur Nachtflügler.«

»Aber das sah wie Magie aus«, bemerkte Qibli. Er schaute Thorn an, als würde er ihren Augen am meisten trauen. »Findest du nicht? Als wäre gerade etwas Magisches mit Königin Snowfall geschehen. Fühlst du dich gut?«, fragte er sie. Er klang aufrichtig besorgt, seine Stimme war plötzlich sanft statt belustigt. Snowfall entging es nicht, wie er nach oben griff und instinktiv seinen Ohrring berührte. Dachte er an Darkstalker, an die Seuche, an das, was mit der letzten Königin der Eisflügler geschehen war, und an andere unbekannte böse Zauber, die hier lauern könnten?

War es möglich, dass Darkstalker den Ring heimlich in den Palast geschmuggelt hatte? Könnte es einer seiner Flüche sein, der ihr das antat?

Panisch tastete Snowfall nach ihrem Beutel, zog den Ohrring heraus, der sie von der Seuche Darkstalkers geheilt hatte, und steckte ihn sich ins Ohr.

Erneut starrten sie alle an, als sie den Ring packte und versuchte, ihn von ihrer Klaue zu lösen.

Er rührte sich nicht. Wäre es ein Darkstalker-Zauber gewesen, hätte er seine Macht über sie in dem Moment verlieren müssen, in dem sie den Ohrring anlegte. Sie hätte den Ring dann leicht abstreifen können.

Seufzend zog sie den Ohrring wieder ab und steckte ihn zurück in ihre Tasche.

»*Was* ist hier los?«, fragte Sundew in die Stille hinein.

»Besitzt du noch andere magische Fähigkeiten als die, in die Zukunft zu sehen?«, erkundigte sich Luna, wobei ihr Blick von Snowfall über Lynx zu Qibli und Thorn wanderte.

»Ja – wie die unsichtbare Eisflügler-Armee! Erinnerst du dich, dass ich dir davon erzählt habe?«, fuhr Cricket fort. »Ich frage mich schon seit Tagen, wie sie das gemacht hat. Es scheint etwas mit ... Schmuck zu tun zu haben.« Sie betrachtete Snowfalls Armbänder und den Ring, der wie festgewachsen auf ihrer Klaue saß.

Qibli warf ihr einen überraschten, anerkennenden Blick zu. Er streckte Snowfall eine Klaue entgegen. »Darf ich mal sehen?«

Snowfall war sich nicht sicher, warum sie ihre Klaue in seine legte und ihm erlaubte, sich nach unten zu beugen, um einen Blick auf den Opalring zu werfen. Vielleicht war es Blues rauchiger Dunst, der noch in ihrem Gehirn waberte und jedem vertrauen wollte? Eindeutig besser als Wasps scharfe Zähne, die ihn eher beißen würden!

Was ist richtig? Bin ich gerade ganz Snowfall? Würde Snowfall ihn normalerweise auch beißen wollen? Ist überhaupt irgendetwas von meinen Gefühlen echt?

»Unsichtbare Armee?«, murmelte Winter in Richtung Lynx. Sie zog ihn ein paar Schritte von der Gruppe weg, um ihm etwas ins Ohr zu flüstern. Gleichzeitig klopfte Qibli auf den Opal und versuchte, den Ring um Snowfalls Klaue zu drehen.

»Das ist kein gewöhnlicher festsitzender Ring, oder?«, fragte er. »Wie lautet der Zauber? Weißt du, wer ihn gesprochen hat?«

Hinter ihm zog Sundew scharf die Luft ein. »Zauber?«, wiederholte sie. »Du kannst echte Zauber sprechen?«

Ein Teil von Snowfall wollte diesen Drachen anderer Stämme WIRKLICH nichts sagen. Das war eine Angelegenheit, die nur die Eisflügler etwas anging! Es hatte nichts mit anderen zu tun!

Aber da gab es Cricket mit ihrem neugierigen Gesicht, das Blue so sehr liebte – er würde nie etwas vor ihr verbergen. Und selbst die Snowfall, die nicht ganz von Blues Wesen eingenommen war, konnte nicht umhin zu denken, *sie sollte wissen, dass er noch am Leben war. Oder zumindest zum Zeitpunkt dieser Vision noch lebte ... oder noch leben würde, sollte diese Vision erst später eintreten? Arrrrgh, es wäre wirklich HILFREICH, manche DINGE zu WISSEN, du dummer Ring.*

»Er ist ein altes, Animare-berührtes Objekt aus der Vergangenheit der Eisflügler«, gestand sie Qibli. »Ich habe ihn in unserer Schatzkammer gefunden. Er vermittelt mir Visionen von anderen Drachen, als schlüpfte ich in ihren Geist, würde ihre Gedanken denken und ihre Gefühle fühlen.« Sie runzelte die Stirn. »Es ist absolut SCHRECKLICH, wenn ihr die Wahrheit wissen wollt.«

»Wow«, hauchte Cricket. »Blue würde das *lieben.*«

Snowfall rieb sich den Kopf. »Die Vision, die ich gerade hatte ... darin war ich tatsächlich Blue.« Sie wollte ihnen den Teil mit Wasp ersparen. Vielleicht konnte sie das für sich behalten und dadurch vergessen, dass es jemals passiert war.

Mit einem ganz neuen Leuchten in ihren Augen starrten Cricket und Luna sie an. »Blue?«, Luna keuchte, und »du hast ihn gesehen? Geht es ihm gut?« platzte Cricket gleichzeitig heraus.

»Ich habe ihn nicht *gesehen*«, erklärte Snowfall leicht schnippisch. »Ich *war* er. Ich identifizierte mich mit ihm. Er ist der rührseligste kleine Schmetterling von einem Drachen, der mir je begegnet ist.«

»Das ist Blue«, meinte Luna liebevoll.

Tränen liefen über Crickets Gesicht. »Was hat er gemacht? Ist er in Sicherheit?«

»Nicht mal im Entferntesten«, antwortete Snowfall, und dann »AU!«, als Lynx ihr mit einem bedeutungsvollen Blick auf den Schwanz trat. »Ich meine, er LEBT. Aber eure böse Königin hat die Kontrolle über seine Klauen und er ist als Teil ihrer Armee gefangen. Und sie waren gerade gezwungen, einen Haufen Seidenflügler im Zikadenbau zusammenzutreiben, einschließlich seiner Mütter, und er fühlte sich deswegen sehr schuldig. WAS?«, bellte sie, als Lynx ihr wieder auf den Schwanz trat.

»Schon gut«, beruhigte Cricket Lynx, obwohl ihre Tränen immer noch flossen. »Ich will die Wahrheit wissen.«

»SIEHST DU?« Snowfall starrte Lynx wütend an.

»Hattest du auch Visionen von anderen pantalanischen Drachen?«, unterbrach Sundew sie. »Irgendwelche Blattflügler?«

»Ja. Einen namens Bryony«, erwiderte Snowfall.

Sundews Augen verengten sich, aber es schien nicht so, als wäre sie wütend auf Snowfall, sondern als versuchte sie, keinen anderen Ausdruck zuzulassen. »War sie ... hatte Königin Wasp sie in ihrer Gewalt? Und die anderen Blattflügler ebenfalls?«

»Nein, sie ist untergetaucht«, erklärte Snowfall. »Mit Hemlock und allen Seidenflüglern aus dem Zuckmückenbau.«

»Mit allen *Seidenflüglern* aus dem Zuckmückenbau?«, wiederholte Sundew und Verwirrung machte sich in ihrem Gesicht breit.

»Ja«, schnaubte Snowfall. »Ich weiß, dass es dein Plan war, sie alle mit den Schwarmflüglern sterben zu lassen, aber Bryony hat das nicht zugelassen.«

Sundew blinzelte. Es war Cricket, die sich einschaltete, um sie zu verteidigen. »Sundew wollte überhaupt nicht, dass sie den Bau verbrennen«, stellte sie richtig. »Und sie war es, die dafür gesorgt hat, überhaupt mit den Chrysalis Kontakt aufzunehmen.«

»Das ist so seltsam«, murmelte Lynx. »Ich meine, ich höre dir zu, wie du über dieses ganze Pantala-Zeug und diese Drachen da drüben redest, als würdest du sie kennen«, fügte sie zu Snowfall gewandt hinzu. *Als würdest du dich um sie sorgen*, schienen ihre gewölbten Augenbrauen zu sagen.

»Das ist überhaupt nicht gut!« Snowfall peitschte mit dem Schwanz. »Es ist sogar ziemlich ärgerlich! Ich habe im Eiskönigreich schon genug Probleme zu bewältigen! Ich will mich nicht auch noch um die Schwierigkeiten auf einem ganz anderen Kontinent kümmern!«

»Aber danke, dass du es uns erzählt hast«, lächelte Cricket und wischte sich dabei die Augen. »Das bedeutet mir sehr viel.«

»Wer noch?«, erkundigte sich Sundew gereizt. »Wie lange hast du schon diese Visionen, ohne uns davon zu erzählen?«

Snowfall zischte sie an. »Erst seit ihr in mein Königreich hereingeplatzt seid«, knurrte sie. »Die anderen beiden Male waren es Seidenflügler. In der ersten Vision war ich Atala, beim Flug mit euch allen über den Ozean, aber jetzt ist sie hier und es geht ihr gut. Die andere heißt Tau. Sie hat versucht, aus dem Juwelenbau zu fliehen, bevor die Schwarmflügler dort ankamen«

»Tau«, flüsterte Cricket. »Hat sie es geschafft?«

»Ich weiß es nicht!« Snowfall warf ihre Flügel in die Luft und wirbelte dabei Tannennadeln auf. »Warte, doch, ich weiß es, sozusagen, denn Blue hat darüber nachgedacht, dass Wasps Armee den Juwelenbau leer vorgefunden hat. Ich glaube also, sie hat es geschafft, aber ich kann es nicht beschwören, weil ich nicht einmal weiß, ob ich die Vergangenheit, die Gegenwart oder die Zukunft sehe! Es gibt keinen *Grund* für all das! Und jetzt überfallen mich diese Visionen auch noch *tagsüber*?« Sie knurrte tief in ihrer Kehle. »Ich kann nicht mitten im Rat der Königinnen zusammenbrechen, weil ich von den Gefühlen anderer Drachen heimgesucht werde. Wir müssen meine Klaue abschneiden«, forderte sie Lynx abrupt auf.

»Das wäre vielleicht ein bisschen dramatisch«, erwiderte Qibli, der immer noch ihre Klaue hielt und den Ring betrachtete. »Ich meine, wir sollten das zu Plan B machen. Oder zu Plan F.«

»WAS IST PLAN A?«, schrie Snowfall ihn an.

»Kannst du in deinen Visionen mit den Drachen kommunizieren?«, interessierte sich Qibli. »Zum Beispiel, um ihnen mitzuteilen, wohin alle gegangen sind oder dass sie auch über den Ozean kommen sollen?«

»Nein!«, schrie Snowfall. »WAS STIMMT MIT DEINEN OHREN NICHT? Ich bin nicht Snowfall, wenn ich ihren Geist übernehme! Snowfall verschwindet! Ich habe keine Möglichkeit, ihnen etwas zu sagen! Ich kann mich nicht einmal daran erinnern, was Snowfall weiß! Es ist, als hätte ich nie existiert!« Sie holte tief und zitternd Luft.

Königin Thorn schob Qibli zur Seite und nahm neben Snowfall Platz. »Die Königin braucht einen Moment«, befand Thorn mit Autorität. »Alle außer mir gehen weg.«

»Aber –«, begannen Qibli und Sundew gleichzeitig zu protestieren.

»Jetzt«, gebot Thorn mit einem gebieterischen Blick.

Die anderen Drachen verschwanden wie von Zauberhand. *Echte Königinnenmagie*, dachte Snowfall wehmütig. *Die Magie, auf ein Wort sofort zu gehorchen. Die Magie, so königlich zu sein, dass alle auf dich hören. Weil sie dir vertrauen und wissen, du bist eine großartige Königin.*

»Puh«, stöhnte Thorn, als sie allein waren, und ihre Stimme klang plötzlich überraschend normal. »Ist dir aufgefallen, wie schwer es ist, Ruhe und Frieden zu finden, sobald man Königin ist?«

Snowfall dachte an ihren leeren, widerhallenden Palast und an die Drachen, die mit ihrem Erscheinen verschwanden. An die langen, langen Nächte, die *viel zu* ruhig waren, und doch überhaupt nicht friedlich. An den ständigen Druck in ihrem Kopf, das Wissen, dass die Ranglistenwand immer auf sie wartete, und das Gefühl, wie die Drachen jeden ihrer Schritte beobachteten.

Ob Tundra in meiner Abwesenheit die Rangordnung geändert hat? Narwhal hat es in Glaciers Abwesenheit getan. Snowfall hätte das sicher nicht offiziell genehmigt, aber vielleicht würde Tundra diese Macht einfach so ausüben, weil sie es ihr *nicht* untersagt hatte.

»Lass uns einfach ein bisschen fliegen«, schlug Thorn vor. »Wir können herausfinden, was wir denken, bevor die anderen Königinnen hier sind.«

»Keine Ahnung, wie ich herausfinden soll, was ich denke«, überlegte Snowfall und stand auf. »Soll ich meine Wachen rufen?«

»Nein. Nur du und ich«, antwortete Thorn. »Ich meine, wer würde es wagen, *uns* anzugreifen? Hirntote Käfer, die zerquetscht werden wollen, vielleicht!«

Snowfall lachte trotz ihrer Selbstzweifel. Vor allen anderen wegzufliegen war genau das, was sie jetzt wollte.

Sie erhoben sich in den Himmel, ließen sich von der späten Vormittagssonne bescheinen und flogen auf die Gipfel zu. Snowfall atmete den Geruch des fernen Schnees ein ... und auch den Geruch von Zweibeinern, die nicht allzu weit entfernt schienen.

Mehr als ein Zweibeiner? Sie äugte hinunter zu Winters kleinem Gehege. Die Kreatur dort drinnen sprintete wieder durch den Raum und machte viele lustige Quietschgeräusche. Aber Snowfalls Nase sagte ihr, dass das nicht der einzige Zweibeiner in der Nähe war. Und ... bewegten sich die Äste der Bäume mehr als nur im Wind?

Snowfall zuckte mit den Schultern. Sie hatte sich noch nie um Zweibeiner gekümmert und sie hatte auch nicht vor, jetzt damit anzufangen. Sie schwang ihre Flügel und folgte Königin Thorn in die Wolken.

Kapitel 14

Königin Thorn forderte Snowfall nicht zum Reden auf, stellte ihr keine Fragen und belehrte sie auch nicht darüber, wie man als Königin zu sein hatte. Sie flogen einfach nur, jagten, als sie Hunger bekamen, und flogen weiter, bis die Sonne hoch am Himmel stand und ihre kalten Flügel wärmte.

Snowfall spürte, wie sich in ihrem Kopf der blaue Dunst nach der Vision auflöste. Ihre eigenen Gedanken wurden präziser und fühlten sich wieder real an.

Gedanken wie: *Wird das immer wieder passieren? Visionen mitten am Tag?*

Was ist, wenn ich während des Fluges eine habe? Werde ich dann einfach vom Himmel fallen und sterben?

Werden sie jemals aufhören, oder werden sie mich immer häufiger heimsuchen, bis mein Verstand nie mehr mein eigener ist?

Sie zitterte. Wo lag der *Sinn* dieses Zaubers? Sollte es nach und nach immer schlimmer werden ... vielleicht, damit der verantwortliche Animare Zeit hatte, aus dem Königreich zu fliehen, bevor die Königin verrückt wurde?

Und was geschah jetzt mit Blue? Oder Bryony, oder Tau? Könnte sie den Ring nur dazu bringen, ihr Visionen zu geben, die sie tatsächlich WOLLTE. NÜTZLICHE Visionen, statt wandelnde Albträume, gegen die sie machtlos war.

»Bereit zur Rückkehr?«, fragte Thorn und schwang sich neben

sie. Snowfall schnitt eine Grimasse.

»Ich kann es kaum erwarten. Noch mehr Verhöre! Wie aufregend!«

»Schalte einfach ab, wann immer es nötig ist«, schlug Thorn vor. »Du bist eine Königin. Aber denk daran, dass sie natürlich neugierig sind und sich Sorgen um ihre Freunde machen, deshalb wollen sie mehr wissen.«

»Ja, ja«, brummte Snowfall. Hätte Blue *gewusst*, dass Snowfall mit seinem Geist eins war, wäre er überglücklich gewesen, ihr eine Nachricht für Cricket mitzugeben. Das Mindeste, was sie für den armen gefangenen Drachen tun konnte, war, den Schwarmflügler, den er liebte, zu beruhigen.

Noch eine stammesübergreifende Romanze, überlegte sie kopfschüttelnd. Kam das häufiger vor, als sie dachte? Sie hatte immer angenommen, Eisflügler würden sich NIEMALS mit Drachen außerhalb ihres Stammes einlassen. Aber der Drache, der ihnen die ersten beiden Ohrringe gebracht hatte, war auch ein Eisflügler-Meeresflügler-Hybrid aus Possibility gewesen. Und jetzt waren da Crystal und Gharial ... es gab sie also doch.

Hybriden. Winter hatte sie erwähnt. In dem gestrigen Chaos hatte sie es nicht wirklich registriert, aber jetzt erinnerte sie sich. Er hatte gesagt: *Hier gibt es sehr viele Hybriden.* Damit waren Drachlinge gemeint, deren Eltern aus zwei verschiedenen Stämmen kamen – wie die, die sie gestern gesehen hatte. *Wahrscheinlich ein Erdflügler-Meeresflügler und mindestens zwei Himmelsflügler-Sandflügler, und vielleicht ein Himmelsflügler-Nachtflügler?* Kein Wunder, dass diese Drachen eine neue Stadt zum Leben wollten – wie sollten sie jemals in ihre Königreiche zurückkehren oder sich für einen Stamm entscheiden und den anderen aufgeben? Snowfall musste sich eingestehen, sie hätte, falls sie es gewusst hätte, Crystal verboten, Gharial zu treffen, als sie Königin wurde. Und er wäre nicht in der Lage gewesen, die Große Eisklippe lebend zu überqueren. Er könnte es immer noch nicht, selbst wenn Snowfall ihnen ihren Segen geben würde. Es wäre ausgeschlossen, gemeinsam zum Eispalast zu kommen.

Thorn folgend flog sie ins Zentrum von Sanctuary hinab, wo Sundew und Tsunami sich gegenseitig anschrien, inmitten eines staunenden Publikums.

»Ihr könntet uns retten!«, brüllte Sundew. »Es wäre so einfach für euch!«

»WIR HABEN EUCH GERETTET!«, schrie Tsunami zurück. »Ihr seid doch hier, oder etwa nicht? Und am Leben?«

»Ich meine alle da drüben!« Sundew wedelte mit einem Flügel in Richtung westlichen Horizont. »Alle gedankenkontrollierten Drachen! Ihr könntet sie mit einem einzigen Zauberspruch retten!«

»Das ist – was?«, stotterte Tsunami. »Was jetzt?«

»Ein Zauberspruch.« Sundew ballte die Fäuste. »Die Drachen auf diesem Kontinent besitzen echte *Magie*«, verkündete sie den Blattflüglern um sie herum. »Sie können nicht nur in die Zukunft sehen und unsichtbare Armeen aufstellen. Sie können *jeden Zauber* sprechen, den sie wollen. Sie könnten einen Zauber sprechen, der alle Drachen in Pantala befreit, aber das wollen sie nicht tun! Sie halten ihre Magie vor uns *versteckt*!«

»Moment mal«, brüllte Tsunami über das Gemurmel in der Menge hinweg. »Das ist eine höchst verworrene Sicht der Dinge.«

»Dann entwirr sie eben!«, bellte Sundew.

»Nicht jeder von uns hat Magie!« Tsunami wandte sich an Riptide, der sich unterstützend neben sie gestellt hatte. »Gib mir Rückendeckung! Kaum einer von uns hat Magie!«

»Das kommt sehr selten vor«, stimmte Riptide zu. »Einmal in einer Generation, oft weniger. Zumindest sollte es so sein.«

»Also habt ihr im Moment wie viele?«, knurrte Sundew. »Einen Magier? Zwei?«

Tsunami machte eine krause Schnauze. »Wir nennen sie Animare-Drachen«, erklärte sie. »Und … vier, glauben wir, mehr oder weniger.«

VIER? Snowfall versuchte zu rechnen. Wusste sie davon? Es gab Jerboa, und irgendeinen Animare-Drachen am Jadeberg – sie nahm an, es war ein Meeresflügler –, der den Empathie-Zauber gesprochen hatte. Wer waren also die anderen beiden? Für welchen Stamm arbeiteten sie? Höchst ungeheuerlich! Überall Animare-Drachen! Und keiner von ihnen war ein Eisflügler! Niemand war sicher!

»Dann bring uns einen von ihnen«, forderte Sundew mit stählerner Stimme, »und lass ihn *einen Zauber* für uns sprechen.«

Tsunamis Blick glitt zur Seite in die Menge, aber Snowfall erkannte nicht, wen sie suchte.

Wow. Ist gerade ein Animare-Drache hier?

»Es sieht folgendermaßen aus«, sprach Tsunami mit Bedacht. »Die Animare-Magie hat aufgehört zu funktionieren. Keiner weiß, warum. Deshalb habe ich euch nichts davon erzählt –, denn auch wenn wir euch helfen wollen, können wir es nicht mit Magie tun. Wir können es einfach nicht.«

»Das klingt nach einer weiteren Lüge!«, maulte Sundew.

Snowfall erblickte Königin Hazel in der Menge der Blattflügler. Im selben Moment bemerkte Hazel ihren Blick und zuckte leicht zusammen, als hätte sie vergessen, dass sie hier eine Autoritätsperson war.

»Hey, hey«, mahnte sie, sich zwischen Sundew und Tsunami stellend, wobei sie ihre grünen Flügel wie riesige Blättervorhänge ausbreitete. »Es könnte doch wahr sein, Sundew. Wenn ihre Magie nicht funktioniert, warum sollten sie uns dann davon erzählen?«

»Wenn ihre Magie nicht funktioniert, warum macht *sie* dann Armeen unsichtbar und hat Visionen von pantalanischen Drachen?«, erwiderte Sundew, auf Snowfall deutend.

Na, toll. Jetzt richteten sich Hunderte verwunderter Augen auf Snowfall.

»Ich benutze alte Magie«, antwortete sie und hielt ihre Klaue mit dem Ring in die Höhe. »Mit Dingen, die vor langer Zeit verzaubert wurden. Sie funktionieren immer noch – es gibt nur keine neuen Zauber mehr. Anscheinend. Falls wir den Animare-Drachen glauben können.«

Tsunami starrte sie stirnrunzelnd an, und Snowfall erwiderte den finsteren Blick.

»Die Königinnen kommen gerade an«, verkündete Riptide und streifte Tsunamis Flügel mit seinem.

Ein Schwarm Drachen schwebte auf sie zu, und weiter entfernt sah Snowfall eine andere Gruppe am Himmel, die sich ihnen näherte. Alle schauten zu ihnen auf, flüsterten und murmelten – wer würde zuerst hier landen? Würden sie mit Freunden oder Familienmitgliedern der Sanctuary-Drachen kommen?

Zeit, mein super königliches Gesicht aufzusetzen. Mein »Im-Eis-königreich-ist-alles-GANZ-WUNDERBAR-danke«-Gesicht. Keine Ratschläge nötig, sagt mir nicht, was ich tun soll, ich bin eine ausgezeichnete Königin, die mit – wer kann – was ist – oh nein –

Es geschah wieder. Dunkelheit drängte sich in ihre Augenwinkel. Snowfall blickte sich wild um, entdeckte Winter und versenkte ihre Krallen in seinem Schweif.

»Aua!«, kläffte er beim Umdrehen und sah sie an.

»Bring mich in Sicherheit«, zischte sie. »Sie dürfen mich so nicht sehen!«

Er widersprach nicht, stellte keine Fragen, stand nicht mit einem dummen, verwirrten Gesichtsausdruck da. Er schnappte sich Qibli und die beiden spannten ihre Flügel um Snowfall, hakten sie unter und trugen sie aus dem Kreis der Drachen hinaus. Da alle den Himmel beobachteten, hoffte Snowfall, keiner würde bemerken, wie sie weggetragen wurde ... aber es blieb ihr nur ein Moment Zeit, sich darüber Gedanken zu machen, bevor ...

Das hohe Gras streift ihre Flügel und kitzelt sie an der Schnauze. Sie kauert sich tiefer und breitet ihre langen Flügel aus. Sie hat Glück mit ihrer dunklen Farbe, so ist es einfacher, sich nachts an die Bauten heranzuschleichen.

Über ihnen thront die Drachenstadt und aus den Fenstern und Torbögen in den höheren Stockwerken leuchtet Licht. Aber sie kann nichts hören – keine Stimmen, keine Musik, keines der Geräusche, die normalerweise nachts durch die Savanne dringen. Es ist zu still.

In den Netzen über ihr bewegt sich nichts. Sie sind verlassen und still, wie sie sie noch nie gesehen hat. All die Seidenflügler ... wo sind sie?

»War das dein Bau?«, flüstert der kleine, dunkelorangefarbene Drache neben ihr.

»Ja«, flüstert sie zurück.

Sie hätten zuerst hierherkommen sollen. Alle ihre Chrysalis-Freunde ... ihre Eltern ... kommt sie zu spät, um sie zu retten?

Sie studiert die Karte von Pantala in ihrem Kopf. Sie hatten Seidenflügler aus dem Papierwespenbau, dem Wespenbau und dem Juwelenbau rekrutiert und sie in den Giftdschungel gebracht. Sie waren nun mit den fliehenden Drachen über das Meer geflogen. Die Seidenflügler aus dem Zuckmückenbau haben sich in Luft aufgelöst, nachdem der Bau abgebrannt war. Keiner weiß, wo sie sich befinden, aber sie können nicht tot sein – keine Leichen und keine Überlebenden – das muss bedeuten, sie alle sind irgendwie entkommen, oder?

Sie hatte zwei Drachen zum Tsetsebau geschickt, also war es nur logisch, dass sie und Cinnabar in die andere Richtung flogen. Sie hielten an jedem Bau kurz an, um zu warnen, wen sie konnten, dann rasten sie direkt weiter zum Gottesanbeterinnenbau. Er war am weitesten vom Giftdschungel entfernt, weiter konnte man es kaum schaffen! Ihre Flügel waren immer noch wund von dem rasanten und langen Flug. Aber sie hatten die Chance, vor den Zombie-Schergen von Königin Wasp da zu sein.

Und sie hatte recht gehabt. Sie hatten den Gottesanbeterinnenbau ohne die Schwarmflügler vorgefunden. Verwirrte Seidenflügler tummelten sich in seinen Hallen oder ruhten sich auf den Netzen aus, genossen die unerwarteten freien Tage und wunderten sich gleichzeitig, wo alle geblieben waren.

Alle *Schwarmflügler waren weg, selbst die kleinsten Drachlinge. Wasp hatte jeden einzelnen auf das Schlachtfeld außerhalb des Giftdschungels gerufen, entschlossen, die Blattflügler ein für alle Mal zu vernichten.*

Sie ballt ihre Klauen. Diese Schwarmflügler hatten nicht eine Kralle heben müssen. Die Blattflügler und die verbündeten Seidenflügler, die sie zu ihnen gebracht hatte, hatten aufgegeben, bevor sie überhaupt mit dem Kämpfen begonnen hatten. Sie waren weggelaufen. Und jetzt waren Königin Wasp und der Atem des Bösen in der Lage, die Seidenflügler zu infizieren, was bedeutete, der gesamte Stamm könnte das letzte bisschen Freiheit, das er noch besaß, verlieren.

»Hör auf, Io«, flüstert Cinnabar und streicht leicht über einen ihrer Flügel. »Mach dir keine Sorgen. Wir haben alle aus dem Gottesanbeterinnenbau in ein sicheres Versteck gebracht. Wir werden auch die Seidenflügler von hier, aus dem Zikadenbau, retten.«

»Es ist zu ruhig«, flüstert sie zurück. »Die Schwarmflügler müssen hier sein. Ich wette, sie halten alle Seidenflügler da drinnen gefangen.«

»Selbst wenn das stimmt«, wispert Cinnabar, »können sie noch nicht alle Seidenflügler im Bau unter die Gedankenkontrolle gebracht haben. Sie haben nicht genug von der Pflanze, um das zu tun. Sie müssen mehr anbauen, und Sundew sagte, ohne Hawthorn oder sie wird es eine Weile dauern.«

»Nicht so lange, wie es dauern sollte. Einige der Blattflügler, die Wasp gefangen hat, beherrschen ein wenig Blattgeflüster – sie werden sie schneller wachsen lassen. Halten die Schwarmflügler alle Seidenflügler gefangen, bis sie genug haben …«

»Wir werden sie rausholen. Deshalb sind wir ja hier.«

Io seufzt und blickt wieder zu den geisterhaften Netzen hinauf. Sie wiegen sich leicht in einer fernen Brise, silbrigblass im Licht der drei Monde. Sie sind leer.

Wie sollen zwei Drachen alle Seidenflügler im Zikadenbau retten?

Sie werden uns helfen, ermahnt sie sich. Meine Freunde werden sich erheben, wenn sie merken, es ist Zeit für die Chrysalis, sich zu befreien.

»Ist die Karte sicher?«, fragt Cinnabar.

»Versteckt«, verspricht Io. »Wo wir es vereinbart haben.« Selbst wenn Königin Wasp sie gefangen nimmt und ihren Verstand stiehlt, kann sie nicht an ihre Geheimnisse herankommen. Die Karte des anderen Kontinents befindet sich an einem Ort, den nur Io oder Cinnabar finden können, und auch nur dann, wenn ihr Geist frei ist. Wasp wird nicht einmal wissen, dass sie existiert.

Cinnabar lächelt und ihre Flügel rascheln in der Dunkelheit. »Dann lasst uns unseren Stamm retten gehen.«

Kapitel 15

Snowfall stolperte zurück in ihren eigenen Kopf und rief: »Es ist eine Falle! Geht da nicht rein!« Sie stieß die Klauen von sich, die sie am Boden festhielten, und versuchte, sich in die Luft zu stürzen, aber sie war so desorientiert, dass sie gegen die Flügel von jemandem prallte und wieder in einem weichen Haufen Tannennadeln landete.

»Eure Majestät«, hörte sie Winters Stimme, aber irgendwie war auch das verwirrend, dass ihr eigener Cousin sie so nannte. Diese Stimme und dieser Name sollten doch nur mit Königin Glacier verbunden sein.

»Keine Angst«, flüsterte Qibli, leicht eine ihrer Klauen berührend. »Du bist wieder da. Du bist wieder Königin Snowfall.«

»Sie werden sie fangen«, schnappte Snowfall atemlos. »Der Zikadenbau ist voller Wasp-Zombies, die Io und Cinnabar auflauern. Ich muss sie warnen. Blue ist dort. Sie dürfen da nicht reingehen.« Sie kämpfte sich wieder hoch und hielt dann inne. Mit ausgebreiteten Flügeln stand sie auf dem Boden und versuchte zu atmen.

»Ich kann sie nicht warnen«, jammerte sie. »Es gibt keine Möglichkeit.«

»Ähm«, räusperte sich Qibli und sah Winter an. »Vielleicht doch?«

»Verhalte dich mir gegenüber nicht so unnötig optimistisch«, schnauzte sie.

WARUM?, schrie sie den Ring in Gedanken an. *Warum zeigst du mir das, wenn ich NICHTS dagegen tun kann?*

Sie standen vor Winters Zweibeiner-Gehege. Der Zweibeiner darin quietschte laut wie ein überdrehtes Eichhörnchen. Um sie herum raschelten die Büsche im Wind – oder wurden sie von etwas anderem bewegt? Snowfall schielte zu einem der Bäume und glaubte, etwas, das größer als ein Eichhörnchen war, wahrzunehmen.

Doch dann sauste Lynx durch den Wald und sprintete an Snowfalls Seite.

»Geht es dir gut?«, keuchte sie. »Wer warst du dieses Mal?«

»Jemand, der dem Untergang geweiht ist«, stieß Snowfall frustriert hervor. »Ist ja auch egal. Sind alle Königinnen hier?«

»Alle, außer Königin Coral«, berichtete Lynx. »Sie haben zugestimmt, ohne sie zu beginnen, sobald du bereit bist. Bist du bereit?«

»Mir geht es gut«, erwiderte Snowfall, Winters Klauen abschüttelnd, als er ihr aufhelfen wollte. Niemand musste wissen, wie rasend schnell ihr Herz immer noch schlug. Oder dass ein Teil von ihr noch in der Hitze und dem Geruch der Savannennacht steckte.

Beruhige dich. Du schleichst dich nicht gerade in eine riesige, furchterregende Drachenstadt voller gedankengesteuerter Monster mit Superkräften.

Aber Io tat es – oder würde es tun –, oder hatte es bereits getan? Snowfall schüttelte sich. Sie hatte keine Ahnung, wie sie den Zeitrahmen ihrer Visionen einordnen sollte. Diese Vision konnte schon mehrere Tage alt sein.

Io könnte bereits tot sein. Sie zuckte bei dem Gedanken zusammen und schoss einen weiteren Blick auf ihren Ring. *Wehe, du schickst mir Visionen von völlig toten Drachen.*

Die anderen Königinnen hatten sich in der Mulde einer Kieselsteinhöhle versammelt. Sie lag auf halbem Weg zu einem der schneebedeckten, vom Wind umpeitschten Berggipfel, aber der Ort, den sie gewählt hatten, war eine Oase der Ruhe. Jede Königin hatte einen Berater zur Unterstützung mitgebracht, und Snowfall überlegte den ganzen Weg hinauf, ob es nicht idiotisch war, Lynx, die eindeutig noch ein Drachling war, anstelle einer ihrer Wachen mitzunehmen.

Aber Königin Thorn hatte Qibli an ihrer Seite, und er war ungefähr so alt wie Lynx. Königin Ruby begleitete ein ruhiger älterer orangefarbener Drachen, der die ganze Zeit über Notizen in einer Art Miniaturschriftrolle kritzelte; Snowfall konnte sich seinen Namen nicht merken. Königin Moorhen hatte einen Erdflügler dabei, der ihr so ähnlich sah, dass Snowfall sich beinahe vor dem falschen Drachen verbeugt hätte – eine Schwester, vermutete sie, da sie sich daran erinnerte, wie sehr Erdflügler in ihre Familie eingebunden sind.

Und dann war da natürlich noch Königin Glory, mit ihrer schlaffen Gähnnudel von einem Faultier, das sie wie immer um den Hals trug. Sie hatte einen zappeligen Nachtflügler mitgebracht, was Snowfall nicht gefiel, aber sie hielt ihn für eine interessante Wahl. Warum nicht ein anderer Regenflügler? Was hielten die Regenflügler davon, dass Glory einen Nachtflügler für diesen Rat ausgewählt hatte?

Vielleicht gar nichts. Hatten Regenflügler überhaupt eine Meinung?

Königin Hazel hatte sich auch eingefunden, zusammen mit Cricket und Luna. Sundew hatte sie unten im Dorf zurückgelassen, wahrscheinlich wollte Hazel nicht, dass sie vor den Königinnen noch mehr herumbrüllte.

Tsunami, Riptide und Moon zählten zu den letzten drei Drachen im Rat. Wäre Snowfall nicht als Letzte eingetroffen, hätte sie sich womöglich beschwert und versucht, sie rauszuschmeißen, aber als sie ankam, war es dafür schon zu spät. Na ja, auch gut. Wahrscheinlich war es sinnvoll, einen Bericht von einem pyrrhischen Drachen zu bekommen, der tatsächlich in Pantala gewesen war.

Obwohl ich auch noch da bin. Ich könnte ihnen VIEL zu viel darüber erzählen, was gerade auf Pantala passiert. Sie zitterte ein bisschen, als sie wieder an Io dachte.

Die anderen Königinnen tauschten höfliche Begrüßungen mit Snowfall aus, bei denen sie normalerweise innerlich ausflippte: Was einte sie wirklich? Was dachten sie von ihr? Sprachen sie in ihrer Abwesenheit über sie?

Heute gelang es ihr kaum, sich darauf zu konzentrieren, ihnen das Richtige zu antworten. Was soll's, wenn Königin Rubys Lächeln verdächtig verurteilend aussah? Io und Cinnabar –

Moment mal.

Hatte Cinnabar nicht ... etwas Wichtiges gesagt ... ganz am Ende der Vision ...

Tsunami unterbrach ihre Gedanken. Sie stand auf und eröffnete den Rat, als wäre SIE wichtig. (Na gut, sie war eine königliche Meeresflügler-Prinzessin, also konnte sie technisch gesehen Königin Coral vertreten, aber es war trotzdem SEHR ANMASSEND.)

Tsunami erzählte in einer langen Geschichte, wie Luna in einem Sturm über den Ozean getrieben worden war, getragen von ihrer Seide, und dass dies das erste Anzeichen dafür war, dass es Drachen auf einem verlorenen Kontinent jenseits des Meeres gab. Sie erklärte, sie und ihr Bruder hätten beschlossen, den Ozean schwimmend zu überqueren, um sie zu finden – und um herauszufinden, ob Lunas Geschichten wahr seien. Gab es da wirklich Drachen, die ihre Hilfe brauchten?

Luna sprang ein, um über das politische System in Pantala zu referieren: wie die Schwarmflügler die Seidenflügler unter ihrer Kontrolle hielten und wie die Schwarmflügler selbst alle von Königin Wasp kontrolliert wurden, die den Verstand eines jeden Schwarmflüglers übernehmen konnte, wann immer ihr danach war, von jedem beliebigen Ort aus.

»Außer meinen Verstand«, sagte Cricket schnell, als Qibli sich umdrehte und sie ansah. »Und den von ein paar anderen – es ist kompliziert.«

Hazel erzählte die Geschichte der Blattflügler, die Krieg gegen Königin Wasp geführt hatten und dabei fast ausgerottet worden waren, bis auf einen kleinen Rest des Stammes, der sich in den Giftdschungel geflüchtet hatte.

Snowfall schaltete bei den Geschichten immer wieder ab. Sie wusste das alles, weil sie Tau und Bryony und Blue und Io war. Sie konnte immer noch die Last der Geschichten spüren, die sich unter ihren Schuppen abspielten. Sie erinnerte sich an die Dinge, die sie wussten, die ihnen vielleicht gar nicht richtig bewusst waren; sie könnte wahrscheinlich selbst eine exakte Karte von Pantala zeichnen.

Ich bin tatsächlich der am besten informierte Drache hier, dachte sie, triumphierend in die Runde blickend. *Das ist der einzige Vorteil der Visionen.* Vielleicht war das der Grund, warum die damalige Eisflügler-Königin diesem Geschenk überhaupt zugestimmt (oder darum gebeten) hatte. Aber eine Menge über Pantala zu wissen, schien kein fairer Tausch gegen Snowfalls geistige Gesundheit zu sein.

Nach einer ausführlichen Schilderung des neuen Krieges, des Angriffs von Königin Wasp auf den Dschungel und der Entdeckung der Pflanze, die ihr die Macht der Gedankenkontrolle verlieh, verstummten die pantalanischen Drachen.

Die Königinnen tauschten Blicke aus. »Ihr braucht also eine neue Bleibe?«, fragte Königin Moorhen. »Ich nehme an, ihr könntet hier in Sanctuary leben, sollten Königin Ruby und Königin Thorn damit einverstanden sein. Ich fürchte, wir haben keinen Platz im Königreich der Erde.«

Ja, klar, dachte Snowfall. Das Erd-Königreich war nicht gerade überfüllt mit massenweise Erdflüglern. Mit ein bisschen gutem Willen könnten sie in diesen endlosen Sümpfen leicht eine ganze Stadt voller Drachen unterbringen.

»Von wie vielen Drachen reden wir denn?«, warf Ruby ein. »Wer wird für sie verantwortlich sein? Du?«, fragte sie Königin Hazel. »Ich meine, was ist, wenn ihr immer mehr Drachlinge bekommt und euch ausbreitet? Wird am Ende ein neues Königreich in der Mitte des Kontinents entstehen – eines, das größtenteils das Gebiet des Himmelreichs einnimmt?« Sie bedachte Riptide mit einem bösen Blick. »Das ist nicht das, was ich im Sinn hatte, als ich dieser Siedlung zugestimmt habe.«

»Ich weiß, Eure Majestät«, antwortete er. »Aber wir können sie unmöglich nach Pantala zurückschicken.« Neben ihm schüttelte Tsunami energisch den Kopf, und Moon sah so entsetzt aus, als hätte jemand gerade vorgeschlagen, alle Robbenbabys einzusammeln und anzuzünden.

»Können wir sie irgendwo anders unterbringen?«, fragte Ruby. Sie wandte sich an Glory. »Es scheint, als könnten sie im Regenwald am glücklichsten sein.«

»Damit Glory Königin von *vier* Stämmen ist?«, hörte Snowfall sich selbst motzen.

Glory machte ein völlig undeutbares Gesicht – lachte sie Snowfall etwa aus? Dachte sie, dass sie locker mit vier Stämmen zurechtkommen würde, während Snowfall es kaum mit einem schaffte?

Der Teil von ihr, der kurzzeitig Blue der Seidenflügler gewesen war, überlegte: *Oder vielleicht denkt sie, wie unmöglich es wäre, vier Stämme zu regieren, und wie sehr sie immer noch darum kämpft, die beiden, die sie hat, zusammenzubringen.*

HALT DIE KLAPPE, DU TROTTEL, forderte Snowfall lautlos.

»Wartet, bitte.« Hazel stand auf und breitete ihre Flügel aus, um ihre Aufmerksamkeit zu erregen. »Das ist nicht – wir denken noch nicht darüber nach, wo wir leben könnten. Die meisten von uns – ich glaube, alle von uns – wollen zurück nach Pantala«*Nicht Cobra Lily*, blitzte es in Snowfall auf. Hatte Hazel überhaupt jemanden gefragt, was er wollte? Die Blattflügler wären hier wahrscheinlich glücklicher, unter Bäumen, die nicht ständig versuchten, sie zu fressen.

»Oh«, reagierte Ruby verblüfft. »Dann ... was wollt ihr denn?«

»Wir alle haben Drachen, die uns wichtig sind, dort drüben gelassen«, erklärte Hazel. »Sie befinden sich alle in schrecklicher Gefahr.«

Das ist wahr, gab ihr Snowfall still recht. *Extrem wahr.*

»Wir wollen zurückkehren, um sie zu retten«, begann Hazel, »aber wir können es nicht allein. Zahlenmäßig sind wir Königin Wasp nicht gewachsen, vor allem, wenn sie alle anderen in Pantala unter ihre Kontrolle gebracht hat. Wir haben gehofft ... ihr könntet uns vielleicht helfen.«

»Ohhh«, hauchte Ruby leise.

»Du meinst mit Armeen«, stellte Thorn fest.

»Du willst, dass wir unsere Soldaten auf die andere Seite des Ozeans schicken«, mischte sich Moorhen ein. »Um in einem Krieg zu kämpfen, der – es tut mir leid, aber – der nichts mit uns zu tun hat.«

»Nichts mit uns zu tun!«, platzte Qibli heraus. »Hast du nicht gehört, was mit den Drachen dort passiert?«

»Doch«, erwiderte Moorhen und warf Thorn einen »Bring-deinen-Drachen-unter-Kontrolle«-Blick zu. »Aber *unsere* Drachen sind hier sicher. Das Ding da drüben weiß nicht einmal etwas von uns. Wenn wir es reizen, könnte es herkommen und uns angreifen, und wir könnten auch diesen ganzen Kontinent verlieren. Zumindest im Moment ist dies ein sicherer Ort – für uns *und* für euch.«

»Außerdem haben wir gerade erst einen Krieg hinter uns«, erklärte Ruby. »Und einen anschließenden Beinahe-Krieg.«

War das eine Anspielung auf Snowfall? Wollte Ruby damit sagen, dass Snowfall die Art von Königin war, die ihren Stamm ohne Grund in einen Krieg verwickeln würde? Oder wollte sie sagen, Snowfall könnte nicht einmal einen Krieg beenden, den sie *versucht* hatte anzufangen?

»Darkstalker hat eurem Stamm nichts angetan«, betonte Qibli.

Oh. War das der Beinahe-Krieg, den sie meinte – alle gegen Darkstalker?

Nun, wenn sie sich darüber Sorgen machte, hätte sie bei dem Versuch, ihn zu bekämpfen, jedenfalls viel hilfreicher sein können!

»Viele meiner Drachen haben sich noch nicht vom Erbfolgekrieg der Sandflügler erholt«, bemerkte Ruby. »Oder, um ehrlich zu sein, von der Herrschaft meiner Mutter als super mörderische Königin der Berge. Ich weiß nicht, ob ich sie schon wieder in einen neuen Konflikt stürzen kann.« Sowohl Moorhen als auch ihre Schwester nickten.

»Wir haben ein ähnliches Problem«, meinte Glory und sah nachdenklich aus, als würde sie in ihrem Kopf Berechnungen anstellen. »Die Hälfte meiner Drachen ist nicht für den Krieg geschaffen – sie würden euch nicht helfen, selbst wenn ich versuchen würde, sie zu schicken. Und die andere Hälfte hat in letzter Zeit eine Menge durchgemacht.«

»Ach, haben sie das?«, knurrte Snowfall eisig. »Eine Menge durchgemacht? Du meinst, wie zum Beispiel einen allwissenden, magischen, bösen Diktator von den Toten auferstehen zu lassen und dann zu versuchen, ihm dabei zu helfen, einen ganzen Stamm zu ermorden und den Kontinent zu übernehmen? Das klingt wirklich stressig. Die Armen.«

»Was?«, fragte Hazel verblüfft.

»Was?«, fragte Cricket gleichzeitig, und ihre Augen leuchteten vor Neugierde.

»Ich glaube, wir alle wollen sagen«, warf Thorn ein, »es wäre schwer zu rechtfertigen, unsere Soldaten in eine so gefährliche Situation zu schicken. Wie es sich anhört, könnten sie genau wie eure Drachen von der Gedankenkontrolle übernommen werden. Ist es nicht so?«

»Das wissen wir nicht«, meinte Hazel traurig. »Ich würde vermuten ... ja, wahrscheinlich.«

»Wir können euch aber Waffen geben«, erklärte Glory. »Mein Stamm stellt diese Blasrohre mit Pfeilen her, die Drachen in den Schlaf versetzen können. So könnt ihr eure Freunde davon abhalten, euch wehzutun, ohne ihnen wehtun zu müssen.«

»Oh, wow«, sagte Cricket sehr interessiert. »Was ist in den Pfeilen? Ist es etwas, das in eurem Regenwald wächst? Hast du – ähm, tut mir leid, ich frage dich später.« Sie verstummte, als Hazel eine Klaue über ihre legte.

»Das würden wir sehr begrüßen«, bedankte sich Hazel bei Glory.

»Schreib das bitte auf«, bat Glory ihren Nachtflügler. »Wir können die Produktion ab heute Abend verdreifachen, wenn wir einen Boten zurückschicken.«

»Wir haben ein paar Drachenflammenkakteen«, meinte Ruby mit einem unbeholfenen Blick auf Thorn. »Die könnt ihr gerne haben. Aber ich glaube nicht, dass wir Soldaten schicken können.«

»Wartet, Moment«, warf Qibli ein. »Bevor ihr euch entscheidet, müsst ihr Moons Prophezeiung hören.«

Tsunami stieß einen kleinen Schrei aus, und ein paar andere Drachen sahen unruhig aus, aber Thorn und Glory winkten Moon nach vorne.

»Eine neue Prophezeiung?«, fragte Glory.

Moon nickte. »Sie kam mit der Vision, die mich zu Luna an die Westküste führte.« Sie räusperte sich und trug sie erneut vor. Snowfall hörte dieses Mal etwas aufmerksamer zu.

Eure Augen, Flügel, Feuer wendet
zum Land jenseits des Meers!
Wo Drachenleben durch Gift endet,
ist keinem Freiheit mehr beschert.

Ein Geheimnis in ihren Eiern,
ein Geheimnis in ihrem Buch,
ein Geheimnis, das tief versteckt ruht,
wird die retten mit wahrem Mut.

Eure Herzen, Geister und Flügel öffnet
den Drachen auf der Flucht vor dem Schwarm!
Stellt euch dem Bösen mit vereinten Klauen,
oder kein Stamm überlebt das Grauen.

Moon blickte zu Tsunami hinüber, als sie fertig war. »Tut mir leid«, fügte sie hinzu. »Sie kommen einfach so, ich schwöre.«

»Ihr habt das alle gehört, oder?«, schaltete Qibli sich ein. »*Wendet eure Augen auf das Land jenseits des Meers? Stellt euch dem Bösen mit vereinten Klauen?* Was kryptische Prophezeiungen angeht, so ist diese hier ziemlich eindeutig.«

»Keiner der Stämme wird überleben«, wiederholte Glory. »Das schließt uns alle hier mit ein.«

»Aber wie ist das möglich?«, fragte Ruby. »Wie würde die Gefahr überhaupt zu uns kommen? Ich dachte, ich hätte gehört, es sei fast unmöglich, den Ozean zu überqueren.«

»Ist es auch«, stimmte Hazel zu. »Wir haben es nur geschafft, weil wir eine Karte gefunden haben, die vor langer Zeit von Clearsight erstellt wurde. Ich glaube, das trifft auf die Bedeutung der Zeile *ein Geheimnis in ihrem Buch* zu. Diese Karte zeigte eine Reihe von Inseln, auf denen wir auf unserem Weg über den Ozean rasten konnten. Ohne sie hätten wir nicht überlebt.«

»Da haben wir es«, entspannte sich Ruby. »Ihr musstet die Karte benutzen. Die Drachen dort drüben, und was auch immer sie kontrolliert, werden euch nicht folgen können. Also sind wir hier alle sicher.«

Das war's. *Das war es!* Das war das, was Cinnabar gesagt hatte!

»Tatsächlich sind wir das nicht«, warf Snowfall ein. Sie wandte sich an Hazel, die aussah, als hätte sie sie alle aus Versehen in eine Venusdrachenfalle gestoßen. »Weil ihr eine Kopie der Karte dort gelassen habt, nicht wahr? Bei Io und Cinnabar.«

»Was?«, schrie Ruby auf.

»Io und Cinnabar wurden von den Schwarmflüglern gefangen genommen«, informierte Snowfall sie. »Es ist also nur eine Frage der Zeit, bis Königin Wasp ihre Krallen in diese Karte schlägt.«

Kapitel 16

Und dann ... Viel Geschrei und eine UNZUMUTBARE MENGE an Fragen, von denen viel zu viele davon an Snowfall gerichtet wurden.

»Du hattest eine Vision über Io und Cinnabar?«, fragte Cricket. »Hast du gesehen, wie sie gefangen genommen wurden? Bist du *sicher*, dass die Schwarmflügler sie erwischt haben?«

»Ja, es sei denn, die Vision zeigte mir etwas, das noch nicht passiert ist«, meinte Snowfall. »Das weiß ich nicht. Aber wenn es passiert ist, habe ich definitiv gesehen, wie sie in den Zikadenbau gegangen sind, der mit Sicherheit voll von gedankenkontrollierten Drachen wie Blue ist, die auf sie lauern.«

»Wir könnten versuchen, sie zu warnen«, warf Tsunami ein. »Wir haben ein – Ding – ich werde es versuchen.«

Sie flog aus der Höhle und den Berg hinunter, aber das trug nicht dazu bei, den Geräuschpegel zu senken. Alle anderen Königinnen stellten Hazel gleichzeitig zur Rede, und die arme Blattflügler-Königin versuchte, etwas über die Seidenflügler zu erzählen, die sie zu retten hofften.

»Lass uns gehen«, murmelte Snowfall Lynx zu. »Hier wird heute niemand große Entscheidungen treffen.«

Stressig genug zu wissen, dass die Karte auf dem anderen Kontinent herumgeisterte; Snowfall wollte nicht auch noch »allen Königinnen ihre Visionen (und damit verbunden auch den verfluchten Ring, den sie munter angelegt hatte) erklären« auf die Liste der Dinge setzen, die sie heute stressten.

Sie schlich sich leise aus der Höhle, gefolgt von Lynx. Als sie den Berg hinabflogen, stellte Snowfall fest, ihre Flügel drehten sich in Richtung von Winters Ecke in Sanctuary, wo sich das Zweibeiner-Gehege befand.

Es muss schön sein, ein Zweibeiner zu sein, dachte Snowfall. *Keine Probleme auf der Welt, keine furchterregenden Dinge, die von der anderen Seite des Ozeans kommen und einem das Hirn stehlen.*

Unglaublich, dass Hazel eine Kopie der Karte bei Io gelassen hatte! Was für ein Idiotin – aber dann dachte sie an Tau und Jewel, an Grayling und Blues traurige Mütter, und dann durchströmte sie so stark Ios verzweifelte Hoffnung, sie alle zu retten, dass es ihr wie ihr eigenes Gefühl vorkam. So lächerlich das auch war.

Vielleicht wird Wasp die Karte nicht finden. Aber wie soll diese Karte sonst jemand finden, wenn Io und Cinnabar jetzt gefangen sind und nur sie wissen, wo sie versteckt ist?

Was können wir tun? Wie können wir sie retten?

Aaaaaaaaaaaaaaaaaaargh, warum macht mir das so viel aus?

Erneut versuchte sie halbherzig, ihren Ring abzuziehen, aber ohne Erfolg.

Sie landeten auf der Seeseite des Geheges, und Snowfall angelte sich einen Fisch, während Lynx Winter über alles informierte, was während des Treffens geschehen war.

»Ich vermute, deine Visionen sind hilfreicher, als du denkst«, resümierte Lynx zu Snowfall, als sie geendet hatte.

»Blödsinn. Hazel hätte ihnen auch ohne mich von der Karte erzählt«, entgegnete Snowfall. »Sie ist so ehrlich und es hat Spuren hinterlassen.«

»Aber du weißt, was da drüben passiert«, argumentierte Lynx. »Du bist die Einzige, die sehen kann, was mit all den Drachen passiert ist, seit Hazels Gruppe weg ist.«

»*Ich* glaube, es wäre viel *nützlicher*, würde der Ring mir tatsächlich *einige meiner Fragen beantworten*«, zischte Snowfall dem Opal zu.

»Hast du versucht, dich hinzulegen, deine Augen zu schließen und ihn zu bitten, dir eine Vision zu schicken?«, erkundigte sich Winter.

»NEIN«, fauchte Snowfall. »Ich meine, ja – so ungefähr, als ich letzte Nacht eingeschlafen bin. Aber hat er auf mich gehört? NEIN, HAT ER NICHT.«

»Vielleicht zeigt er dir die wichtigsten Momente, die auf der ganzen Welt passieren«, schlug Lynx vor. »Ist das nicht etwas, was eine Königin sich wünschen würde?«

»Vielleicht gelingt es dir jetzt, eine Vision zu beschwören«, schlug Winter vor. »Vielleicht sagt er dir, was mit Io und Cinnabar passiert ist, oder er zeigt dir die Karte oder verrät, ob sie wirklich gefangen wurden.«

Snowfall seufzte. »Gut. FEIN. Ich hasse diese Vorstellung, aber wenn ich schon eine Vision haben muss, dann doch eher, wenn es mir gerade passt.« Sie schaute sich um und entdeckte einen hohen, oben abflachenden Felsblock, beschattet von Bäumen; im Nu lag sie auf dem kühlen Stein. Von dort konnte sie den kleinen Zweibeiner beobachten, wie er in seinem Bau herumhuschte.

Er war ziemlich niedlich. Niedlicher als ein durchschnittliches Eichhörnchen, aber nicht so niedlich wie ein Eisbärenbaby.

»Hört auf, mich anzustarren!«, schrie sie Lynx und Winter an. »Kümmert euch um euren eigenen Kram!«

Die beiden wandten sich schnell ab und begannen mit einem Lauf um das Gehege herum. Grummelnd stützte Snowfall ihr Kinn auf ihre Klauen, holte tief Luft und schloss die Augen.

Was ist mit Io und Cinnabar passiert?, fragte sie den Ring. *Ist die Karte in Sicherheit? Weiß Königin Wasp davon?*

Sie wartete darauf, in die Schuppen eines anderen Drachen zu fallen. Doch nichts geschah.

Und dann geschah noch immer nichts.

Mit gerunzelter Stirn vergrub Snowfall ihren Kopf unter einem Flügel. Sie war definitiv immer noch sie selbst. In ihr tobten äußerst starke Snowfall-Emotionen, wie zum Beispiel WUT. Was war FALSCH an diesem RING? Warum konnte er nicht tun, was man ihm sagte?

Würde er für eine bessere Königin richtig funktionieren?

Versucht er mir zu sagen, ich sei seiner Meinung nach nicht gut genug?

Snowfall wartete noch einige Herzschläge lang. Es bedeutete pure Folter, Unsicherheit und Langeweile, aber sie schien fest in ihrem eigenen verängstigten Gehirn zu kleben.

Seufzend öffnete sie die Augen.

Lynx und Winter hockten oben auf dem Zweibeiner-Gehege und starrten sie wieder an.

»Hat es geklappt?«, rief Lynx. »Was hast du gesehen?«

»Das war sehr langweilig und frustrierend!«, keifte Snowfall. »Und es hat NICHT funktioniert! Wahrscheinlich, weil ihr mich angestarrt habt! Haut ab!«

Sie tauschten einen Blick aus. »In Ordnung«, begann Winter. »Wir suchen Tsunami und Qibli – ist es okay, wenn du hierbleibst?«

Sie starrte ihn an. »Warum nicht?«

»Wir könnten deine Wachen herschicken«, bot Lynx an.

»Oh«, meinte Snowfall und erinnerte sich daran, dass sie eigentlich immer bewacht werden sollte. »Ja, ja, sicher, aber keine Eile.«

»Kannst du für mich ein Auge auf Pumpkin werfen?«, bat Winter.

Snowfall strich mit ihrem Schwanz über die glatte, kühle Oberfläche des Felsens. »Sag mir nicht, du hast deinem Zweibeiner einen *Namen* gegeben. Und noch dazu – *Pumpkin*!«

»Ich finde ihn hinreißend«, grinste Lynx Winter an, der erfreulich verlegen aussah.

»Du wolltest doch, dass wir dein Tier NICHT essen«, wunderte sich Snowfall. »Warum hast du es dann nach Essen benannt?«

»Weil das niedlich ist!«, antwortete er. »Weil sie süß ist!«

»Komm schon, Winter, wenn du jetzt anfängst, über Zweibeiner zu reden, kommen wir hier nie weg.« Lynx schlug ihn sanft mit einem ihrer Flügel, und sie hoben in die Luft ab.

»Sie benimmt sich in letzter Zeit ein bisschen komisch«, erklärte Winter Snowfall. »Sie könnte vorhaben, wieder aus ihrem Gehege auszubrechen. Wenn es dir nichts ausmacht –«

»Ja, ja«, unterbrach Snowfall ihn und winkte ab. »Ich passe schon auf sie auf.«

»Danke, Majestät!«, rief er, und die beiden flogen davon und ließen Snowfall in seliger Stille zurück.

Sie sah zu, wie der Zweibeiner herumhuschte und Blätter und Stöcke am Zaun aufstapelte. Sie versuchte, über all die Visionen nachzudenken, die sie bis jetzt gehabt hatte. Warum hatte der Ring ihr ausgerechnet diese Drachen gezeigt? Was hatte das alles zu bedeuten?

Auf der anderen Seite der Lichtung raschelten die Büsche. Es klang ziemlich merkwürdig, es war sogar mehr als nur ein

Rascheln. Dann gab es plötzlich ein lautes Quietschen, und gleichzeitig brach ein Drache aus den Blättern hervor und stürzte ins Freie.

Er fiel um und blieb einen Moment lang blinzelnd sitzen, dann hüpfte er auf die Beine und schüttelte seine Flügel. Er hob den Kopf, sah, wie Snowfall ihn beobachtete, und schenkte ihr ein riesiges, lächerliches Grinsen, das so süß war wie ein kleiner Igel.

»Guten Tag!«, rief er. »Dieser Tag! So gut! Oder?«

Stirnrunzelnd betrachtete sie ihn. Er sah irgendwie seltsam aus. Vielleicht war er einer der vielen Hybriden hier in Sanctuary, obwohl er älter aussah als die kleinen Drachlinge, die sie gesehen hatte – älter als sie selbst, müsste sie raten. Seine Schuppen konnte sie nicht ganz den Himmelsflüglern und nicht ganz den Sandflüglern zuordnen, sondern irgendwo dazwischen – sie hatten eine Art blasses Orange. Allerdings fehlten ihm Schwanzstacheln, und seine Augen waren von einem verwaschenen Blau. Er wirkte überhaupt nicht gefährlich, was auch an der schiefen Gänseblümchenkette lag, die um seine Hörner gewickelt war.

»Kann ich dir helfen?«, fragte Snowfall.

»Ich bin hier, weil ich um diesen – äh, köstlichen Zweibeiner feilschen möchte«, erklärte der Drache. Er schwang einen Flügel dramatisch in Richtung des Geheges.

»Aha«, erwiderte Snowfall skeptisch. »Ich glaube nicht, dass sie zum Verkauf steht.«

»Aber ich LIEBE Zweibeiner – äh, lecker«, schwärmte er. Er zog ein seltsames, grimmiges Gesicht. »Leckere Zweibeiner. Fleisch! Lecker! Am liebsten würde ich sie den ganzen Tag essen, mampf, mampf, ja.«

»Dann geh und jag dir selbst einen«, motzte Snowfall. Je mehr er redete, desto weniger glaubte sie, er wollte den Zweibeiner tatsächlich verspeisen.

»Das *würde* ich ja«, erklärte er, »aber ich ...« Er brach ab, einen panischen Blick in die Büsche werfend. »Ähm. Willst du nicht ...?«

Snowfall stützte ihr Kinn auf ihre Vorderklauen. Das war das Unterhaltsamste, was ihr seit Tagen widerfahren war.

»Du würdest lieber einen unverkäuflichen Zweibeiner kaufen, als selbst einen zu fangen?«

»Könnte sie käuflich sein?«, fragte er hoffnungsvoll. »Ich habe Blaubeeren!«

Snowfall lachte. »Winter wird dir niemals sein Haustier verkaufen, nicht einmal für alle Blaubeeren der Welt.«

»Oh!«, rief er. »Ohhh!« Er wisperte die Büsche an, als würde er ihnen zurufen: »Ich hab's euch gesagt, Büsche!« »Sie ist ein Haustier? Nicht zum leckeren Kauen, zum Essen?«

Für Snowfall war es unerklärlich, warum dieser Drache ab und zu so seltsam sprach. »Ja, sie ist ein Haustier«, antwortete sie. »Mein Cousin liebt diese Viecher. Er versucht schon seit Ewigkeiten, ein gutes Exemplar zu fangen.«

»Und ist sie gut?«, forschte er nach und sah so erfreut aus, als hätte sie ihm ein Kompliment gemacht.

»Also, sie ist energisch«, beschrieb Snowfall sie und blickte wieder zu ihr hinüber. Das Zweibeiner-Weibchen lehnte unschuldig an der gegenüberliegenden Wand und drehte einen Stock in ihren Pfoten. »Und Winter behauptet, sie sei eine gute Nachahmerin – sie hat ein paar sehr drachenähnliche Laute von sich gegeben. Deswegen hält er sie für furchtbar schlau.«

Der Fremde gluckste leise vor sich hin. »Hmmm«, brummte er. »Was, wenn sie ... nicht sein Haustier sein will?«

Snowfall neigte ihm ihren Kopf zu. »Na ja, wir können sie ja nicht fragen! Ich bin sicher, sie ist absolut glücklich. Er füttert sie zweimal am Tag.«

»Und wenn ich ihm ein *anderes* Haustier gebe? Ein besseres!«, schlug der seltsame Drache vor und schwang triumphierend seine Flügel.

»Ich bin mir ziemlich sicher, dass er –«

»Wie wäre es mit einer SCHNECKE?!«, rief der Drache mit einer Begeisterung, die Snowfall bisher nur bei Drachen bemerkt hatte, die zum ersten Mal Eiscreme probierten.

»Eine Schnecke«, wiederholte Snowfall.

»Schnecken sind TOLL!«, erklärte er bewundernd. »Hast du schon mal eine GESEHEN?«

»Ich ... habe schon mal Schnecken gesehen, ja«, antwortete sie. Königin Coral hatte bei ihrem Besuch im Meereskönigreich Seeschnecken serviert, aber Snowfall hatte das Gefühl, das Herz dieses Drachen würde explodieren, wenn sie ihm das erzählte.

»Oder eine SCHILDKRÖTE!«, rief er. »Ich könnte ihm eine Schildkröte schenken! Aaaah, liebst du Schildkröten nicht auch? Mit ihren kleinen glitschigen Flossen! Und ihren süßen kleinen Panzern! Und ihren winzigen Köpfen, HAST DU SCHON MAL IHREN WINZIGEN KOPF GESEHEN? Sie sehen aus, als würden sie lächeln! Kleine winzige lächelnde Schildkröten! Würde er eine Schildkröte nicht lieben?«

»Das würde er nicht«, lächelte Snowfall. »Aber ich würde mal behaupten, du solltest eine Schildkröte bekommen.«

»Ja«, schwärmte er träumerisch. »Das ist genau das, was ich auch gesagt habe.« Er warf einen weiteren »Habt-ihr-das-gehört-Büsche?«-Blick in Richtung Gebüsch.

»Wie wäre es, wenn du dir eine Schildkröte holst«, schlug Snowfall vor, »und diesen Zweibeiner meinem besessenen Cousin gönnst.«

»Oh«, schüttelte er den Kopf, als hätte er völlig vergessen, weswegen er hier war. »Richtig, nein, nein, ich hätte diesen Zweibeiner sehr gerne. *Diesen* hier, bitte.«

Aus den Büschen hinter ihm drangen höchst verdächtige Quietschgeräusche. Snowfall blinzelte das Grün an. Hatte er schon einen Zweibeiner? Vielleicht sammelte er sie. Vielleicht war er Winters Traumfreund.

»Wenn du dich so sehr für Zweibeiner interessierst, dann warte und rede mit Winter darüber«, schlug sie vor. »Er kann dir alles erzählen, was er bei seinen Studien über sie gelernt hat. Aber du solltest zwanzig Tage Zeit haben, um dir ein paar abgedrehte Theorien anzuhören.«

»Bitte, kann ich nicht diesen Zweibeiner haben?«, flehte er mit riesigen Babyaugen. »Bitte, bitte, bitte?«

»Niedlich sein klappt bei mir nicht! Netter Versuch!«, schnauzte sie. »Ich bin die Königin der Eisflügler, und ich habe nein gesagt!«

»Königin von was? Wirklich?«, tat er erstaunt.

»Ja, wirklich! Wie kannst du das nicht wissen?« Sie wedelte mit dem Schwanz. »Die Siedlung platzt gerade vor Königinnen! Übe dich besser darin, ein bisschen weniger liebenswert und dafür respektvoller zu sein, du – was zum Teufel bist du eigentlich? Ein Hybrid von was?« Ein verblüffender Gedanke schoss ihr durch den Kopf. Könnte er vielleicht ein Eisflügler-Himmelsflügler-Hybrid sein?

»Kein Hybrid«, antwortete er. »Nur ein komisch aussehender Himmelsflügler.« Er drehte sich um und zischte in die Büsche. *»Sie denkt, ich sei bezaubernd.«*

»Das TUE ICH NICHT, bei den drei Monden. Mit wem redest du da?«

»Mit niemandem!«, platzte er heraus. »Entschuldigung! Nichts! Macht nichts, ich brauche den Zweibeiner gar nicht, alles super, hat mich gefreut, tschüss für immer!«

Er drehte sich um und flüchtete in den Wald; sie hörte noch ein bisschen Gepolter im Grünzeug, dann sah Snowfall nur noch seinen Schwanz durch die Bäume davonflitzen.

Der seltsamste Drache aller Zeiten! Aber zugegeben, dieses Gefühl der Belustigung und leichten Verwirrung fand sie bei Weitem besser als die überwältigende Angst, mit der sie normalerweise lebte. Es würde ihr nichts ausmachen, ein zweites Mal von ihm vom Weltuntergang abgelenkt zu werden.

Kopfschüttelnd blickte sie zum Gehege hinüber, um nach dem Rechten zu sehen.

Sie hätte bemerken müssen, wie still es geworden war.

Sie hätte misstrauischer sein müssen, weil der Zweibeiner ausnahmsweise so ruhig dagestanden hatte.

Sie hätte vermuten können, dass der Zweibeiner genau dort gestanden hatte, um das neue Loch im Zaun zu verbergen.

Dann hätte sie den Zweibeiner vielleicht erwischt, bevor er entkommen konnte – aber nun war es zu spät.

Winters Haustier war weg.

Kapitel 17

»Oh, *Walrosskacke*«, zischte Snowfall. Das war das Letzte, womit sie sich jetzt beschäftigen wollte.

Sie flog hinunter zum Gehege und umrundete es, um es noch einmal zu inspizieren. Ja, Pumpkin war definitiv verschwunden. Das Loch, das teils unter dem Zaun gegraben und teils aus dem Holz gehackt worden war, war gerade groß genug für einen Zweibeiner.

Außerhalb des Zauns fanden sich zahlreiche Abdrücke in der Erde, wo der Zweibeiner aufgetaucht sein musste, aber es war schwer festzustellen, was für Abdrücke das waren.

Moment mal.

Wollte der Drache mich ablenken, damit er sie stehlen konnte?

Aber er hatte sich nicht von seinem Platz bewegt, während sie sich unterhielten, also musste er einen Komplizen gehabt haben. Noch einen Drachen? Warum sollten sich zwei Drachen die Mühe machen, einen Zweibeiner zu stehlen, der kaum als Mahlzeit für einen von ihnen reichte?

Snowfall studierte stirnrunzelnd die Spuren in der Erde. Da war nichts, was nach einer Klaue oder einem Schwanz aussah. Der Zweibeiner musste also auch von der äußeren Seite aus gegraben haben – Pech, dass sie direkt in die Klauen eines Drachen flüchtete. Aber war das überhaupt das, was passiert war?

Das ergab wirklich keinen Sinn.

Snowfall seufzte tief. Wahrscheinlich sollte sie im Wald diesen Drachen zu fangen versuchen, nur für den Fall, dass er sich Pumpkin geschnappt hatte.

Grummelnd machte sie sich auf den Weg zu den Bäumen. *Soll ich auf meine Wachen warten?* Nein, mit einem außerordentlich fröhlichen Drachen, der von Schildkröten schwärmte, konnte sie umgehen, kein Problem. Oooh, vor allem, wenn sie ihre TARN-ARMBÄNDER einsetzte. Vergnügt aktivierte sie sie, um sich unsichtbar zu machen, und flitzte in die Richtung, in der sie seinen Schwanz zuletzt gesehen hatte.

Es dauerte nicht lange, bis sie seine Stimme vor sich plappern hörte. Snowfall verlangsamte ihren Schritt und schlich sich an ihn heran. Es klang völlig wahnsinnig: Was er auch sagte, war halb Wort, halb Jaulen, Zirpen und Fiepen, als würde sich sein Gehirn mitten im Satz in ein Streifenhörnchen verwandeln.

Sie schlüpfte zwischen den Bäumen hindurch, um vor ihn zu gelangen. Das war leicht, denn er schlenderte nur dahin und plapperte dabei Worte in die Luft. Eindeutig befanden sich keine anderen Drachen bei ihm, also hatte sich sein Komplize vielleicht in eine andere Richtung entfernt. Irrte sie sich vielleicht und hatte dieser Drache Pumpkin gar nicht gestohlen? Aber irgendwo in der Nähe roch sie Zweibeiner, und sein Verhalten war ihr *sehr verdächtig* erschienen – also hatte sie kein schlechtes Gewissen wegen des Herzinfarkts, den sie ihm gleich verpassen würde.

»AHA!«, rief sie, sprang ihm in den Weg und schleuderte den Unsichtbarkeitszauber weg.

»IIIIIIIIIIIIIIIEEEEEEEEEEEEEEEEP!«, kreischte er entsetzt, was sie ziemlich belustigte.

»Gib sie zurück!«, schrie sie. »Du hast Winters Zweibeiner gestohlen! Gib sie sofort zurück!«

»Sie gehörte ihm nicht!«, brüllte ihr jemand entgegen. Aber es war nicht der Drache. Er stand mit geschlossenem Mund und weit aufgerissenen Augen da. Was zum –?

»Man kann keine Zweibeiner besitzen! Wir sind keine Haustiere!«

Da war ein ZWEINBEINER. ER STAND AUF DEM KOPF DES DRACHEN.

UND SCHRIE SNOWFALL IN DRACHENSPRACHE AN.

»Nur dich, denn du bist *mein* Haustier«, ergänzte der Drache schnell, fast atemlos, und zog dabei ein Gesicht, als ob er sich sehr anstrengen würde, nicht zu lachen.

»Nicht hilfreich, Sky!«, bellte der Zweibeiner ihn an und stieß ihm mit dem Fuß gegen den Kopf.

»Aber – aber –« In ihrem ganzen Leben war Snowfall noch nie so sprachlos gewesen.

Ein Zweibeiner! Der in Drachensprache redete! In einem Gespräch! Als würde er sich wirklich mit ihr unterhalten!

»Wie ist das möglich?« Sie blickte auf ihren Schmuck hinunter. War dies ein weiterer Animare-Fluch? Hatte sie jetzt etwa eine Halluzination, ein intelligenter, sprechender Zweibeiner zu sein? »Wo ist Pumpkin?«, wollte sie wissen.

Den Drachen schüttelte es so sehr vor Lachen, dass der Zweibeiner auf seinem Kopf sich an seinen Hörnern festhalten musste, um nicht abzustürzen.

»Ihr Name ist *Daffodil*«, erklärte der Zweibeiner.

»Oh, ah«, erwiderte Snowfall, immer noch zweifelnd, ob diese Unterhaltung echt war. »Das klingt viel würdevoller.«

Ein kleines Gesicht lugte hinter dem Hals des Drachen hervor, umgeben von einem Heiligenschein aus dunklem Haar. Sie winkte Snowfall mit einer ihrer kleinen Pfoten zu.

»Spricht sie auch Drachisch?«, erkundigte sich Snowfall.

»Das *sollte* sie eigentlich«, klärte sie der Zweibeiner auf dem Kopf des Drachen auf. »Würde sie *aufpassen* und mehr *lernen*, könnte sie mit allen Drachen sprechen, die vorhaben, sie zu entführen.«

»Daffodil!«, rief Daffodil/Pumpkin in Drachensprache. »Nicht essen!« Die Tonlage ihrer Stimme war zu hoch, und der Akzent und das Knurren waren an den falschen Stellen, aber jetzt, wo Snowfall darauf achtete, konnten es tatsächlich Drachenworte sein. Winters ehemaliges Haustier schüttelte verärgert den Kopf und quietschte etwas Zweibeinerisches, was nach empörter Entrüstung klang.

Aber Zweibeiner besaßen keine Gefühle; sie konnten nicht klug genug sein, um die Drachensprache zu lernen, wie Drachen zu sprechen und sich mit Königinnen zu streiten! Sie waren einfach nur große Eichhörnchen! Beute! Sicher war das eine Art Partytrick. Dieser seltsame Himmelsflügler (wenn er wirklich einer war) musste seinen Zweibeinern die richtigen lustigen Geräusche beigebracht haben. Sicherlich war das alles.

Sonst müsste Snowfall glauben, es gäbe eine ganze Zivilisation intelligenter Lebewesen, die die ganze Zeit direkt unter den Klauen der Drachen gelebt hatte, Schätze stahl und gefressen wurde. Und dass sie *Gefühle* hatten? Sicherlich nicht.

»Das ist –« Snowfall presste ihre Klauen an ihren Kopf. »Ich kann nicht – das ergibt keinen –«

Und dann wurde ihr bewusst, die Unschärfe, die Kopfschmerzen und die schleichende Dunkelheit rührten nicht von der Entdeckung her, dass ein alltäglicher Snack ein Gespräch mit ihr führen konnte.

Es war eine weitere Vision, die gerade Besitz von ihr nahm, ob es ihr nun gefiel oder nicht.

»Oh nein«, murmelte sie, dann fielen ihr die Augen zu und sie sank ...

hinunter...

hinunter...

hinunter...

in ... was?

Sie ist sehr klein.

Sie ist winzig und weich, pelzig und flink und springt hoch über dem Höhlenboden von Fels zu Fels, ohne Angst, obwohl sie keine Flügel hat.

Unter ihr knurrt der grüne Drache und dreht sich, aber er sieht sie nicht in den dunklen Schatten der Höhlendecke.

Netter Versuch, *denkt sie vergnügt. Schon seit Tagen versucht dieser Drache, einen von ihnen zu fangen, aber natürlich ohne Erfolg.* Ha ha, große, alte, sich langsam bewegende Eidechse!

»Raven!« Sie hält sich an einem Stalaktiten fest und dreht sich in Richtung der Stimme. Natürlich ist es Mole, der aus einem der geheimen oberen Gänge hervorlugt.

»Hey, Mole«, ruft sie mit einem fröhlichen Winken.

»Komm rein, bevor der Drache dich entdeckt!«, zischt er.

Raven seufzt, aber Mole hat schon genug Stress, sie muss ihm nicht noch mehr Probleme bereiten. Geschickt springt sie auf den Vorsprung neben ihm und krabbelt durch das Loch in der Wand.

Auf der anderen Seite sind die Gänge nur groß genug für Menschen. Diese gewundenen Tunnel zählen zu den sicheren Teilen der Höhle, also den langweiligen.

»Hast du es darauf abgesehen, dich von einem Drachen fangen zu lassen?«, mault er.

»Natürlich nicht«, antwortet Raven fröhlich. »Ich finde es nur lustig zu sehen, wie mürrisch sie deshalb werden.« Sie machen sich auf den Weg zu ihrem Höhlendorf.

»Du darfst sie nicht provozieren«, argumentiert Mole. »Was, wenn dich einer von ihnen erwischt? Oder richtig wütend wird und ein paar Höhlenwände einreißt und uns alle findet? Hier unten hausen im Moment zu viele Drachen. Wir sollten uns verstecken und nicht herumlaufen und sie nerven und sie bitten, uns zu fressen.«

Raven rollt mit den Augen. »Willst du nicht wissen, warum sie plötzlich hier aufgetaucht sind? Irgendetwas passiert in der Himmelswelt. Etwas Wichtiges.«

»Wichtig für Drachen vielleicht«, erwidert er. »Es hat nichts mit uns zu tun.«

»Es sei denn, es hat etwas mit dem Abgrund zu tun«, überlegt Raven.

»Pssst!« Er sieht sich verstohlen um. »Du kennst die Regeln!«

»Aber er verhält sich seltsam, und jeder weiß es«, motzt sie. »Ich glaube nicht, dass wir so tun können, als wäre er nicht da.«

»Wenn du in das tiefste, dunkelste Loch des Universums hinabsteigen willst, um herauszufinden, was diese Geräusche bedeuten, dann mach nur«, knurrt Mole. »Aber lass mich da raus – und hör auf, die Drachen zu ärgern!« Er rennt vor ihr her, und sie fühlt sich kurz schuldig, ihn wieder einmal an den Rand seiner Geduld getrieben zu haben.

Trotzdem. Es ist seltsam, dass so viele Drachen in die Höhlen geströmt sind und sich merkwürdig verhalten haben, und das nur wenige Tage, nachdem sich der Abgrund zum ersten Mal seit Jahren verändert hat.

Irgendetwas ist los.

Mole irrt sich. Was auch immer es ist, wenn es die Drachen erschreckt hat ... dann besteht die Möglichkeit, dass es das Ende der Welt für die Menschen bedeutet.

Kapitel 18

»Geht es ihr gut?«, flüsterte eine Stimme in der Nähe von Snowfalls Ohr. »Ich habe noch nie gesehen, dass ein Drache in Ohnmacht fällt.«

»Ich glaube, Wren hat sie in die Ohnmacht *geschrien*«, murmelte die Drachenstimme missbilligend.

»Das bin ich, Schrecken der Drachen!«, sagte jemand anderes. »Sie hat sich bestimmt vor mir gefürchtet, oder?«

»Nein«, knurrte Snowfall, aber es gelang ihr noch nicht, ihre Augen zu öffnen. Alles war zu seltsam; ihre Gliedmaßen, ihre Schuppen, ihre Flügel fühlten sich falsch an, und es dauerte ewig, bis sie sich wieder zurechtfand.

»Warte – hat sie mich gerade verstanden?« wollte die dritte Stimme wissen.

Sie sprachen Menschensprache.

Menschensprache, eine eigene Sprache, nicht nur eine Aneinanderreihung von Quietschen, Knurren und Glucksen, das die Zweibeiner von sich gaben?

Ich will dieses Wort gar nicht kennen. Mensch.

»Sollen wir weglaufen rrplenerpiep?«, fragte die erste Stimme. Nach der Hälfte des Satzes verschwand die menschliche Sprache aus Snowfalls Gehirn und ihr innerer Drache atmete beruhigenden Frost durch sie hindurch.

Ich bin Snowfall, vergewisserte sie sich verzweifelt. *Königin der*

Eisflügler. Ich bin ein DRACHE. Das bin wirklich, wirklich ich.

Beim Aufsetzen berührte sie vorsichtig ihren Kopf. Der blass-orangefarbene Drache hockte neben ihr, mit dem Drachisch sprechenden Menschen – Zweibeiner – auf seiner Schulter. Pumpkin stand direkt hinter einer seiner Klauen, als wäre sie bereit, sich entweder zu verstecken oder nach vorne zu rennen und anzugreifen, was auch immer nötig war.

»Entschuldigung«, gab der Drache freundlich, Gott sei Dank in Drachensprache, von sich. »Wir wollten dich nicht erschrecken.«

»Ihr habt mich NICHT erschreckt«, zischte sie. Die Zweibeinerin auf der Schulter des Drachen legte ihre Hand auf das Schwert an ihrem Gürtel. »Ich meine, ich bin nicht verängstigt. Ich habe manchmal Visionen, das war's. Das ist so ein magischer Fluch.« Sie zupfte an dem widerspenstigen Ring.

Alles pure Absicht, du mieses Ding. Wurdest du verzaubert, um mir jedes Mal das Gegenteil zu beweisen, sobald ich einen Gedanken habe, der dir nicht passt? Hast du jemals eine ANDERE Königin in den winzigen essbaren Körper von jemand anderem geworfen? Warum wissen wir nicht alle über Zweibeiner Bescheid, solltest du das getan haben – und wenn nicht, WARUM QUÄLST DU DANN NUR MICH?

»Was hast du gesehen?«, interessierte sich der seltsame Zweibeiner.

»Mehr von eurer Sorte«, antwortete Snowfall und winkte der Kreatur mit einem ihrer Flügel zu. »Aber ich glaube, sie befanden sich auf dem anderen Kontinent.« Es war schwieriger, die Erinnerungen an diese Vision festzuhalten, weil sie für ihr Drachenhirn so wenig Sinn ergaben. Sie konnte immer noch die seltsamen kleinen Haare, das flache Gesicht und die aufrechte Haltung des Menschen *spüren*, aber sein Wissen, zum Beispiel die Details seines Lebens unter der Erde, war rätselhaft und verwirrend.

Aber – die Drachen, die sich in den Höhlen versteckten. Das klang nach Bryony und ihrer Gruppe. Und dann war da etwas über einen Abgrund?

»Das ist Wren«, erklärte der Drache und stupste den Zweibeiner mit seiner Klaue sanft an die Schulter. »Daffodil hast du ja schon kennengelernt. Und ich bin Sky.«

»Das gibt es doch nicht«, erwiderte Snowfall. Sky blinzelte unschuldig, und sie fügte hinzu: »Sky der Himmelsflügler? Das ist doch völlig lächerlich.«

»Oh«, hauchte er und sein Gesicht entspannte sich. »Na ja, Wren hat mir den Namen gegeben, und sie hatte damals keine Ahnung, dass man Himmelsflügler so nennt.« Er zuckte mit den Schultern, als ob das irgendeinen Sinn ergeben würde, als ob es normal wäre, dass Zweibeiner Drachen Namen gaben.

»Winter wird *völlig* den Verstand verlieren«, wurde Snowfall plötzlich klar. »Ein Zweibeiner, der mit Drachen sprechen kann – ich meine, ich glaube, sein Kopf könnte buchstäblich explodieren. Arrrrrrrgh, ich schätze, das bedeutet, Moon hatte recht.« Sie überlegte, niemandem davon zu erzählen, denn es wäre unerträglich, die Einschätzung des Nachtflüglers über die Gefühle der Zweibeiner bestätigen zu müssen. Aber der Gedanke an Winters Gesichtsausdruck überwog alles andere.

»Warte«, sagte Sky. »Was?«

»Wir sollten gehen«, meinte Wren und zupfte an Skys Ohr.

»Nein, nein, nein«, rief Snowfall. »Auf keinen Fall! Ihr könnt mich NICHT dazu zwingen, allein zu Winter zurückzugehen und zu erwähnen: ›Oh ja, Pumpkin ist entkommen, aber rate mal, sie hat eine Zweibeiner-Freundin, die Drachisch spricht, und einen komischen Drachen, der Zweibeinisch spricht, ach, na ja, aber ich habe sie gehen lassen, weil ich nicht dachte, es würde dich interessieren.‹ ERNSTHAFT.«

Wren stemmte die Fäuste in die Hüften. »Und du kannst uns nicht zwingen, zurück in diese Stadt voller Drachen zu gehen und zu erklären: ›Hallo, wir sind entkommen, kein Problem, aber wir dachten, es wäre ein großer Spaß, zurückzukommen und stattdessen gefressen zu werden.‹ ERNSTHAFT.«

Snowfall fand es wahnsinnig witzig, aber Wren schien besser Drachisch zu sprechen als Sky selbst, und beherrschte sogar die richtige knurrige Betonung von *ERNSTHAFT*.

»Keiner wird euch fressen«, verkündete sie. »Natürlich nicht! Wir essen nichts, das mit uns spricht! Das wäre sehr beunruhigend!«

»Rate mal, was noch beunruhigender ist«, entgegnete Wren. »Gefressen zu werden!«

»Wren, vielleicht wäre es lustig, sie kennenzulernen?«, fragte Sky ganz süß. »Vielleicht sind ja alle nette Drachen!«

»Na ja, ich nicht«, widersprach Snowfall. »Ich bin definitiv nicht nett. Ich bin wahrscheinlich der am wenigsten nette Drache in Sanctuary, und wenn *ich* euch nicht fresse, wird es wahrscheinlich auch niemand anderes tun.«

»Und willst du dich nicht mit noch mehr Drachen unterhalten?«, fragte Sky. »Eine Kommunikation zwischen Mensch und Drache aufbauen? Ist das nicht unsere große Aufgabe oder so?«

»Nein, das ist *Ivys* große Aufgabe!«, protestierte Wren. »Mein großes Ziel ist es, in Ruhe gelassen zu werden!«

Snowfall hatte keine Ahnung, ob sie diese Vision so entspannt hatte, oder die Persönlichkeit dieses speziellen Zweibeiners, aber sie begann, Wren irgendwie zu mögen. *Vielleicht sollte ich mir auch ein Zweibeiner-Haustier zulegen*, überlegte sie.

Ihre Sicht verschwamm, und sie blickte erschrocken auf den Ring hinunter. *Ich meine, kein Haustier! Zweibeiner sind keine Haustiere! Sie sind intelligent! Ich meinte einen Freund, einen Zweibeiner-Freund!*

Zu ihrer großen Überraschung verschwand die Unschärfe wieder, und sie brach weder zusammen noch suchte sie eine Vision heim.

Hmmm. Kann ich diesen Ring tatsächlich dazu überreden, mir keine Visionen mehr zu schicken?

Wahrscheinlich, wenn ich ihn überzeuge, dass ich die Lektion gelernt habe, die er mir erteilt hat, seufzte sie. Aber das bedeutete immerhin einen kleinen, interessanten Hoffnungsschimmer.

»Ich verspreche dir was«, wandte sich Snowfall an Wren. »Du musst nicht die ganze Stadt treffen. Komm einfach mit und rede mit Winter, damit er mir glaubt. Übrigens liegt das auch in deinem Interesse, ihm zu beweisen, dass Zweibeiner genauso schlau sind wie Drachen. Dann wird er aufhören, euch zu jagen, einzusperren und euch dumme Namen zu geben.«

»Mir *gefällt* der Name Pumpkin«, grinste Sky. »Ooooh, ich möchte wissen, wie er Wren nennen würde.« Seine Augen leuchteten auf. »Hat er irgendwelche süßen kleinen Hüte?«

»Schluss mit Hüten!«, brüllte Wren, schlug ihm in den Nacken und schüttelte gleich darauf ihre Hand mit einer Grimasse aus, die verriet, dass das eine schlechte Idee gewesen war. »Na gut, schön. Wir kommen mit dir zurück, um *einen* Drachen kennenzulernen.«

»Ausgezeichnet.« Snowfall legte die Flügel an und führte sie den Weg zurück nach Sanctuary.

Als sie dort ankamen, lief Winter mit peitschendem Schwanz außerhalb des Geheges umher, leider unterstützt von drei anderen Drachen: Lynx, Cricket und Qibli, die alle hilfsbereit das Gras und die Büsche durchsuchten. Nein, Moment, vier: Der kleine Schwarmflügler war auch da und verfolgte einen weißen Schmetterling.

Es jagte Snowfall einen seltsamen Schauer über den Rücken, als sie den kleine Schwarmflügler beim Versuch beobachtete, sich auf den Schmetterling zu stürzen, den er zum Glück verfehlte. Verwirrt stocherte sie kurz in diesem unbehaglichen Gefühl herum und erkannte, es musste von Tau oder Io stammen. Würden sie darin ein Zeichen dafür sehen, wie ein junger Schwarmflügler lernt, Seidenflügler zu fangen und zu kontrollieren? *Sie spielt nur mit einem Käfer, interpretiere da nichts hinein!*, befahl Snowfall sich selbst, und damit auch all den anderen Wesen in ihrem Inneren.

»Snowfall!«, rief Winter. »Pumpkin ist verschwunden!« Er erblickte Sky hinter ihr. »Wer – was –«

»Das ist nicht nur *ein* Drache, das sind *fünf* Drachen«, zischte Wren Snowfall zu.

Snowfall zuckte mit den Schultern. »Aber in ihrem Inneren sind sie alle freundliche Schildkröten«, erklärte sie, was ihr ein riesiges Grinsen von Sky einbrachte. »Ich bin mir sehr sicher, dass dir keiner von ihnen etwas tun wird, also beruhige dich.«

»Er sagt immer *Pumpkin*«, meinte Cricket, auf Winter zeigend, »aber was er da beschreibt, klingt für mich eher nach einem Leseaffen als nach einem Kürbis. Ich weiß nicht, ob ich nach einem orangefarbenen Kürbis oder einem kleinen pelzigen Ding mit niedlichen Pfoten suchen soll.«

»*Ich* kann nicht glauben, dass er dir Pumpkin nicht schon eher gezeigt hat«, wunderte sich Lynx. »Er würde den ganzen Tag über Zweibeiner reden, könnte er jemanden finden, der ihm zuhört.«

»Zweibeiner«, formulierte Cricket, das Wort ausprobierend.

»Cousin«, rief Snowfall Winter zu, »Pumpkin geht es gut. Mach dich aber darauf gefasst, dass gleich deine ganze Welt auf den Kopf gestellt wird.«

Mit geneigtem Kopf machte Winter einen Schritt auf Snowfall zu, aber Cricket entdeckte die beiden Zweibeiner auf Skys Rücken zuerst. Sie sprang zu ihnen hinüber, ihre Augen so groß wie die Monde.

»Leseäffchen!«, rief sie. »Er meinte in Wirklichkeit lesende Affen! Ihr habt sie hier auch!«

»Meint sie etwa uns?«, flüsterte Wren Snowfall zu. »Und *was* für ein Drache ist das eigentlich?«

»Ich meine, kann deiner lesen?«, fuhr Cricket fort. »Oder sind sie eher wie normale Affen? Der, den ich gesehen habe, hielt etwas in der Hand, das einem Buch glich, kannst du dir das vorstellen? Affen, die lesen können, müssen auch schreiben können, meinst du nicht? Fragst du dich nicht, worüber sie schreiben würden? Affengeschichten! Kannst du dir etwas Faszinierenderes vorstellen?«

»Ja, eigentlich schon, könntest du mal kurz die Klappe halten?«, unterbrach Snowfall sie. »Versuch es mit Affen, die Drachisch sprechen können. Obwohl sie keine Affen sind. Wir nennen sie Zweibeiner.«

»Und *wir* bezeichnen uns als Menschen«, fügte Wren hinzu.

Oh ja, das waren die verblüfften Gesichter, die Snowfall erwartet hatte. Cricket und Winter schienen beide kurz davor, vom Planeten zu fliegen und auf den Monden aufzuschlagen.

Qibli fand seine Stimme zuerst wieder. »Hat sie – hat sie gerade –«

»Mein Name ist Wren«, stellte sie sich vor. Sie deutete auf den Drachen. »Sky. Und das ist Daffodil.«

Daffodil quietschte etwas.

»Nicht Pumpkin«, fügte Wren hinzu. »Sie möchte, dass ich das noch ein paar Mal wiederhole. Daffodil. Definitiv nicht Pumpkin.«

Winter legte eine Klaue an sein Gesicht und rieb es verwirrt. »Sie gab immer wieder ein Geräusch von sich, das wie Daffodil *klang*«, murmelte er. »Aber ich wusste natürlich, es konnte nicht Daffodil sein, weil das *unmöglich* ist.«

Wren zwitscherte Daffodil etwas zu, und Daffodil zwitscherte entrüstet zurück, dabei mit den Armen wedelnd.

»Können alle Menschen Drachisch sprechen?«, interessierte sich Cricket.

»Bandit konnte es nicht«, antwortete Winter. »Oder doch? Kennst du Bandit?«, fragte er Wren.

Sie zog die Augenbrauen hoch, und Qibli meinte: »Ich denke, wir können davon ausgehen, dass das nicht sein richtiger Name war.«

»Wren spricht besser Drachisch als jeder andere Mensch auf der Welt«, erklärte Sky stolz. »Sie ist ein Naturtalent. Das ganze Knurren und Brüllen passt zu ihrer Persönlichkeit.«

»Habt ihr Bücher?«, platzte Cricket heraus. »Ich meine, der Mensch, den ich auf dem anderen Kontinent gesehen habe, sah aus, als würde er ein Buch lesen, also habe ich mich gefragt, ob du vielleicht auch Bücher liest?«

»Wie kann das deine erste Frage sein?«, wunderte sich Winter.

»Ja, ich lese Bücher«, antwortete Wren. Sie neigte den Kopf und betrachtete Crickets erfreutes Gesicht und die achteckige Brille, die auf ihrer Schnauze ruhte. »Was für ein Drache bist du?«

»Sagtest du ›anderer Kontinent‹?«, fragte Sky.

»Ich bin ein Schwarmflügler aus Pantala, von der anderen Seite des Ozeans«, stellte sich Cricket vor und winkte vage nach Westen.

»Das ist ja verrückt, dass ihr dort drüben auch Zweibeiner habt«, grinste Qibli. »Ich frage mich, ob sie dieselbe Sprache sprechen wie diese hier.«

»Das tun sie«, bestätigte Snowfall. Sie hatte ihre Vision in Gedanken noch einmal durchgespielt. »Sie leben in den Höhlensystemen unter der Savanne. Und ich glaube ... ich glaube, sie wissen etwas über den Atem des Bösen.«

Kapitel 19

Snowfall erzählte von ihrer Vision, die sie in Gestalt eines Menschen auf den anderen Kontinent katapultiert hatte.

»Sie orakelte etwas über einen Abgrund. Sie sagte, er würde sich seltsam verhalten, was auch immer das bedeutet.« Snowfall schaute die anderen Drachen an. »Vielleicht hat es etwas mit der Gedankenkontrolle und der Pflanze zu tun.«

»Wir sollten es herausfinden!«, rief Qibli aufgeregt. »Das ist es! Eure Majestät, du hast die perfekte Lösung gefunden!«

»Habe ich das?«, fragte sie. »Ich meine, natürlich habe ich das, aber erklär du es.«

»Wir sollten unsere Armeen nicht in den Kampf gegen Königin Wasp schicken«, begann Qibli. Cricket zuckte zusammen, aber Qibli spreizte schnell seine Vorderklauen. »Warte, hör zu. Armeen sind für Kriege, in denen man so viele Drachen wie möglich töten will, bevor sie einen selbst töten. Aber wir wollen ihre Drachen nicht töten. Die meisten von ihnen sind Freunde und Familienmitglieder, die nicht kämpfen würden, stünden sie nicht unter Wasps Kontrolle. Was wir brauchen, ist ein Weg, sie zu befreien, und nicht einmal alle Armeen in Pyrrhia wären dazu in der Lage.«

»Sicher, aber mit allen Armeen aus Pyrrhia könnten sie zumindest Königin Wasp töten«, erwiderte Snowfall. »Vielleicht ist das alles, was wir tun müssen. Ich bin sehr angetan von diesem Plan.«

»Wir glauben nicht, es reicht aus, Königin Wasp zu töten«, erklärte Cricket mit einem leichten Schaudern. »Sie wird von etwas oder jemand anderem kontrolliert, nur das müssen wir wirklich bekämpfen.«

»Trotzdem könnten unsere Armeen helfen!«, überlegte Snowfall. »Mit den Betäubungspfeilen der Regenflügler könnten wir alle Schwarmflügler ausschalten und sie gefangen halten, während wir daran arbeiten, die anderen zu befreien und Königin Wasp auszuschalten.«Jetzt warf Winter ihr diesen schon beinahe vertrauten Blick zu, als hätten sich ihre Hörner rosa verfärbt und würden Limonade ausspucken.

»WAAAAAAAAAAAAAAAAS?«, rief Snowfall. »Warum siehst du mich so an?«

»Es tut mir leid, Eure Majestät«, lächelte er und senkte den Kopf. »Ich hätte nur ... nie erwartet, dass du eine der Königinnen bist, die dafür plädiert, den pantalanischen Drachen zu helfen.«

»Ich bin mit dem Konzept der EMPATHIE vertraut, Cousin«, schnaubte Snowfall frostig.

»Würdet ihr zwei bitte eure glamourösen Eisflügler-Schnauzen halten?«, bat Qibli. »Ich bin noch nicht fertig! Hört euch meinen genialen Plan an! Anstelle von Armeen müssen wir ein geheimes, verdeckt arbeitendes, getarntes Team von Drachen nach Pantala schicken. Ihr Auftrag: die Wahrheit über den Atem des Bösen herauszufinden und wie wir ihn zerstören können.«

»Das klingt ... viel leichter gesagt als getan«, bemerkte Winter.

»Ich möchte mit dem geheimen Tarnteam gehen!«, erklärte Cricket.

»ICH!«, rief der kleine Schwarmflügler von der Spitze des Felsblocks. »ICH TARN!« Sie sprang vom Felsen, schlug einen

Moment lang wild mit den Flügeln und plumpste dann mit einem Salto ins Gras. Daffodil hockte sich hin und streckte eine Hand aus, und der kleine Drachling wackelte hinüber, um fröhlich trällernd daran zu schnuppern.

»Die Wahrheit herausfinden?«, fragte Lynx. »Wie genau machen wir das?«Qibli zeigte auf Snowfall. »Indem wir in den Abgrund gehen.«Alle starrten ihn an. Mit dramatischer Verzweiflung schlug er mit den Flügeln. »Kommt schon, Leute! Habt ihr Moons Prophezeiung nicht zugehört? *Ein Geheimnis, das tief versteckt ruht, kann diejenigen mit wahrem Mut retten*, also die, die mutig genug sind nachzusehen. Was ist weiter unten als ein Abgrund? Im Ernst, diese Prophezeiung ist viel klarer als die letzte!«

»Drei Monde«, flüsterte Winter. »Ich sage das wirklich nur ungern, aber ich glaube, Qibli könnte recht haben.«

»Außerdem ist eine Tarnungsmission etwas, das wir zusammenstellen können, ohne Armeen und Soldaten von allen Königinnen zu benötigen«, meinte Qibli. »Ich denke, wir könnten alle für diesen Plan gewinnen.«

»Und während das Tarnteam unterwegs ist«, warf Snowfall ein, »könnten wir unsere Armeen bereit machen, für den Fall, wir brauchen sie *doch* noch für einen Kampf.«

»Tief versteckt«, wiederholte Cricket und starrte in Richtung der untergehenden Sonne. »Das ergibt einen Sinn, wenn alles in dieser Vision wahr ist. Aber wie sollen wir diesen Abgrund finden? Müssen wir ganz Pantala absuchen?«Qibli kratzte sich unbeholfen am Kopf. »Na ja«, murmelte er, »es wäre hilfreich, wenn wir jemanden hätten, der für uns mit den Zweibeinern sprechen könnte.« Er warf einen Seitenblick auf Sky und Wren.

»Auf keinen Fall«, widersprach Wren. »Ich weiß nicht, wovon

ihr redet, aber ich bin mir sehr sicher, dass mir das nicht gefällt.«

»Was?« Sky riss seinen Blick von einem Streifenhörnchen los, das gerade genüsslich etwas in der Nähe seiner Klauen knabberte. »Wie bitte? Was?«

»Wir bieten dir an, dich auf den anderen Kontinent zu bringen«, erklärte Cricket. »Um Menschen von jenseits des Meeres zu treffen! Kannst du dir das vorstellen? Überleg doch mal – wie werden sie wohl sein? Wie sehr unterscheidet sich ihr Leben von eurem, und wo gleicht es eurem? Ist das nicht eine unglaubliche Vorstellung?«

»Es gefällt mir ganz gut da, wo ich bin, danke«, maulte Wren. »Ich brauche keinen weiteren Kontinent voller Menschen, um den ich mich kümmern muss; dieser hier reicht völlig aus.«

»Aber du könntest so viele Drachen retten«, warf Qibli ein. »Solltest du uns helfen, die pantalanischen Menschen zu finden, die uns zum Abgrund bringen, können wir den Atem des Bösen aufhalten – ich meine, du würdest im Grunde die ganze Welt retten.«Wren zeigte auf ihn. »Das hört sich wirklich lustig an. Bis auf den Teil, wo ich wahrscheinlich gefressen werde und Sky wahrscheinlich den Atem des Bösen abbekommt, was auch immer das ist.«Sky schnaubte glucksend. »Leaf hat einen bösen Atem! Zumindest frühmorgens!«

»Sei still, du«, warnte Wren und stupste ihn an.

»Wir werden nicht zulassen, dass du gefressen wirst«, versprach Winter mit seiner edelsten Stimme. »Jeder Drache auf der Mission würde dich mit seinem Leben beschützen! Ich würde mich gerne für dich opfern!«

»Zu übertrieben«, grinste Qibli und tätschelte sanft Winters Klaue. »Sehr heldenhaft und kühn, aber du kannst einen Gang runterschalten.«

»*Ich* kann auf mich selbst aufpassen. Sky ist derjenige, um den ich mir Sorgen mache«, erklärte Wren. »Er ist kein ›super-geheimer‹ oder ein ›Kampf-gegen-das-Böse‹ Drache. Er ist ein ›aber-wissen-die-Bösen-etwas-über-Pandas-denn-dann-wären-sie-bestimmt-nicht-mehr-böse‹ Drache.«

»Ja, aber«, protestierte Sky, »ich meine ... Pandas! Habt ihr schon mal Pandas GESEHEN?«

»Besteht die Möglichkeit, dass du in Wirklichkeit ein Regenflügler bist?«, erkundigte sich Winter.

»Ihr könnt Sky nicht in ein Kriegsgebiet mitschleppen«, beschloss Wren und schlang ihre Arme, so weit sie reichten, um seinen Hals.

»Ich würde schon klarkommen«, meinte Sky, ihren Kopf mit seiner Schnauze anstupsend. »Die anderen könnten ja die schreienden, stechenden Teile übernehmen, während ich einfach mit den Menschen reden könnte. Und vielleicht gibt es auf dem anderen Kontinent etwas noch Niedlicheres als Pandas.«

»Bei uns leben viele verschiedene Arten von Affen«, berichtete Cricket hoffnungsvoll.

Snowfall merkte, dass Wren das alles nicht schluckte, und sie diejenige war, die die Entscheidungen für die beiden traf. *Denk wie ein Zweib ... – Mensch*, dachte sie. *Erinnere dich daran, wie es war, Raven zu sein. Was wollten sie? Worüber haben sie sich Sorgen gemacht? Was weiß ich, das Wren umstimmen könnte?*

»Mensch«, begann sie. »Ich meine, Wren. Hör zu. Was wäre, wenn die Vereinbarung auf Gegenseitigkeit beruhen würde? Du und Sky helft uns, die Drachen zu retten, und wir helfen euch, die Menschen zu retten.«Wren blickte zu Daffodil hinüber, die den kleinen Schwarmflügler in die Luft warf und dann wieder auffing, während der Drachling kicherte. »Sprich weiter.«

»Die Königinnen aller Drachenstämme sind im Moment hier in Sanctuary«, fuhr Snowfall fort. »Als Gegenleistung für eure Hilfe könnten wir einen Erlass verabschieden, dass Drachen in keinem unserer Reiche mehr Menschen jagen oder essen dürfen.«

»Oooooooooooooooooh«, rief Sky und tippte Wren erneut an. »Ivy würde das *toll* finden!«

»Jeder Mensch würde das toll finden«, ergänzte Wren. »Aber würde es funktionieren? Hören Drachen auf ihre Königinnen? Wie würde es durchgesetzt werden? Und was ist, wenn die nächste Königin den Erlass rückgängig macht?«

»*Mein* Stamm hört auf seine Königin«, erklärte Snowfall hochmütig. »Und es wird für eine SEHR lange Zeit keine ›nächste Königin‹ geben.«

»Es ist einen Versuch wert, oder?«, fragte Qibli Wren. »Es würde wahrscheinlich eine Menge Menschen retten, auch wenn einige Drachen den Befehlen nicht gehorchten.«

»Ich *liebe* diesen Plan«, frohlockte Sky. »Lasst uns diesen Plan *umsetzen*!«

»Das ist eine großartige Idee«, stimmte Qibli Snowfall zu.

»Siehst du?«, raunte Lynx und schlug sanft auf Qiblis Flügel. »Ich habe es dir gesagt. Die beste Königin aller Zeiten.«Snowfall plusterte ihre Flügel auf und warf Winter einen »Wer-ist-JETZT-die-beste-Cousine-für-den-Thron?«-Blick zu, was ein wenig ungerechtfertigt schien, hatte er doch nie Anzeichen für eine Bevorzugung Crystals gezeigt. Aber er war der nächstbeste Eisflügler, demgegenüber sie eine selbstgefällige Miene aufsetzen konnte.

Ehrlich gesagt dachte sie, die anderen Königinnen würden wahrscheinlich ein solches Edikt ohnehin erlassen, auch ohne

Wrens Zustimmung, nach Pantala mitzukommen. Hatten sie erst einmal begriffen, dass Zweibeiner wie Drachen denken, lesen und sprechen konnten, würden sie vermutlich gar kein Interesse mehr daran haben, sie zu fressen.

»Auch keine Zweibeiner mehr als Haustiere«, forderte Wren und zeigte wieder mit dem Finger auf Winter. Vielleicht hatte sie die wehmütigen Blicke bemerkt, die er Daffodil immer wieder zuwarf. »Auch das muss in den Erlass hinein.«

»Es sei denn, sie wollen Drachen-Haustiere sein«, ergänzte Sky. »Oder sie bekommen ganz *niedliche* Hüte.«

»Mögen Menschen Hüte?«, fragte Winter hoffnungsvoll. »Ich könnte P – Daffodil einen Hut schenken!«

»Nein, wir mögen KEINE Hüte.« Wren blickte Sky böse an. »Und Daffodil wäre das schlechteste Haustier, wirklich. Sie wäre aber vielleicht bereit, eine Weile bei dir zu bleiben und mit dir ihr Drachisch zu verbessern, würdest du ihr *zuhören* und sie nicht einsperren.«

»Und wenn du sie weiter mit Bumblebee spielen lässt«, bemerkte Cricket. Der Schwarmflügler-Drachling hatte sich jetzt um Daffodils Schultern geschlungen, das Haar des Menschen zwischen ihren Krallen aufgewickelt.

»Ich verspreche es«, bestätigte Winter sanftmütig. »Keine Haustiere mehr. Ich werde allen anderen Bescheid sagen.« Er warf Qibli plötzlich einen entsetzten Blick zu. »Smolder hat ein menschliches Haustier! Er hat sie schon seit Jahren! Wir müssen sofort losfliegen und ihn überreden, sie freizulassen!«

»Oh, nein, ihr geht es gut«, erklärte Wren. »Wir haben uns getroffen, und sie ist glücklich, mach dir keine Sorgen um sie.«

»Hmph«, schnaubte Winter leise.

»Lasst uns mit den anderen Königinnen reden«, schlug Snowfall vor. »Ihr zwei könnt hierbleiben und über unser Angebot nachdenken, und wir hoffen, ihr seid noch hier, wenn wir zurückkommen.« Sie winkte Qibli gebieterisch zu und fegte mit Lynx, die neben ihr hertrottete, über die Lichtung.

Wird das funktionieren? Snowfall schnippte mit dem Schwanz. *Eine kleine Gruppe von Drachen nach Pantala zu schicken, bewaffnet mit einer Klaue voller Betäubungspfeile, einem Spruch aus einer Prophezeiung und einem Zweibeiner?*

Sie dachte an Wasps unheimlich bösartiges Gehirn, durchzogen von bösen Ranken.

Gibt es irgendetwas, das Tau und Bryony, Blue und Io und alle anderen retten kann?

Oder hat die Prophezeiung recht … und keiner der Stämme wird überleben?

TEIL DREI

EISMAUERN

Kapitel 20

In der Nacht vor ihrer Rückkehr ins Königreich des Eises träumte Snowfall überhaupt nichts. Sie schlief friedlich bis weit nach Sonnenaufgang und wachte ausgeruht auf. Sie nahm das Rascheln von Blättern, Sonnenlicht und einige besorgte Eisflügler-Gesichter wahr, die sich abwandten, als sie die Augen öffnete.

Bis auf zwei. Lynx und Crystal blieben, wo sie waren, und beobachteten sie. Lynx sah wie immer abartig fröhlich aus, und Crystal trug eine Maske der Langeweile über etwas, das Snowfall jetzt als Nervosität erkannte. Ihr Schwanz zuckte ständig hin und her, und sie warf gelegentlich einen Blick zu den Bäumen, als würde sie darüber nachdenken wegzufliegen.

»Guten Morgen«, grüßte Snowfall und streckte sich. »Crystal, ich habe eine Entscheidung getroffen. Möchtest du irgendwann, aus welchem Grund auch immer, ins Königreich des Eises zurückkehren, gebe ich dir mein Wort, ich lasse dich nicht töten. Es sei denn, du kommst mit einer Armee, um zu versuchen, meinen Thron zu stehlen. Dann werde ich dich wahrscheinlich töten müssen. Ich schätze also, ich meine, wenn du jemals ins Eisreich zurückkehren möchtest, egal aus welchem Grund, außer er hat etwas mit meiner Absetzung zu tun, bist du willkommen, und du wirst sicher sein.«

»Oh«, begann Crystal. »Ich – danke. Falls es hilft, ich habe nicht die Absicht, jemals eine Armee aufzustellen, um den Thron zu stehlen. Ich will ihn wirklich nicht.«

»Du Verrückte«, meinte Snowfall, allerdings sehr freundlich. »Außerdem gebe ich dir meine Erlaubnis, Gharial zu heiraten.«

»Mir war nicht bewusst, dass ich die brauche«, erklärte Crystal augenzwinkernd, »aber auch dafür danke ich dir.«Snowfall wedelte mit einer Klaue. »Erlaubnis, Segen, wie auch immer du es nennen möchtest. Deine Königin wird dir nicht böse sein. Du wirst nicht verbannt werden.«Crystal neigte ihre Schnauze einen Moment lang nach unten und sah dann mit verdächtig glänzenden Augen wieder auf. »Das weiß ich zu schätzen«, bekundete sie.

»Du freust dich tatsächlich mehr darüber, dass ich deinen Erdflügler akzeptiere, als über mein Versprechen, dich nicht zu töten! Das finde ich echt albern«, meinte Snowfall.

»Ich weiß«, antwortete Crystal mit einem kleinen Lachen, sich die Augen wischend. »Ich bin eigentlich nur gekommen, um mich zu verabschieden. Ich habe gehört, du fliegst heute nach Hause.«

»Ja«, bestätigte Snowfall. »Wir hielten gestern einen ausgezeichneten Königinnenrat, und ich habe darin eine ganz hervorragende Königin abgegeben, nicht wahr, Lynx?«

»Absolut großartig«, stimmte Lynx zu.

»Allerdings brauchen wir einen besseren Namen als ›geheimes Tarnteam‹«, bemerkte Snowfall. »Jedenfalls haben die Königinnen beschlossen, niemand isst ab jetzt Zweibeiner, und wir haben für Pantala die Gruppe ausgewählt, die den Abgrund und die pantalanischen Menschen sucht. Das bedeutet, sie müssen eine weitere Karte zu diesem Kontinent mitnehmen, daran lässt sich leider nichts ändern. Ich persönlich finde, sie sollten sie bei ihrer Ankunft aufessen.«

»Ich kann das mit den Zweibeinern immer noch nicht glauben«, sagte Crystal und sah dabei ein wenig grün aus. »Wenn ich daran denke ... Ich darf einfach nicht darüber nachdenken.«

»Ich habe das Gefühl, ziemlich viele Drachen werden sehr entsetzt sein«, stimmte Lynx ihr zu.

»Und einige andere werden die Wahrheit über sie vehement leugnen, um sich nicht schlecht fühlen zu müssen«, gab Snowfall zu bedenken. »Aber das ist ein Problem für einen anderen Tag. Mein heutiges Problem beginnt wohl, wenn ich nach Hause komme und wieder alle Namen auf der blöden Ranglistenwand neu anordnen muss.«

»Oh, wow, die Wand«, lachte Crystal. »Die habe ich total vergessen.«

»Wie kannst du die Wand vergessen?«, fragte Snowfall schockiert. »Du bist immer noch an der Spitze des ersten Kreises! Ich habe dich dort gehalten!«Crystal zuckte mit den Schultern. »Ich glaube, ist man erst mal lange genug weg, merkt man, wie sinnlos das Ganze ist.«Lynx schnitt Snowfall eine Grimasse, die deutlich ausdrückte: »Genau das habe ich auch gesagt! Weißt du noch, wie du mich damals total angeschrien hast? Ich hatte völlig recht, und jetzt sieh mal, sie findet das auch!«

»Also dann«, verabschiedete sich Snowfall. »Grüß deinen Erdflügler von uns. Dämlicherweise muss ich noch den halben Tag enorm höflich zu den anderen Königinnen sein, bevor wir aufbrechen können.«

»Du klingst heute viel mehr nach dir selbst«, bemerkte Lynx.

War das wahr? Möglicherweise hatte eine Nacht ohne Visionen sie wieder ganz zu sich selbst gebracht. Vielleicht waren die Visionen vorbei? Snowfall zog hoffnungsvoll an dem Ring.

Nein. Er saß immer noch fest. Die Wachen würden wohl in ihrer Nähe bleiben müssen, um sie aufzufangen, falls sie auf dem

Rückflug plötzlich vom Himmel stürzen sollte.

Die Königinnen hatten beschlossen, sie wollten sich *dem Bösen mit vereinten Klauen stellen*, indem sie je einen Drachen aus jedem Stamm auf die Mission schickten. Snowfall persönlich hielt ein Team von zehn Drachen nicht für die *raffinierteste* Version einer Tarnungsmission, aber sie verspürte keine Lust, sich mit der Frage zu befassen, welche Stämme nicht daran teilnehmen sollten.

Einige der Entscheidungen waren einfach – sie hatten zum Beispiel nur einen Schwarmflügler, Sky musste der Himmelsflügler sein, und Tsunami machte sich nicht die Mühe, jemanden um Erlaubnis zu fragen, der Meeresflügler zu sein, obwohl Königin Coral damit einverstanden schien, als sie ankam.

Luna und Sundew überzeugten Hazel, sie als die Vertreterinnen der Seidenflügler und Blattflügler zu nominieren. Königin Thorn sah besorgt aus, als Qibli verkündete, er wolle gehen, aber sie stimmte zu, dass er die beste Wahl sei. Snowfall erkannte, wie sehr sie an ihm hing.

Königin Moorhen bot einen kräftigen Erdflügler an, der fast doppelt so groß war wie die meisten anderen Drachen, einen Freiwilligen namens Bullfrog. Königin Glory musste sich für zwei Drachen entscheiden; sie wählte einen ernst aussehenden Regenflügler mit dem sehr albernen Namen Pineapple und Moon für die Nachtflügler.

Snowfall musste die schwerste Entscheidung treffen, wie sie fand, denn zwei Eisflügler wollten unbedingt dabei sein. Auf der einen Klaue wünschte sie sich, Lynx käme mit ihr ins Königreich des Eises zurück, um ihrem neuen Rat beizutreten und Snowfall bei Verstand zu halten. Auf der zweiten Klaue vertraute sie Lynx mehr als jedem anderen Eisflügler, und sie war sich sicher, Lynx wäre klug und clever genug, um bei der Mission sehr nützlich zu sein.

Auf der dritten Klaue verhielt sich Winter gelegentlich auch ziemlich klug, und sie würde ihn nicht annähernd so sehr vermissen. Aber auf der vierten Klaue, würde sein Einsatz wirklich zählen, wo er doch technisch gesehen verbannt und nicht Teil des Stammes war? Würde Snowfall die ganze Mission aufs Spiel setzen, nur, weil sie ihre Freundin in ihrer Nähe behalten wollte?

All das verschwieg sie ihnen, aber sie gestand sich zähneknirschend ein, dass *Freundin* wohl doch am besten ihre Gefühle für Lynx beschrieb.

Am Ende entschied sie sich für Lynx. Winter würde in Sanctuary nützlich sein, das Zweibeiner-Projekt beaufsichtigen und auf Daffodil aufpassen. Snowfall mochte gar nicht an Wrens Reaktion bei deren Rückkehr aus Pantala denken, wäre jemand in der Zwischenzeit versehentlich auf Daffodil getreten.

Als sich das Tarnteam versammelt hatte, fand eine Zeremonie für seine Mitglieder statt, die eine Menge unbeholfenes Klauenhalten und Reden der Königinnen beinhaltete. *Langweilig, so langweilig*, dachte Snowfall und versuchte, Lynx nicht allzu oft anzustarren, sollte sich in ihren Augen etwas Dummes oder sogar Tränen spiegeln.

Sie wird zurückkommen. Sie muss zurückkommen.

So beobachtete sie Sky, der SO BEGEISTERT von all seinen neuen Drachenfreunden, seiner tapferen Bestimmung, seinem heldenhaften Schicksal und absolut ALLEM war. Doch plötzlich wurde ihr klar, wie sehr sie sich um ihn sorgen würde, geriete sein süßes, grinsendes Gesicht in Gefahr, und sie richtete ihren

Blick stattdessen auf Bullfrog. Hier bestand keine Gefahr, dass sie wegen *ihm* sentimental werden würde.

Als die höflichen Verabschiedungen schließlich begannen, atmete Snowfall tief durch. Es gab etwas, das sie tun musste, auch wenn es ihre Ängste bis zu den Monden hochschnellen ließ.

Sie ging über die Lichtung zu Sundew, die, die Schwänze ineinandergeschlungen, mit Willow zusammensaß und eine ihrer Klauen festhielt. Willow sah aus, als hätte sie den ganzen Morgen geweint.

Sundew neigte ihren Kopf, um Snowfall anzusehen. »Ja?«

»Wir besitzen keine Waffen wie die Regenflügler-Pfeile, die wir euch anbieten könnten«, erklärte Snowfall und nickte zu dem Stapel, den Pineapple gerade in Beutel sortierte. »Aber ich wollte dir etwas anderes geben, da ich davon ausgehe, dass du die Anführerin dieses Teams sein wirst, oder sein solltest, egal was Tsunami denkt. Und du hast recht, unsere Magie sollte euch eine Hilfe sein, und wenn irgendein Stück Magie dazu in der Lage ist, dieses Ding dort drüben zu besiegen, dann denke ich, solltest du es haben.«Sie löste das Geschenk der Tarnung von ihren Klauengelenken. Sundew setzte sich auf und strahlte wie das Nordlicht. »Magie?«, wiederholte der Blattflügler.

»Damit habe ich meine Armee unsichtbar gemacht«, fuhr Snowfall fort und reichte ihr die Armbänder. Es fühlte sich ein wenig so an, als würde sie sich die Hörner abreißen und sie weiterreichen, nachdem sie so viele Tage lang das beruhigende magische Gewicht der Armbänder an ihren Armen gespürt hatte. »Wir nennen sie das Geschenk der Tarnung, und da diese Magie buchstäblich diesen Namen trägt und Tarnung eure Mission ist, meine ich ... es ergibt einfach Sinn.«Ehrfürchtig legte Sundew sie an, das blasse silberne Metall hob sich seltsam von ihren dunkelgrünen und goldenen Schuppen ab. »Wie funktionieren sie?«Anhand der Notizen in der Schatzkammer erklärte Snowfall alles, und Sundew übte, sich selbst, dann Willow und dann beide unsichtbar zu machen. Als sie wiederauftauchten, schlang Willow ihre Flügel um Snowfall.

»Danke«, flüsterte sie Snowfall ins Ohr. »Jetzt mache ich mir etwas weniger Sorgen.« *Was mache ich nur?*, dachte Snowfall. *Ich verschenke einen der seltenen Animare-Schätze meines Stammes? Vielleicht einen der letzten, die jemals in dieser Welt hergestellt wurden?*

Ich gebe die Magie der Eisflügler auf ... für einen fremden Drachen aus einem weit entfernten Land.

Snowfall straffte die Schultern, als Willow zurück an Sundews Seite ging.

Ich habe mich entschieden, ihnen zu vertrauen. Es ist das Richtige, das zu tun. Sie brauchen es, um den Atem des Bösen zu besiegen, und wir alle brauchen sie, um erfolgreich zu sein.

»Ich werde sie zurückbringen«, versprach Sundew. »Wenn wir gesiegt haben und alle in Sicherheit sind, gebe ich sie dir zurück. Ich danke dir, Königin Snowfall.«

»Viel Glück«, wünschte Snowfall. Sie trat einen Schritt zurück und warf einen letzten Blick auf das Geschenk der Tarnung. Dann drehte sie sich um und ging, auf der Suche nach Winter, hinauf zum See.

»Hallo«, grüßte sie und erschreckte ihn dabei so, dass er den Fisch, den er gerade gefangen hatte, fallen ließ. »Ich erkläre hiermit, du bist nicht mehr verbannt. Es sei denn, du möchtest es. Außerdem kannst du wieder auf diese Schule gehen, wenn du willst. Es ist mir immer noch egal.« Sie zögerte. »Aber ... Ich glaube, es gibt einen SEHR winzigen Teil von mir, der ... willdassduglücklichbist«, beendete sie hastig ihre Rede.

Winter tauchte seine Vorderklauen in den kalten See und lächelte auf das Wasser hinab, wobei er ein wenig überrascht, verlegen und erfreut zugleich aussah. »Danke, Eure Majestät«, antwortete er.

»Baah«, grinste sie. »Das ist wirklich zu seltsam. Nenn mich einfach Königin Snowfall.«Er lachte, dann wurde sein Gesicht wieder ernst. »Snowfall, du bist meine Königin, und die Eisflügler werden immer mein Stamm sein, ob ich nun verbannt bin oder nicht. Aber der Jadeberg und Sanctuary ... sie haben mir das Gefühl gegeben, zu einem größeren Stamm zu gehören, dass ich mehr wert bin als nur ein Platz an der Wand.«

»Hmmm. Ich *nehme* an, das bist du«, bestätigte Snowfall. »*Möglicherweise* ist das jeder, aber das hast du nicht von mir gehört. Viel Glück mit dem kleinen Daffodil-Menschen. Lass von dir hören, Winter.«Snowfall bahnte sich einen Weg durch all die höflichen Verabschiedungen von den anderen Königinnen und fand schließlich ihre Wächter, die auf sie warteten und bereit waren loszufliegen. Bei ihnen stand Lynx, die ebenfalls bereit zum Abflug zu sein schien.

»Gehst du morgen nicht auf eine Mission?«, fragte Snowfall stirnrunzelnd.

»Übermorgen, um genau zu sein«, antwortete Lynx. »Ich fliege zuerst mit dir nach Hause und treffe dann die anderen an Jerboas Strand.«Snowfall verzog keine Miene, aber sie spürte, wie ihr innerer Drache ein albernes Sky-Gesicht zog. »Oh«, sagte sie. »Nun gut, ich nehme an, das ist in Ordnung für mich.

Brauchst du etwas aus dem Palast? Drachen, von denen du dich verabschieden musst?«Lynx stupste sie lachend in die Seite. »Ich möchte noch ein paar Tage mit dir verbringen.«Snowfall knirschte mit der Schnauze, damit sie nicht anfing zu strahlen oder in Tränen auszubrechen. »Na ja. Na schön. Na gut. ICH NEHME AN, DAS IST AUCH IN ORDNUNG FÜR MICH.«Es war schon spät am Tag, als Snowfall, Lynx und die anderen zehn Eisflügler die Große Eisklippe erreichten. Snowfall sah sie zuerst, wie sie vor ihnen in der Ferne aufragte, riesig und rotgolden im Sonnenuntergang leuchtend.

Seit Tausenden von Jahren hat sie alle anderen Stämme aus dem Königreich des Eises ferngehalten. Wir dachten immer, sie würde uns schützen. Ich hielt sie für so wichtig und wollte sie sogar um uns herum weiter ausdehnen, damit sich mein Stamm sicher in unseren Iglus und Eispalästen verschanzen und niemals jemand über unsere Eismauern gelangen könnte.

Aber hätten wir uns alle im Eiskönigreich verkrochen, hätte uns Darkstalkers Seuche getötet. Wir brauchten Drachen aus anderen Stämmen, die zusammenarbeiteten, um seine Magie zu erkennen und einen Weg zu finden, uns zu retten. Wir brauchten Hybriden wie Typhoon, die die Klippe überqueren konnten und von der Seuche verschont blieben, um uns diese Ohrringe zu bringen.

Nur durch die Verbindungen zu den anderen Königreichen haben wir überlebt.

Ihr Flügelschlag verlangsamte sich. *Und wenn der Atem des Bösen hierherkommt ... wenn er zuerst im Königreich des Eises landet ... werden wir diese Verbindungen vielleicht wieder brauchen.*

Außerdem will ich wissen, was auf Pantala passiert. Ich will, dass die Drachen kommen und es mir erzählen können!

Ich möchte, dass Sundew und Sky direkt in mein Königreich fliegen und mich aufsuchen können, falls es nötig ist.

Plötzlich geriet sie in eine Windströmung, die sie auf die Klippe zutrieb. Erschrocken drehten sich die anderen um, um ihr zu folgen.

Snowfall landete oben auf der Klippe und sah, wie die steile Felswand zu beiden Seiten ihrer Klauen abfiel. Lynx schwebte neben ihr und schlug mit ihren Flügeln in der Luft.

»Was ist los?«, fragte Lynx.

Snowfall rückte ihre kleine, elegante Krone zurecht. »Habe ich dir jemals verraten, was das ist?«, fragte sie und zeigte auf das Schmuckstück. »Es ist das Diadem der Stärke. Schon gut, schon gut, hör auf zu lachen. Es macht mich sehr, sehr, sehr stark, also ist es noch eine dümmere Idee, über mich zu lachen, als es normalerweise der Fall ist! Wie dem auch sei, ich hatte kaum Zeit, damit zu experimentieren, denn wie sich herausgestellt hat, war dies keine Expedition, bei der man irgendwelche Drachen verprügeln musste.«

»Ich für meinen Teil bin ganz froh, dass wir keinen Drachen verprügeln mussten«, bemerkte Lynx.

»Willst du sehen, wie stark ich bin?«, fragte Snowfall. Mit der Faust schlug sie auf das Eis unter sich ein.

Wo ihre Klauen auf das Eis trafen, brachen Risse hervor, und die Oberfläche unter ihr bebte. Sie schlug noch einmal mit ihrer ganzen Kraft zu, und musste sich in die Luft erheben, da die Klippe noch stärker zu beben begann, Eisbrocken abbrachen und in einer Lawine auf den Schnee unter ihr hinabdonnerten.

Wieder und wieder schlug Snowfall auf die Klippe ein und löste damit weitere Kaskaden aus Eis und Schnee aus. Endlich hatte sie ein ziemlich beeindruckendes Loch hineingeschlagen, sofern sie das beurteilen konnte.

Uff. Jetzt taten ihre Fäuste weh, ihre Muskeln schmerzten, und sie fühlte sich SEHR müde.

Aber der Blick in den Gesichtern der anderen Eisflügler wog alles auf.

»Das ist ja der Wahnsinn«, rief Lynx und flog hinunter, schwebte durch die Lücke in der Klippe, als wolle sie sich vergewissern, dass sie echt war. »Ist der Zauber damit gebrochen? Können andere Stämme sie jetzt gefahrlos passieren?«

»Ich bin mir nicht ganz sicher«, antwortete Snowfall. »Aber bald werden wir mit vielen weiteren Drachen zurückkommen und den Rest abreißen.« Vor Schmerz leicht zusammenzuckend, schüttelte sie ihre Krallen aus. »Vielleicht lasse ich jemand anderen das Diadem der magischen Stärke tragen, und ich übernehme stattdessen den Part des Herumkommandierens.«

»Wow.« Lynx nahm eine Klaue voll Schnee und legte sie um Snowfalls Krallen. »Was ist aus ›alle-sind-böse-und-man-kann-ihnen-nicht-trauen‹ geworden?«Snowfall sah sie mit ernster Miene an. »In dieser Woche war ich schon sechs verschiedene Drachen und ein Mensch, und nur einer von ihnen war böse. Ich bin jetzt praktisch ein Experte für andere Drachen. Und mit meinem Wissen über all das kann ich jetzt mit Sicherheit sagen, dass *einige* Drachen doch *nicht böse* sind.«

»*Einige* Drachen!«, wiederholte Lynx in gespielter Überraschung. »Bist du sicher?«Snowfall schnippte sie mit dem Schwanz an. »Ich würde sogar sagen, die *meisten* Drachen. Aber bei dir bin ich mir nicht so richtig sicher. Leider bin ich davon überzeugt, dass das Gesicht, das du machst, wenn du denkst, du hättest gewonnen, dich direkt in die Kategorie böse einordnet.«

»Schön«, grinste Lynx. »Solange ich immer noch gewinne.« Sie blickte hinauf zum dunkler werdenden Himmel, wo die Sterne zu glitzern begannen. »Es ist schon ein bisschen spät, um den restlichen Weg zum Eispalast zu fliegen. Vielleicht könnten wir unser Lager im Schnee aufschlagen. Was hältst du davon, noch eine Nacht weg vom Palast zu bleiben?«

»Ja. Das sollten wir tun«, stimmte Snowfall zu. Sie wandte sich an die Wachen. »Wenn ihr alle einverstanden seid.«Sie blinzelten erschrocken, bevor einer von ihnen antwortete: »Natürlich, Eure Majestät, was immer Ihr wünscht, ist uns recht.«Es war ziemlich überwältigend, wieder im Königreich des Eises zu sein und ihre Schlafplätze in einem Haufen Schnee einzurichten. Snowfall wälzte sich eine Weile in ihrer Kuhle herum, um sich den Staub von den Schuppen zu wischen, bis sie sich wieder glänzend und kalt anfühlte.

Dann rollte sie sich zusammen und starrte auf den Opalring. Es war den ganzen Tag über still gewesen. Waren die Visionen wirklich weg? Wenn ja, warum steckte er dann noch an ihrer Klaue? Lag er nur auf der Lauer, um ihr gleich einen ganzen Haufen schrecklicher Drachen auf den Hals zu hetzen?

»Hey, Zauberring«, flüsterte sie. »Ich habe alle deine Visionen ertragen. Ich habe diesen pantalanischen Drachen erzählt, was du mir gezeigt hast. Ich habe Frieden mit den Zweibeinern geschlossen! Ist es das, was du wolltest?«*Funkel, funkel, selbstgefälliges Gefunkel.*

»Ich habe kein Problem damit, wenn die Visionen aufhören«, flüsterte Snowfall. »Keine Visionen mehr wären völlig in Ordnung. Aber wenn du mir heute Nacht noch eine bescheren musst, könnte es dann bitte die sein, um die ich gebeten habe? Kannst du mir sagen, was mit der Animare-Magie passiert ist und warum sie nicht funktioniert? Wenn es einen Weg gäbe, sie zu reparieren, könnten wir sie benutzen, um den pantalanischen Drachen zu helfen. Aber wenn nicht ... dann wäre dieses Wissen auch gut, damit wir uns zumindest keine Sorgen mehr machen müssen. Was meinst du dazu?« *Funkel, funkel, funkel, geheimnisvolle Opal-Gedanken.*

»In Ordnung«, murmelte Snowfall und spürte, wie ihre Augenlider zufielen. »Was immer du tun kannst.« Sie gähnte »Danke« und glitt in den Schlaf.

Kapitel 21

Es regnet. Wie immer. Sie hasst das Königreich der Erde; sie hasst alles daran, angefangen bei dem glitschigen Sumpf zwischen ihren Klauen bis hin zu dem unaufhörlich gurgelnden Wasser, das von irgendwoher kommt. Es ist nie warm genug, und sie fühlt sich nie trocken, selbst wenn sie sich in ihre Höhle zurückzieht. Sie ist in ständiger Sorge, Königin Crane könnte sie finden und sie müsste in ein anderes Königreich fliehen.

Aber sie konnte nicht länger in der Festung bleiben. Sie ist sich nicht sicher, ob sie jemals wieder ihre Klauen in die Wüste setzen kann – zumindest nicht, bis Königin Scorpion tot ist. Und das wird noch lange dauern, dank der Heil- und Langlebigkeitszauber, die Jerboa für sie sprechen musste.

Aber ich habe Nein gesagt, als es wirklich darauf ankam, *erinnert sie sich. Ich habe die Himmelsflügler gerettet.*

Und wahrscheinlich noch viel mehr Drachen. Königin Scorpion hätte niemals aufgehört. Sie würde immer mehr wollen: mehr Land, mehr Macht, mehr von Jerboas Magie.

Es ist fast so, als hätte sie ihre Seele verloren, nicht ich.

Jerboa reckt ihre Klauen, um sich selbst zu testen. Habe ich heute Lust, jemanden zu ermorden? Nicht besonders. Wie wäre es mit etwas sinnloser Gewalt, steht das auf dem Programm? Ich glaube nicht. Was halten wir von kleinen Drachlingen? Findest du sie immer noch niedlich? Kein Grund, sie zu töten, oder?

Sie seufzt und stützt ihren Kopf auf ihre Klauen. Schon immer hat sie sich einen eigenen Drachling gewünscht, aber Königin Scorpion hat sie von den anderen Drachen ferngehalten. Und jetzt, wo sie auf der Flucht ist, ist dieser Traum noch weiter entfernt als je zuvor.

Es sei denn, ich setze meine Magie ein.

Sie setzt sich, aufgeschreckt durch diese Vorstellung, auf und ist plötzlich hellwach.

Das könnte ich tun. Ich glaube, ich könnte es – einen Stein so verzaubern, dass er sich in ein Drachenei verwandelt – würde das funktionieren? Vielleicht muss der Gegenstand bereits irgendeine Form von Leben enthalten ... Ich habe noch nie etwas zum Leben erweckt. Stand das auf der Liste der Dinge, die Animare-Magie nicht bewirken kann?

Aber ich *könnte* ein fremdes Ei stehlen und den Drachen darin in einen Sandflügler wie mich verwandeln.

Halt. Das könnte ein böser Gedanke gewesen sein.

Sie reibt sich die Schläfen und überlegt, was sie tun könnte.

Richtig, ja: Ein fremdes Ei zu stehlen, wäre schlecht.

Was wäre, wenn ich eine andere Art von Ei finde – ein Schlangen- oder Straußenei – und es in ein Drachenei verwandle?

Und was auch immer darin lebt, könnte ich zu einem Drachling machen? Meinem eigenen Drachling, der nur mich lieben würde, für immer?

Sie ist so begeistert von diesem Plan, dass sie fast in den Regen hinausläuft, um sofort ein Ei zu suchen. Doch an der Schwelle der Höhle hält sie inne.

Warte. Sei vorsichtig. Es wäre nicht sicher, jetzt einen Drachling in mein Leben zu lassen. Wenn Scorpion uns findet, könnte sie ihn gegen mich verwenden.

Warte deine Zeit ab, Jerboa. Scorpion ist nicht die Einzige, die mit Langlebigkeit verzaubert wurde. Ich könnte auch ewig leben, falls ich es wollte.

Ich muss nur geduldig sein, sie wird verschwinden, und dann erschaffe ich meinen Drachling, und wir können ins Königreich des Sandes zurückkehren und in Frieden leben.

Ja. Ein wirklich guter Plan. Nicht böse, oder?

Ganz genau. Nicht böse.

Sie umarmt sich selbst mit ihren Flügeln, rollt sich an die Höhlenwand, schläft ein und träumt von ihrem schönen Drachling.

Endlich ist sie wieder in die Wüste zurückgekehrt. Sechzig Jahre des Versteckens waren lange genug. Und lange genug für die Regentschaft einer Königin, vor allem für eine machtbesessene.

Immer wieder sterben Königinnen im Schlaf an unerwarteten Herzanfällen. Es hätte jeden Moment passieren können, auch ohne magische Hilfe.

Und wirklich, ich meine – sechzig Jahre. Das ist mehr als genug.

Ihre Tochter ist perfekt, und sie ist hier, an diesem perfekten Ort, umgeben von Sand und Wind und dem weiten, offenen Himmel.

»Willkommen zu Hause«, sagt sie.

Jerboa die Dritte antwortet nicht. Sie ist ein wenig verärgert, hat sie doch gerade versehentlich erfahren, dass es bereits eine Jerboa die Zweite gegeben hat. Jerboa selbst, die erste Jerboa, hatte nicht vor, jemals über die Tochter zu sprechen, die schiefgegangen war. Weil es nicht wichtig *war. Sie war weg, und nun waren Jerboa und die nächste Jerboa zusammen, und sie konnten einfach glücklich sein, oder?*

»Ich will einen anderen Namen«, forderte die kleinere Jerboa. »Einen eigenen.«

»Warum? Jerboa ist ein schöner Name.«

»Weil ich mein EIGENER DRACHE *sein* WILL*«, faucht sie. »Nicht nur eine deiner hundert Kopien von dir.«*

»Ich habe nicht Hunderte von Kopien von mir gemacht«, argumentiert Jerboa.

Obwohl, bedachte man es genau, könnte sie das doch tun, oder? Sie testen und abwarten, welche von ihnen eine angenehme Gesellschaft sind und welche als mürrische Miesepeter enden. Sie ist sich sicher, sie selbst war nie so schlecht gelaunt! Die jetzige Version kann also keine ALLZU *genaue Kopie von ihr sein. Vielleicht wäre es schöner, eine genauere Kopie um sich zu haben.*

War das ein böser Gedanke?, *flüstert eine Stimme wie aus weiter Ferne.*

»Du hättest Hunderte von Kopien erschaffen können, und ich hätte es nie erfahren«, ätzt die kleine Jerboa. »Ich könnte Nummer 847 sein oder so.«Achthundertsiebenundvierzig Drachlinge klingt anstrengend. Sollte sie auch nur einen nach dem anderen testen, hätte Jerboa keine Lust, immer wieder neu zu beginnen, jedem einzelnen das Jagen beizubringen und sich ihre endlosen Fragen anzuhören.

Aber ich könnte ein paar ausprobieren, bis mir ein ruhiger, angenehmer gelingt.

»Jerboa hat nicht mal einen guten Spitznamen«, murmelt ihre Tochter. »Jerb? Jerbie? Boa ... Ich schätze, du könntest mich Boa nennen.«Jerboa zuckt mit den Schultern. Undankbar, das ist es, was sie ist. »Wenn ich dich Boa nenne«, fragt sie, »wirst du dann aufhören zu schmollen und diese schöne Wüste genießen?«

»Klar«, schnauzt Boa, was für Jerboa nicht so klingt, als würde sie nicht schmollen, aber sie lässt es für den Moment gut sein.

Ich muss das nicht ewig aushalten. Wenn sie unerträglich wird, kann ich jederzeit von vorne anfangen.

Warte, warte, *flüstert die Stimme.* Und was dann? Würdest du sie umbringen? Haben wir nicht vor langer Zeit beschlossen, das Töten von Drachlingen sei immer böse?

Sogar meine eigenen?, *widerspricht sie.* Solche, die ich selbst erschaffen habe?

Ja ... Ich denke schon ...

Hmmm. Schwer vorstellbar, wie man diese hier ordentlich entsorgen soll – aber sie kann sie nicht einfach davonlaufen lassen. Niemand darf herausfinden, dass der lange vermisste Sandflügler-Animare noch am Leben ist. Jerboa will sich den Ärger ersparen.

Wie wäre es, wenn ich sie einfach ... ein bisschen repariere? Nur ein kleiner Zauberspruch, um sie angenehmer zu machen. Gehorsam wäre ein guter Anfang. Hilfbereitschaft wäre auch nicht schlecht.

Sie versenkt ihre Krallen im warmen Sand und stellt sich vor, wie perfekt Klein-Jerboa sein könnte.

Aber ... böse?, *flüstert die kleine Stimme wieder.* Vielleicht?

Pst, du, *flüstert sie zurück.* Ich habe diesen Drachen erschaffen. Ich kann ihn perfektionieren, wenn ich will. Niemand wird verletzt.

Nein, nein, ich muss mir keine Sorgen machen. Das ist überhaupt nicht böse.

Sie fliegt über den Ozean und überlegt, ob sie es noch einmal mit einem Hai versuchen sollten. Der letzte war ein bisschen ölig, aber dieses Mal könnte Boa ihn anders zubereiten.

Es war so eine gute Idee gewesen, Boa zu einer ausgezeichneten Köchin zu machen. Schade, dass sie einen zusätzlichen Zauber an-

wenden musste, damit ihr das Kochen auch Spaß *bereitete. Nur gut darin zu sein, reichte nicht. Boa neigt zu Faulheit, denn gar nichts zu tun, wäre ihre bevorzugte Art zu leben.*

Jerboa meint, sie sei nicht immer so gewesen. Als sie noch klein war, strotzte Boa vor Energie. Möglicherweise ist einer der Zaubersprüche ein bisschen schiefgegangen. Vielleicht wurde sie dadurch zwar ruhiger, weniger streitsüchtig, sagte eher zu allem ja … aber das führte eventuell auch zu ein wenig Faulheit.

Sie wird es erneut versuchen. Die richtige Persönlichkeit auszuklügeln, kann ziemlich schwierig sein, sogar mit Magie, wie sich herausgestellt hat.

Auf Hai hat sie keine Lust. Sie wird Boa dazu bringen, ihnen ein Kamel zu besorgen; das wird eine gute Übung für sie sein.

Als sie zum Strand zurückfliegt, bemerkt sie etwas Seltsames.

Boa hockt in der Brandung und baut eine Sandburg … aber die Burg baut sich selbst.

Panik erfasst Jerboa, bevor sie begreift, was wirklich passiert. Boa benutzt einen von Jerboas verzauberten Gegenständen – den Stein, der ihnen bei jedem Umzug ein neues Zuhause baut.

Aber einen Augenblick dachte sie, Boa besäße eigene Magie, und das jagte ihr schreckliche Angst ein.

»Was machst du da?«, fragt sie, als sie im nassen Sand landet.

»Eine Sandburg«, antwortet Boa gelassen. Ihr Schwanz schwingt leicht, als die Wellen ihre Klauen umspülen.

»Das ist kein Spielzeug«, zischt Jerboa. Sie reißt Boa den Stein aus den Klauen. Blinzelnd senkt Boa den Kopf.

»Tschuldigung.«

»Du fasst Mutters magische Dinge niemals an.« Mit geneigtem Kopf sieht Boa langsam zu ihr auf. »Kann ich auch Magie haben?

Ich glaube, ich möchte selbst gern ein paar magische Dinge.«

»Nein, nein, nein.« Jerboa schüttelt den Kopf. »Magie ist nicht sicher. Sie ist sehr, sehr gefährlich. Nur ganz besondere Drachen sollten sie besitzen, deshalb ist sie auch so selten: Jeweils ein Animare-Drache in einem bestimmten Zeitrahmen, das ist die Regel.« Eine Lüge –, aber Boa wird das nie erfahren. Jerboa weiß, eine Zeitlang lebten fünf Animare-Drachen gleichzeitig in Pyrrhia – einer im Königreich des Eises, zwei im Königreich des Meeres, einer im Königreich der Nacht und sie selbst. Ihr ist nicht klar, was mit den anderen passiert ist, aber jetzt sind sie alle verschwunden. Alle außer ihr. Manchmal spricht sie einen Zauber, nur um nachzusehen, aber alles bleibt ruhig. Friedlich. So macht sie sich kaum noch Sorgen.

Vielleicht hat sie ein wenig recht – möglicherweise war so viel Animare-Magie gleichzeitig in der Welt zu viel – wie zu viele Drachen, die zur selben Zeit aus einer Oase trinken. Vielleicht haben sie die gesamte Magie aus der Welt gesaugt. Oder, die Magie legt eine Pause ein und wartet auf eine neue Drachengeneration, ehe ein neuer Animare schlüpft.

»Es gibt Regeln?«, fragt Boa. »Für die Magie?« Bei den drei Monden, sie spricht SO LANGSAM. Es ist, als müssten all ihre Worte durch die Erdflügler-Sümpfe waten, bevor sie aus ihrem Mund kommen.

»Natürlich«, antwortet Jerboa. »Ein Animare-Drache folgt dem vorherigen – sollten es zu viele gleichzeitig sein, kannst du dir vorstellen, wie gefährlich das wäre? Sie könnten in einen Kampf geraten, mit Zaubersprüchen um sich werfen und aus Versehen die ganze Welt zerstören.«

»Aber«, brummte Boa noch langsamer, »ein Animare-Drache könnte auch die ganze Welt zerstören, ganz allein.«

»Mach dir darüber keine Sorgen«, beruhigte Jerboa sie. »Im

Moment bin ich der einzige Animare-Drache, und ich werde nichts zerstören.«Boa schaut auf das Meer hinaus und denkt mit der Geschwindigkeit der Fossilienbildung nach. »Könnte ich nicht einfach ... ein bisschen Magie haben?«, fragt sie schließlich.

»Die Magie ist gefährlich für deine Seele, schon vergessen?«, erklärt Jerboa. »Ich will dich schützen, mein Schatz. Lass mich die ganze Magie wirken und das ganze Risiko dafür auf mich nehmen, während du in Sicherheit bleibst.«

»In Ordnung«, seufzt Boa, und Jerboa spürt, wie einer ihrer Zauber Boa davon abhält, ihr zu widersprechen. Das war ein toller Zauber.

Aber Boa benötigt definitiv noch ein paar Verbesserungen, vor allem muss sie aufhören zu wachsen. Jerboa hat sich selbst den Zauber auferlegt, nicht größer als ein normaler Drache zu werden. Wenn sie beide Tausende von Jahren leben, wie Jerboa es plant, wäre es sehr unangenehm, würden sie absurd riesig werden. Sie wird dafür sorgen, dass Boa nur ein bisschen kleiner bleibt als sie, sodass sie immer wie Mutter und Tochter aussehen.

Ein wenig Angst vor der Animare-Magie wäre auch nützlich. Sie würde nicht mehr ständig danach fragen und ihre schmierigen Klauen von Jerboas Vorrat an magischen Gegenständen lassen. Ja, das ist eine gute Idee.

Zweifelte sie jemals an ihren Zaubersprüchen? Gab es da nicht einmal eine Stimme in ihrem Kopf, die ... etwas fragte?

Sie schiebt es beiseite. Wahrscheinlich war es nicht wichtig.

Nachts sitzt sie zusammengerollt am Lagerfeuer, die Sterne funkeln über ihr und Boa schmiegt sich an ihre Seite. Boa ist wieder klein, und Jerboa hat die Liebe des Drachlings zu ihr verdreifacht, sodass sie besonders süß und anhänglich ist. Es wurde langsam langweilig, einen weiteren ausgewachsenen Drachen um sich zu haben, der nie etwas Neues oder Überraschendes tat. Sie zu schrumpfen und als zweijährigen Drachling wiederzubeleben, hat in den letzten paar Jahren viel mehr Spaß gemacht.

Sie sind beide schon sehr, sehr lange am Leben. Über achthundert Jahre? Kann das stimmen? Jerboa versucht nachzurechnen. Boa hat in diesen Jahrhunderten mehrere Male als Drachling neu angefangen. Und Jerboa hat in all den Jahren kaum etwas von anderen Animare-Drachen mitbekommen.

Zwei hat sie im Königreich der Nacht entdeckt – die Enkelin eines Drachen namens Whiteout und dann den Urenkel dieses Drachen. Im Königreich des Eises gab es in all dieser Zeit keinen Animare. Im Königreich des Meeres, in der königlichen Familie, ist einer geschlüpft, aber sie lebte nicht mehr sehr lange, nachdem sie Eier gelegt hatte. Jerboa weiß nicht, warum; sie hat nicht nach weiteren Informationen gesucht. Solange es nichts über sie herauszufinden gibt oder sie etwas Weltbewegendes tun, kann sie sie ignorieren.

»Mutter, ich glaube, du solltest aus mir einen Animare-Drachen machen«, zwitschert Boa wie aus dem Nichts.

DAS schon wieder? Jerboa dachte, sie hätte Boas Neugierde auf Magie im Keim erstickt. Aber sie taucht immer wieder auf, Jahr für Jahr, trotz all der Gedächtnislöschungen, implantierten Albträume und Persönlichkeitsveränderungen. Was ist nur mit diesem Drachling los? Warum kann Jerboa ihn nicht reparieren?

Sie seufzt. »Wenn du Magie hättest«, fragt sie, »oder, sagen wir, wenn du nur einen einzigen Zauberspruch sprechen könntest, welcher wäre das?«Boa überlegt und überlegt und überlegt. Das Zurücksetzen ihres Alters hat sie zuerst wieder schneller im Denken werden lassen, aber seither ist sie mit jedem neuen Zauber langsamer geworden.

»Ich weiß es!«, säuselt sie ganz niedlich. »Es wäre ein Teleportationszauber. Einer, der mich jederzeit zu dir nach Hause bringen würde, egal, wo ich bin.«

»Oooh«, flötet Jerboa und kuschelt sich enger an sie. »Aber den brauchst du nicht. Wir sind nie getrennt.« Flackert da ein Schatten über Boas Gesicht?

»Das weiß ich« antwortet sie. »Es wäre nur für den Fall. Nur für den Fall, dass etwas sehr Schlimmes passiert und wir getrennt werden.« Jerboa ist erfreut. »Das kann ich für dich machen«, meint sie. Sie zupft eine Muschel aus dem Sand, einen hellen Fächer mit dunkelrosa Rand.

»Kann ich *nicht –«, beginnt Boa, aber Jerboa tippt ihr sanft mit dem Schwanz auf die Schnauze, und sie verstummt.*

Es dauert nur einen Augenblick, und der Zauber ist gesprochen. Diese Muschel bringt Boa augenblicklich zu ihrer Mutter, wenn einer der beiden auch nur kurz daran denkt.

Das ist eigentlich ganz nett. Vor sechshundertzwanzig Jahren, vor vierhundert Jahren, vor zweihundertfünfzig Jahren und noch ein paar Mal – Jerboa kann es nicht mehr genau sagen – hat Boa versucht wegzulaufen.

Natürlich erinnert sie sich jetzt nicht mehr an dieses Fehlverhalten. Jedes Mal, wenn Boa wegläuft, denkt sie, es sei das erste Mal. Und es war wirklich mühsam, sie zurückzuschleppen. Da trifft es sich gut, dass Jerboa das jetzt mit einem Schnippen ihrer Krallen erledigen kann.

Jerboa sticht ein Loch in die Muschel, fädelt ein Seil aus Kokosnussfasern hindurch und legt es Boa um den Hals.

»So«, beginnt sie. »Siehst du, du benötigst keine Magie. Frag mich einfach nach allem, was du dir wünschst, und falls ich es für eine gute Idee halte, erledige ich es für dich.« Boa nickt schwach. Sie scheint nicht so erfreut über das Geschenk zu sein, wie Jerboa es sich vorgestellt hatte. Kurz überlegt Jerboa, ob sie ihr mehr Dankbarkeit einpflanzen sollte – aber dafür ist es jetzt wirklich zu spät. Boa hat ruiniert, was ein sehr schöner Moment hätte werden können.

Jerboa seufzt. Tausend Jahre. Vielleicht ist es Zeit für etwas Neues.

»Wie wäre es, wenn ich dir einen Bruder erschaffe?«, fragt sie Boa. »Wäre das nicht lustig?« Wieder flackert etwas in Boas Augen auf. Eifersucht? Armes Kind, es würde schwer sein, ihre Mutter nach all der Zeit zu teilen. »Würde er auch Jerboa heißen?«, will sie wissen.

Jerboa lacht. »Nein, natürlich nicht. Wie soll er denn sein? Lustig? Schlau?«

Boa zeichnet mit ihrer Kralle eine Form in den Sand. »Kannst du das?«, fragt sie. »Ihn so machen, wie du ihn haben willst?«

»Natürlich«, pflichtet Jerboa ihr bei. »Wir können ihn sogar dazu bringen, all die langweiligen Dinge zu tun, die wir hassen, wie Feuerholz sammeln oder Hummerschalen knacken.« Boa starrt mit einem seltsamen Ausdruck auf ihre Klauen. »Ich liebe es, Feuerholz zu sammeln«, murmelt sie mit einer seltsamen Stimme.

Ach, stimmt ja. Jerboa hat das vor einer Weile dem Zauber beigefügt, als sie es leid war, es entweder selbst zu tun oder Boa beim Jammern zuzuhören.

»Dann eben etwas anderes«, verspricht sie. »Was auch immer wir nicht tun wollen. Wir können ihn auch ganz langsam altern lassen, damit er so lange wie möglich ein süßer kleiner Drachling bleibt. Oh, und wir machen ihn zu einem wirklich guten Schläfer,

dass er leicht ein Nickerchen macht und immer einschläft, wenn er anfängt zu quengeln. Nicht so wie du, Fräulein-die-ganze-Nacht-wach.«Boa neigt ihren Kopf zu den Sternen. »Aber … ich schlafe sehr gut«, erwidert sie. »Ich schlafe die ganze Nacht und manchmal auch tagsüber. Ich bin eine richtig gute Schläferin.«

»Natürlich bist du das jetzt«, zischt Jerboa ungeduldig. »Also, was meinst du? Hättest du nicht gerne ein neues Spielzeug?«

Eine endlos scheinende Zeit antwortet ihre Tochter nicht. Gerade als Jerboa sie anschnauzen will, dreht sie sich plötzlich um und verkriecht sich unter Jerboas Flügel.

»Nein«, flüstert sie. »Nein, danke. Bitte, ich will keinen Bruder. Ich mag es, wenn wir allein sind. Ich möchte dein einziger Drachling sein. Bitte?«

Jerboa ist überrascht. Nun, das ist ihre eigene Schuld! Warum hat sie es wie eine Frage formuliert, anstatt die Idee so zu präsentieren, dass Boa nicht widersprechen kann?

Wie auch immer, es ist in Ordnung. Boa ist allein schon unterhaltsam genug, besonders in den Zeiten, in denen Jerboa sie zu einer talentierten Musikerin oder Geschichtenerzählerin umfunktioniert. Ein weiterer Drachling würde wahrscheinlich nur Schwierigkeiten bereiten.

Boa zittert, Schauer laufen durch ihre Schuppen.

»Schon gut, schon gut«, beruhigt Jerboa sie. »Nur wir. Keine weiteren Drachlinge. Mach dir keine Sorgen.« Sieh sie dir an, sie klingt so fürsorglich und freundlich. Sie ist so eine tolle Mutter.

»Versprochen?«, bittet Boa.

»Ich verspreche es«, meint Jerboa leichthin. Es ist immer leicht, Boa Versprechungen zu machen, denn sie kann sie genauso leicht wieder aus Boas Gedächtnis löschen. Sollte Jerboa eines Tages be-

schließen, einen weiteren Drachling zu haben, wird sie einen bekommen, und Boa wird sich nicht beschweren oder sich an dieses Gespräch erinnern.

Für den Moment muss sie sich etwas anderes einfallen lassen, um ihr Leben interessant zu gestalten. Sie haben schon lange keinen Diener mehr entführt und verzaubert. Vielleicht dieses Mal einen Regenflügler. Das wäre doch nett, und sie fressen nicht viel. Ja, das wäre eine schöne Abwechslung.

Sie ist sehr müde. Sie sind den ganzen Tag geflogen, um zu ihrer Sommerhütte zu gelangen. Unterwegs konnten sie an keiner Oase halten, weil sich dort unten so viele Sandflügler tummelten. Es scheint, als gäbe es jedes Jahrhundert mehr Drachen auf dem ganzen Kontinent. Jerboa zieht es vor, ihnen aus dem Weg zu gehen. Es gab einige unangenehme Zwischenfälle, bei denen Boa versucht hat, jemanden dazu zu bringen, sie zu »retten«. Welch ein Unsinn!

Ihre Flügel schmerzen, und ihr Kopf ist benebelt. Das ist wohl der einzige Grund, warum Boa sie unvorbereitet erwischen kann.

Zunächst begreift Jerboa nicht, was geschehen ist. Wie erstarrt steht sie einen Schritt vor der Tür der Hütte. Sie ist im wahrsten Sinne des Wortes eingefroren; kein Teil von ihr kann sich bewegen, und das Eis bewegt sich schnell von ihren Krallen aus nach oben.

Den Kopf von einer Seite zur anderen werfend sieht sie schließlich Boa in der hinteren Ecke, die etwas auf sie richtet.

Die Stachelschwein-Stacheln. Boa hatte sie alle sorgfältig im Bergwald gesammelt und dann mit einem Stück dünner Fäden zusammengebunden. Sie hatte sie Jerboa gezeigt, stolz und süß, und um einen neuen Zauberspruch gebeten.

»Wenn ich das auf meine Beute richte«, hatte sie erklärt, »möchte ich,

dass sie an Ort und Stelle einfriert, damit ich sie leichter fangen kann.«

Jerboa hatte über ihre faule, faule Tochter gelacht, aber sie hatte ihr den Zauberspruch gegeben. Warum auch nicht? Boa hatte seit vielen Jahren nicht mehr um einen Zauber gebeten, und sie war in letzter Zeit so brav und ruhig und fügsam gewesen. Leichteres Jagen war eine harmlose Bitte.

Zumindest hatte sie das gedacht.

»Was machst du da?«, zischt Jerboa. Sie reißt sich zusammen, und in der langen Pause, vor Boas Antwort, versucht sie, Honig in ihre Stimme fließen zu lassen. »Boa, Liebes, du hast aus Versehen deine Jagdwaffe gegen mich eingesetzt. Lass mich frei.«

»Es war kein Versehen«, sagt Boa und zittert. »Du steckst jetzt fest.«

»Das scheint so«, seufzt Jerboa. Sie bemüht sich, sich an die Worte des Zaubers zu erinnern. Muss Boa etwas Bestimmtes sagen, um die Beute zu befreien? Die Kälte krabbelt immer mehr an ihren Beinen hoch. Sie versucht, Feuer auf die Eisblöcke um ihre Klauen zu hauchen, aber es ist magisches Eis, und ihr Feuer bewirkt nichts.

»So, jetzt musst du mir zuhören«, verlangt Boa. »Ich möchte, dass du mir ein einziges Mal die Wahrheit sagst. Wie viele Zauber hast du auf mich gelegt?«Jerboa bellt ein Lachen. »Ich kann mich unmöglich an alle erinnern. Ich arbeite schon seit Jahrhunderten daran, dich gut hinzukriegen.«Für einen Moment verlieren Boas Augen ihre Schärfe. »Jahrhunderte?«, flüstert sie.

Jerboa versucht sich zu erinnern, wann sie die letzte Gedächtnislöschung vorgenommen hat, aber ihr ist zu kalt, um klar zu denken. »Ja«, zischt sie stattdessen. »Beinahe elf Jahrhunderte.«

»Bei den drei Monden.« Boa drückt ihre freie Klaue an ihre Augen. »Warum kann ich mich daran nicht erinnern?«Jerboa würde mit den Schultern zucken, könnte sie sie bewegen.

»Weil du ständig mein Gedächtnis löschst«, antwortet Boa selbst. »Deshalb bin ich so verwirrt. Deshalb redest du ständig von Dingen, an die ich mich überhaupt nicht mehr erinnern kann.«

»Seien wir doch mal fair«, giftet Jerboa. »Du hast auch ein ungewöhnlich dummes Gehirn.«

»Woher sollen wir das wissen?«, braust Boa auf. »Ist irgendetwas davon wirklich noch ich?« Sie schwingt die Stacheln in Jerboas Richtung. »Ich liebe dich nur durch Magie«, stellt sie fest. »Stimmt's? Du hast mich verzaubert, damit ich dich liebe.«

»Nein, das ist alles echt«, lügt Jerboa, jetzt wieder säuselnder. »Wenn du mich also so sehr liebst, dann lass mich gehen.« Sie blickt auf das Eis hinunter, das nun ihre Beine und ihren Schwanz umhüllt. Ihre Schuppen sind so kalt. Ihre Flügel sind leicht angehoben, unbeweglich, aber das Eis wird sie jeden Moment erreichen.

»Es ist nicht fair, mich zu zwingen, dich zu lieben, wenn du mich gar nicht liebst.« Boa wischt sich wütend die Tränen weg.

»Ich liebe dich, wenn du nicht so bist wie JETZT GERADE«, motzte Jerboa. »Im Moment bist du ausnahmsweise nicht liebenswert.«

»Na ja«, erklärt Boa. »Ich denke, das können wir ändern, oder? Nur eine kleine Verbesserung hier, eine Korrektur dort – alles, was du dafür brauchst, ist das hier, richtig?« Sie hält eine geöffnete Schriftrolle hoch.

Oh-oh. Ihre Boa-Zauber.

Sie hätte besser auf sie achten, sie alle im Kopf behalten sollen, so wie sie es früher getan hatte. Aber es wurde so schwer, den Überblick zu behalten, und einige von ihnen erwiesen sich als kompliziert … es war eben einfacher, eine verzauberte Schriftrolle zu erstellen, auf der alles geschrieben stand, was sie an Boa ändern wollte.

Aber Boa sollte sie niemals sehen. Sie sollte sie nicht in ihre Krallen bekommen.

»Wo hast du das gefunden?«, schnauzt Jerboa.

»Noch gehorsamer«, liest Boa aus der Schriftrolle vor. »Noch viel gehorsamer. Soll mit geschlossenem Mund kauen. Fragt nicht mehr danach, mit anderen Drachen reden zu dürfen. Vergisst, dass es andere Drachen gibt. Denkt daran, dass es andere Drachen gibt, und hört auf, unsinnige Fragen zu stellen. Überlässt Mutter immer den größeren Fisch.«

Sie verengt ihre Augen. »Das erklärt sicherlich einiges.«Jerboa war es noch nie so kalt.

»Weißt du was?«, knurrt Boa. »Es hat sich herausgestellt, jeder Drache kann Notizen zu dieser Schriftrolle hinzufügen. Sieh her.« Sie nimmt Jerboas Schreibfeder in die Klaue und schreibt auf die Schriftrolle. »Grüne Schwanz-spitze«, buchstabiert sie langsam, während sie schreibt.

Ihre Schwanzspitze färbt sich in einem wunderschönen Smaragdgrün. »Siehst du? Aufregend, nicht wahr?« Boa schreibt wieder auf die Schriftrolle. »Normalfarbene Schwanzspitze.« Und ihr Schwanz wird wieder normal.

Jerboa kann ihre Flügel nicht mehr spüren. Das Eis liegt jetzt um ihren Hals; sogar ihr Kopf ist unbeweglich, und sie sieht ihren restlichen Körper nicht mehr.

»Aber weißt du, was ich wirklich will?«, fragt Boa. »Mehr als einen grünen Schwanz, Mutter? Du erinnerst dich vielleicht daran, denn ich habe schon einmal darum gebeten. Mehr als einmal, glaube ich. Vielleicht sogar ziemlich oft, in all den Erinnerungen, die du gelöscht hast.«

»Ich wäre gerne ein Animare-Drache.«

Nein! Niemals!

Jerboa versucht, mit ihren Gedanken einen Zauber zu sprechen. Sie versucht, die Schriftrolle aus Boas Klauen zu reißen, aber sie flattert nur schwach.

»Oh, tut mir leid, dich zu enttäuschen – zum was, acht Millionsten Mal?«, ätzt Boa, als die Schreibfeder in der Mitte durchbricht. »Du kannst mich nicht mehr daran hindern, es aufzuschreiben. Das habe ich nämlich schon getan.«

Sie blickt lächelnd auf die Feder hinunter, die sich wieder zu einem Stück zusammenfügt.

Sie wird mich nicht retten, *das wird Jerboa zum ersten Mal klar.* Niemals. Dies ist keine Verhandlung. Es ist eine letzte Vorstellung. *Boa hat sich von den Zaubern ihrer Mutter befreit. Sie braucht Jerboa nicht mehr.*

Dies sind meine letzten Momente, nach all dieser Zeit.

Sie stellt fest, sie ist nicht so traurig, wie sie es erwartet hätte. Sie hat eine sehr, sehr lange Zeit gelebt. Und das meiste davon war ganz reizvoll, wenn es nicht gerade nervig war.

»Leb wohl, Mutter«, verabschiedet sich Boa, und sieht dabei tatsächlich viel trauriger aus, als Jerboa sich fühlt. Sie weint, aber Jerboa weiß nicht, ob es echte Tränen sind oder solche, die sie durch Jerboas auferlegte Magie weint.

Mir bleibt nur noch ein Moment Zeit.

Ein letzter Zauber.

Nicht ‚um mich selbst zu retten. Nur um sicherzustellen, dass Boas Triumph nicht so groß ist, wie sie denkt. Etwas, das sicherstellt, dass sie mich nie, niemals vergisst.

Sie wendet den Zauber auf Boa selbst an und macht ihre Tochter zu ihrem letzten Animare-berührten Objekt.

Und dann ist sie weg.

Kapitel 22

Sie ist frei.

Sie kann es nicht fassen.

Boa geht auf den Eisblock zu, in dem ihre Mutter gefangen ist. Wie faszinierend, sie so zu sehen, durch die Luftblasen und die gläsernen Wände des Eises! Ihr Gesichtsausdruck ist schwer zu erkennen, aber Boa wird sich immer an die verzerrte Wut in ihrem Gesicht erinnern.

Ich habe es getan. Ich habe sie ausgetrickst. Ich habe mich befreit. Endlich, nach all dieser Zeit. *Länger, als sie es sich je hätte vorstellen können.*

Ich bin jetzt die einzige Jerboa.

Sie zögert, dann schreibt sie in die Schriftrolle: GIB BOA ALLE ERINNERUNGEN ZURÜCK. BEHUTSAM, *fügt sie eilig hinzu.*

Es ist immer noch zu viel.

Es ist so viel.

All die Zeiten, in denen sie sich gestritten haben und Jerboa die Erinnerungen einfach weggeschnippt hat wie Ungeziefer, damit Boa wieder liebenswert ist.

All die Versprechen, die sie gemacht und mit einem Schnappen ihrer Krallen gebrochen hat.

Das Gespräch darüber, einen Bruder zu erschaffen kommt zurück, und Boa umklammert ihren Bauch – ist es jemals passiert? Gibt es noch einen beschädigten Drachling in ihrer Vergangenheit, oder hatte sie ihre Mutter überzeugt und jemand anderem ihr Schicksal erspart?

Keine Brüder tauchen auf, auch keine Schwestern. Boa ist in all den Jahrhunderten der Erinnerungen allein mit ihrer Mutter gewesen.

Aber es hat hier und da Diener gegeben – Drachen, die Jerboa entführt und verzaubert hat. Boa hat einige von ihnen geliebt. Sie wäre mit ihnen weggelaufen, hätte sie es gekonnt.

Ihre Erinnerungen geben ihr keine Hinweise darauf, was mit ihnen geschehen ist, wenn Jerboa mit ihnen fertig war … löschte sie ihre Erinnerungen und warf sie zurück in die Welt hinaus? Oder etwas Schlimmeres? Alles, was Boa sehen kann, sind Tage, an denen sie glücklich ist, an denen sie mit einem Regenflügler Sandburgen baut oder mit einem Meeresflügler schwimmt, und dann sind sie am nächsten Tag weg, zusammen mit all ihren Erinnerungen an sie.

Ich hatte Freunde. Ich habe es nur … nie gewusst.

Vielleicht kann sie einen Zauber sprechen, um sie zu finden. Vielleicht sind einige von ihnen noch am Leben. Vielleicht kann sie ihre Erinnerungen wiederherstellen, und sie werden auch glücklich sein, sie zu sehen.

Aber was ist, wenn ich nach ihnen suche und etwas Schreckliches herausfinde?

Sie ist sich nicht sicher, ob sie im Moment bereit ist, sich jeder Wahrheit über ihre Mutter zu stellen. Und es gibt so viele andere, weniger traumatisierende Dinge, die sie mit all ihrer wunderbaren Magie verwirklichen kann. Sie kann jeden auf dem ganzen Kontinent dazu bringen, mit ihr befreundet zu sein! Sie kann sich selbst zur Königin des Sandkönigreichs krönen, sollte sie das wollen. Sie besitzt all die Macht, die ihre Mutter hatte, aber sie wird sie nicht benutzen, um einen einzigen Drachling über Hunderte von Jahren zu quälen. Sie wird sie nutzen, um glücklich zu sein. Um ein völlig anderes Leben zu führen.

Aber das Wichtigste zuerst: Sie muss dieses gefrorene Monster aus ihrer Türöffnung herausschaffen.

Boa berührt die Muschel um ihren Hals. Damit kann sie sich sofort dorthin teleportieren, wo ihre Mutter ist – der erste Zauber, den Jerboa auf ihre Bitte hin gewirkt hat. Das könnte noch nützlich sein, um ihre Mutter an den richtigen Ort zu bringen.

Mit einer Klaue an der kalten Eiswand blickt sie durch die dunklen Wirbel dorthin, wo sie die Augen ihrer Mutter vermutet.

»Ich verzaubere diesen Eisblock dazu, sich unter dieser Hütte zu vergraben und dort für immer eingefroren zu bleiben.«

Das Eis samt ihrer Mutter verschwindet, und die Hütte wackelt leicht, als würde sich etwas im Sand unter ihr eingraben.

Aber Boa bleibt nicht einmal ein Moment der Freude. Ein Schmerz durchzuckt sie, scharf und brennend, und sie schreit auf angesichts der unerwarteten Qualen.

Als die erste Schmerzwelle abgeebbt ist, öffnet sie keuchend die Augen und sieht, dass eine ihrer Krallen fehlt. Sie wurde abgetrennt, als hätte jemand mit einem Beil darauf eingeschlagen, und ÜBERALL ist Blut, obwohl sich die Kralle offenbar in Luft aufgelöst hat.

»Was?«, flüstert sie. »Was?« Hat sie den Zauber falsch gesprochen? Hat sie mit der Kralle versehentlich den Eisblock berührt, und er hat ein Stück von ihr mitgenommen?

Oder …

Nein. Nein, nein, nein.

Irgendwie weiß sie es, jenseits allen Wissens. Sie kann es noch nicht erkennen; sie muss noch herausfinden, wie und was genau das ist, aber sie ist sich einer Sache sicher: Ihre Mutter hat ihr das angetan.

Sie sitzt am Süßwasserteich und wäscht sich das Blut von ihrem neuesten Stumpf. Sechs Krallen sind weg. Wenn sie alle verloren hat, was kommt dann als Nächstes? Ihre Ohren? Ihre Hörner? Ihre Schwanzspitze?

Ihre Flügel? Sie zittert.

Sie muss sehr, sehr vorsichtig mit ihren Zaubern sein. Man kann nicht wissen, welcher davon genug Schaden anrichten kann, um sie zu töten.

Sie hat ihre zweite Klaue verloren, beim Versuch, die erste zu heilen, und es hat nur halb funktioniert. Die Wunde hat sich geschlossen und wurde von einer glänzenden neuen Schuppenschicht bedeckt, aber ihre Kralle ist nicht nachgewachsen.

Sie hat die zweite Wunde mit einem normalen Verband verbunden und lange nachgedacht.

Ihre dritte Kralle: geopfert für Informationen. Sie verzauberte eine Schriftrolle, die ihr jede gestellte Frage wahrheitsgemäß beantwortete. Durch den Schmerz und die herumwirbelnden Sterne in ihrem Kopf hindurch brachte sie sie dazu, ihr zu sagen, was ihre Mutter getan hatte.

Ein letzter Fluch. Sie hätte damit rechnen müssen, hätte etwas zu ihrem Schutz verzaubern müssen. Aber sie hatte sich beeilen müssen, als sie die Boa-verändernde Schriftrolle in den Stapeln von Taschen fand. Ihre Mutter hatte sie sie durch die Wüste tragen lassen. Sie war so selten unvorsichtig, oder vielleicht war Boa selten klug und aufmerksam genug, um sie bei einer Unvorsichtigkeit zu erwischen.

Und nun hat Jerboa ihr dies hinterlassen: einen letzten Zauber, ein Meisterwerk des Schreckens. Jedes Mal, wenn Boa versucht, Animare-Magie anzuwenden, verliert sie einen Teil von sich, Stück für Stück, bis sie an ihren Wunden stirbt. Der Zauber besagt, dass die Teile nicht nachwachsen können, auch nicht mit Magie, und er wird mit Worten der Bindung verstärkt, die versichern, es gibt keine Möglichkeit, ihn rückgängig zu machen oder ihn zu bekämpfen.

Boa versuchte es trotzdem, und so verlor sie die Krallen vier und fünf. Es schien nicht fair, dass sie durch Zauber, die nicht einmal funktionierten, verletzt werden konnte.

Ihre Mutter hatte im Laufe der Jahre viel darüber gelernt, was Animare-Drachen einander antun konnten und wie man Zauber formuliert, die andere Drachen nicht brechen konnten. Boa erinnert sich jetzt an all die Horrorgeschichten – alles, was ihre Mutter ihr erzählte, um sie von der Animare-Magie abzubringen. Aber nie hatte sie ihr irgendetwas beigebracht. Boa weiß nicht, wie sie sich als Animare schützen kann.

Und ich bin kein normaler Animare. Ich bin verflucht.

Nun gut. Also. Sie kann ohne Magie leben. Sie ist immer noch frei von ihrer Mutter. Das ist ihre Chance, das normale Leben zu führen, das sie sich immer gewünscht hat – frei in der Welt zu sein und andere Drachen kennenzulernen. Vielleicht würde sie nicht der glamouröse, verzauberte Wirbelwind sein, den sie sich vorgestellt hatte, aber ihr Leben wäre tausendmal glücklicher als ihr bisheriges. Sie würde sie selbst sein. Sie würde ihren eigenen Weg wählen. Sie würde frei sein.

In diesem Moment hatte sie ihre verstümmelten Krallen betrachtet und erkannt, dass es schwer sein würde, mit diesem Aussehen in ein Drachendorf zu gehen und Freunde zu finden. Sie würde eine Menge zu erklären haben.

Also verabschiedete sie sich von ihrer sechsten Kralle, als sie einen neuen Zauber zur Muschelkette hinzufügte, der sie für alle

Drachen, die sie zu Gesicht bekommen, normal und unversehrt aussehen lässt. Niemand wird jemals sehen, was ihre Mutter ihr angetan hat, oder wissen, wie sehr sie leidet.

Boa besitzt noch einige verzauberte Gegenstände und sie weiß, was die Hälfte davon bewirkt. Ihre Informationsschriftrolle kann ihr den Rest verraten. Sollte sie das Risiko wagen, könnte sie sogar ein paar davon irgendwo an eine Königin verkaufen.

Und sollte sie sich jemals in Gefahr wähnen, wird ein Gedanke sie direkt hierher zurückbringen, in diese Hütte am Meer, zu den Bodenbrettern, die das Grab ihrer Mutter bedecken. Dort kann sie in einem fort tanzen und niemand wird es ihr jemals verbieten, oder Magie anwenden, die sie umfallen lässt oder ihre Liebe zur Musik für hundert Jahre wegzaubert.

»Ich hoffe, du bist nicht in dem Glauben gestorben, du hättest gewonnen, Mutter«, verkündet sie laut. »Denn im Gegensatz zu dir kann ich mich beherrschen. Ich muss meine Magie nicht einsetzen. Ich werde glücklich sein, trotz allem, was du mir angetan hast.«Sie breitet ihre Flügel aus und erhebt sich in den Himmel.

Sie nimmt sich eine Auszeit von anderen Drachen. Das macht sie gelegentlich – sie zieht sich für fünfzig Jahre oder länger in ihre Hütte zurück, bis alle, die sie in dieser Zeit getroffen hat, sie vergessen haben und sie als Unbekannte zurückkommen kann.

Dieses Mal könnte es allerdings länger als fünfzig Jahre her sein. Waren es nicht eher hundert? Es ist so friedlich an ihrem Strand, so ganz allein mit den Wellen. In den Städten, in der Nähe anderer Drachen, ist sie ständig versucht, ihre Magie einzusetzen, obwohl sie weiß, wie weh ihr das tun wird. Aber hier denkt sie nie an Zauber, die sie gerne anwenden würde. Sie kann einfach nur sie selbst sein.

Sie hat eine Freundin, einen Drachen, der die Wahrheit über sie kennt. Sie trafen sich zufällig, bevor Glacier Königin wurde, aber Glacier ist nicht wie andere Königinnen. Sie glaubt daran, ihre Probleme selbst zu lösen, und sie weiß, wie gefährlich Animare-Magie sein kann. Sie kennt auch den Preis, den Jerboa jedes Mal zahlen muss, sobald sie ihre Magie einsetzt. Jerboa hat einmal ihren Maskenzauber abgenommen, damit Glacier sie so sehen konnte, wie sie wirklich ist. Sie war überrascht, als Glacier weinte. Noch nie hat jemand Mitleid mit ihr empfunden oder ihr gesagt, wie unfair ihr Schicksal sei.

In all den Jahren ihrer Bekanntschaft, sogar während des letzten Krieges, hat Glacier Jerboa nie um einen einzigen Zauber gebeten.

Einmal fragte Jerboa sie danach, und Glacier antwortete: »Du solltest deine Magie aufsparen. Eines Tages könnte die Welt sie wirklich brauchen, und dann wirst du der einzige Drache sein, der alle retten kann.« Jerboa hatte gelacht. »Ich? Wie ein Held?«

»Warum nicht?«, hatte Glacier erwidert. »Glaubst du nicht, dass du aus einem bestimmten Grund hier bist?« Zweitausend Jahre sind eine lange Zeit, um auf eine »Bestimmung« zu warten, *denkt Jerboa. Vielleicht muss sie irgendwann eine erfinden.*

Sie schlendert den leeren Strand entlang in Richtung Wasser und denkt darüber nach, welche Fische sie zum Abendessen fangen soll, als das Universum plötzlich in sich zusammenfällt und eine unbekannte Stimme glockenklar befiehlt:

»Bringt sie her. Jeden Animare-Drachen aller sieben Stämme. Bringt sie hierher in meinen Thronsaal, sofort.« Und bevor sie denken, atmen oder rennen kann, steht sie in einem sonnenbeschienenen Thronsaal aus schwarzem Marmor.

Vor ihr steht der größte Drache, den sie je gesehen hat, ein

Nachtflügler-Eisflügler-Hybrid, der pure Bedrohung ausstrahlt. Er steht mit dem Rücken zu ihr, und mit ihrem Erscheinen tauchen drei weitere Drachen vor ihm auf – zwei Meeresflügler und ein weiterer Nachtflügler, alle völlig verängstigt.

Jerboa zögert nicht. Jahrhunderte des Reagierens auf Angst haben sie gut trainiert; sie ist kaum einen Augenblick im Raum, bevor sie ihre Halskette ergreift und sich wieder nach Hause flüchtet.

Sie befindet sich in ihrer Hütte, ihr Herz rast wild. Ihre Krallen bohren sich in den verwitterten Holzboden, den sie im Laufe der Jahre mehrmals ausgetauscht hat, immer an der gleichen Stelle. Dort, wo ihre Mutter begraben ist.

Ich danke dir, Mutter. Dieses eine Mal hat mich einer deiner Zauber gerettet.

Der Zauber hat sie nach Hause gebracht, aber ist sie wirklich in Sicherheit?

Wer war *das?*

Und all die anderen Drachen – leben im Moment wirklich fünf Animare-Drachen in Pyrrhia? Hatte Mutter nicht gesagt, die Grenze liege bei einem? Wie ist das möglich?

Sie hievt sich zu ihrem Koffer und wirft alles, was sich darin befindet, beiseite, um an die Antwortschriftrolle zu gelangen. »Sag mir, wer das war«, fordert sie.

Es dauert eine Weile, bis die Schriftrolle dazu bereit ist. Normalerweise äußert sich die Schriftrolle sehr knapp, aber über diesen Darkstalker scheint sie eine Menge zu erzählen zu haben. Seine Vergangenheit, seine Geschichte – er lebte schon, als meine Mutter noch lebte, *denkt sie –, der Zauber, der ihn gefangen hielt, der Fehler, der ihn befreite, die Nachtflügler, die ihn verfolgen.*

»Was will er mit den Animare-Drachen?«, fragt sie.

Er will sie kontrollieren, *antwortet die Schriftrolle.* Er will ihre Magie anstelle seiner eigenen benutzen, um seine Seele zu beschützen und um sicher zu sein, dass sie niemals eine Bedrohung für ihn darstellen können.

Jerboa schaudert, ihr wird schlecht. Was, hätte er ihr gegenübergestanden? Was, wenn er sie in seine Klauen bekommen und sie gezwungen hätte, ihre Magie zu benutzen? Was, wenn er es amüsant fände, dabei zuzusehen, wie sie langsam in Stücke geschnitten wird, ehe sie stirbt?

Ich muss mich vor ihm schützen. Ich muss irgendetwas zaubern, das mich unverwundbar gegen seine Magie macht. Oder etwas, das mich mächtiger als ihn macht.

Sie greift nach einem ihrer kupfernen Armbänder und zögert dann, weil sie ein erschreckender Gedanke überfällt.

»Warum hat er gerade jetzt alle Animare-Drachen herbeigerufen?«

Weil seine Magie ihm verriet, dass jemand Animare-Zauber wirkte, und er befürchtete, sie könnten sich gegen ihn richten.

Sie fragt leise: »Er kann erkennen, sobald jemand Animare-Zauber benutzt?«

Ja.

*»Kann er mich in diesem Moment spüren?«*Nein. Seine Magie sucht nur nach neuen Verzauberungen.

*»Wie kann ich mich vor ihm schützen?«*Diese Antwort ist noch nicht verfügbar.

Sie wusste die Antwort der Schriftrolle. Sie kann nicht in die Zukunft sehen oder ihr sagen, was passieren wird; sie ist quasi nutzlos, wenn sie sich verstecken oder Pläne schmieden muss, oder wie jetzt, ein großer, ominöser Zauberkundiger durch das Land spukt. Einmal hat sie versucht, die Rolle zu fragen: »Wie lange werde ich leben?«, und sie antwortete: BIS DU STIRBST, *was weder tröstlich noch hilfreich war.*

Möglicherweise ist es das. Ihre Bestimmung. Vielleicht ist sie der einzige Drache in Pyrrhia, der ihn aufhalten kann. Wenn ihr nur der richtige Zauber einfiele …

»Ist das meine Bestimmung?«, fragt sie die Schriftrolle und weiß, was sie antworten wird.

DIESE ANTWORT IST NOCH NICHT VERFÜGBAR.

Ich könnte ihn töten, oder? Mit einem magischen Schlag? Oder ihn wieder in den Schlaf versetzen und ihn unter dem Berg einschließen, so wie es vorher war?

Nur … wenn er so alt und gefährlich und mächtig ist, wie ihre Schriftrolle behauptet …

»Hat sich Darkstalker vor der Animare-Magie anderer Drachen geschützt?«, bohrt sie nach.

JA.

Sie steht auf und beginnt, in der Hütte umherzugehen. Die Welt ist in Gefahr, und sie kann nichts dagegen tun. In gewisser Weise bedeutet das eine Erleichterung, denn sie würde sich lieber hier verstecken. Aber es fühlt sich falsch an. Es fühlt sich an, als müsste es etwas für sie zu tun geben. Wenn sie es nur erkennen könnte …

Sie ist draußen und holt ihre Fischernetze ein, bevor der Sturm sie zerstört, als sie in den Regenwolken ein Aufflackern von goldenem Stoff sieht.

Einen Moment lang beobachtet sie es und erkennt dann, dass es an einem bewusstlosen Drachen befestigt ist. Der Wind treibt ihn ans Ufer, einige Kilometer südlich von Jerboas Hütte.

Mit den Netzen in ihren Klauen denkt Jerboa kurz nach, dann eilt sie zurück ins Haus.

Darkstalker wurde vor nicht allzu langer Zeit besiegt. Das ist nicht ihr Verdienst, sie hat gar nichts dafür getan. Sie hatte den perfekten Zauber, aber sie hatte zu viel Angst, ihn zu benutzen – Angst, er würde nicht funktionieren oder irgendwie nach hinten losgehen und sie gefangen werden oder sie könnte ihre Freiheit wieder verlieren.

Aber sie kann nicht aufhören, daran zu denken. Fünf Animare-Drachen, alle zur gleichen Zeit am Leben. Es fühlte sich so falsch an. Das Universum war aus den Fugen geraten. Selbst wenn es Darkstalker nicht mehr gab, wie konnte man dem Rest trauen? Was, sollten sie sich gegeneinander wenden und die Welt mit sich in den Abgrund reißen?

Was, wenn einer von ihnen von ihr erfuhr und sie zwang, ihre Magie einzusetzen?

Was, wenn einer von ihnen wie ihre Mutter wäre?

Oder, fast genauso beängstigend war die neue Eisflügler-Königin. Jerboa wünschte, sie hätte Snowfall rechtzeitig getroffen, um Glacier zu retten. Aber das hatte sie nicht, und jetzt ist sie mit dieser aufbrausenden, paranoiden, verängstigten jungen Königin verbunden, die ständig *Jerboas Magie einsetzen will. Sie hat unzählige Ideen für Animare-Zauber, die ihrem Königreich nützen könnten – oder es zumindest für immer von allen anderen Drachen abschirmen würden.*

Jerboa hat keine Ahnung, wie oft sie noch Nein sagen kann. Was, wenn Königin Snowfall beim nächsten Mal ihre Armee mitbringt oder sie Jerboa einsperrt und foltert, damit sie Magie praktiziert? Sie könnte auf dem besten Weg sein, eine neue Königin Scorpion zu werden – Jerboa erinnert sich sehr genau an all die Geschichten ihrer Mutter.

Sie holt ihre Schriftrolle hervor. »Wer ist der Drache, der gerade vom Sturm angeweht wurde?«, fragt sie.

IHR NAME IST LUNA. SIE KOMMT AUS PANTALA, DEM LAND JENSEITS DES MEERES.

Jerboa zuckt mit den Ohren. Ein Drache von der anderen Seite des Meeres? »Warum ist sie hier«

AUS VERSEHEN.

*»Ist sie gefährlich?«*NUR FÜR DIEJENIGEN, DIE DIE DRACHEN BEDROHEN, DIE SIE LIEBT.

Jerboa gefällt, wie das klingt. »Ist sie meine Bestimmung?« DIESE ANTWORT IST NOCH NICHT VERFÜGBAR.

*»Braucht sie Hilfe?«*JA.

*»Weiß noch jemand, dass sie hier ist?«*EIN NACHTFLÜGLER HAT EINE VISION ÜBER SIE GEHABT UND WIRD BALD HIER SEIN, UM SIE ZU FINDEN.

Im Moment ist Jerboa ein wenig misstrauisch gegenüber Nachtflüglern. Aber falls sie Luna zuerst findet und sich ihr vorstellt – dann könnte sie Teil von etwas Wichtigem werden. Beim Zusammenbringen der Kontinente.

Aber ist das eine gute Idee?

»Gibt es auf Pantala Animare-Magie?«, forscht sie weiter.

NEIN.

Was, wenn unsere Animare-Drachen beschließen, Pantala zu übernehmen? Sie könnten ihnen alles antun, mit all der Magie hier und keiner dort drüben.

Es ist an der Zeit, ihren Zauber einzusetzen.

Zeit, alles in Ordnung zu bringen.

Man kann Drachen mit Animare-Magie nicht trauen. Jerboa weiß das besser als jeder andere.

Sie hebt einen kleinen gläsernen Kerzenständer von einem Regal herunter. Er ist geschwungen und glitzert, und sie liebt ihn. Sie wird ihn opfern, damit ihr Zauber noch mächtiger wird.

»Hiermit verzaubere ich diesen Kerzenständer«, flüstert sie. »Wenn ich ihn zerbreche, breche ich die Macht aller derzeitigen Animare-Drachen. Von nun an wird kein neuer Zauber, gewirkt von einem heute lebenden Animare-Drachen, jemals wieder funktionieren. Außerdem beginne ich von diesem Zeitpunkt an zu altern und werde sterben, wie jeder normale Drache. Diesen Zauber mache ich für jeden Animare unumkehrbar, auch für mich selbst.«Sie umklammert den Kerzenständer mit ihren Klauen und schleudert ihn auf den Boden.

Er explodiert in eine Million schimmernde Teile, und Jerboa schreit vor Schmerz auf.

Ihre Schwanzspitze ist weg. Sie vermutet, dass der Preis für einen so großen Zauber zwangsläufig höher sein musste als bei all den vorherig gewirkten, aber es ist schwer, trotz der Qualen zu denken.

Sich nach draußen schleppend versucht Jerboa, den Blutfluss zu stoppen und zum Teich zu gelangen.

Ich habe es geschafft. Denke ich. Ich hoffe, es hat funktioniert. *Die Schmerzen sind zu groß, um es jetzt mit einem anderen Zauber zu versuchen.* Wenn ich Glück habe, war das mein letzter Animare-Zauber.

Morgen werde ich Luna finden, sie hierherbringen und sie beschützen, bis der Nachtflügler sie holen kommt.

Dann sollten sie gemeinsam herausfinden, wie sie die Kontinente sicher vereinen können, ganz ohne Magie.

Und ich muss keine Angst mehr haben, dass mich jemand kontrolliert. Mich nie mehr davor fürchten, was Animare-Magie anrichten kann. Und niemand wird mich jemals wieder um etwas bitten.

Kapitel 23

Am nächsten Morgen war Snowfall überraschenderweise vor allen anderen wach. Es kam ihr vor, als hätte sie jahrhundertelang geschlafen. Seit zweitausend Jahren, um genau zu sein.

Zum ersten Mal hatten sie ihre Visionen von einer in die andere gezogen, immer weiter in Zeitsprüngen durch die Lebenszeit eines Drachen und dann in die eines anderen Drachen. Aber sie verstand, warum. Sie musste das alles sehen, um Jerboa zu verstehen, ihre Jerboa, und all ihr Tun.

Sie nahm sich ein Häufchen Schnee und begann es zu formen, während sie darauf wartete, dass Lynx und ihre Wachen erwachten. Die Sonne zeigte sich erst als ein dünner goldener Streifen im Osten, und die Morgenluft fühlte sich herrlich kalt an. Alles war so still, so viel ruhiger als der lärmende, raschelnde Wald oder das unaufhörliche Hintergrundgeschnatter von Sanctuary.

Jerboa hat die Animare-Magie gebrochen. Hauptsächlich wegen mir. Alles ist weg, weil sie Angst vor meinen Forderungen an sie hatte.

Aber es steckte noch mehr dahinter. Snowfall hatte Jerboas Gefühlte selbst gespürt und sie erkannt. Sie wusste ganz genau, wie es war, so viel Angst zu haben. Sie kannte ihre eigenen Albträume über die Vorstellung, jemand anderes könnte die Kontrolle über sie gewinnen und wie machtlos sie dann äre! Sie verabscheute, wie Königin Wasp die pantalanischen Drachen behandelte, oder wie

Darkstalker seine Magie gegen die Eisflügler (und sogar gegen seinen eigenen Stamm der Nachtflügler) eingesetzt hatte.

Sie verstand jetzt auch, warum Jerboa es niemandem erzählt hatte. Snowfall selbst wäre wütend gewesen, hätte sie es schon vor ein paar Tagen erfahren, bevor die Drachen aus Pantala ankamen. *Bevor ich den Ring angelegt habe.*

Doch jetzt wurde ihr klar, sie war gar nicht wütend. Es war unvorstellbar für sie, auf Jerboa wütend zu sein, jetzt, wo sie einen winzigen Teil von Jerboas Leben miterlebt hatte.

Sie fragte sich, ob es richtig war, was Jerboa getan hatte. Wem mit Animare-Magie konnte man zuverlässig trauen? Die erste Jerboa hatte in der ersten Vision wie ein guter, normaler Drache gewirkt, aber die Magie oder die Macht hatte sie offensichtlich im Laufe der Zeit verändert.

Vielleicht ist es gar nicht so schlimm, herausfinden zu müssen, wie wir die Welt ohne Magie retten können.

Sie hoffte, dass sie es schaffen würden – die Drachen, die auf dem Weg nach Pantala waren. Sie würde hier tun, was sie konnte, und ihre Armee vorbereiten, falls sie gebraucht würde.

Und möglicherweise würde sie bald Jerboa besuchen, nur um nach ihr zu sehen. Es schien, als bräuchte sie eine Freundin.

Das war Snowfall nie in den Sinn gekommen – dass Glacier und Jerboa einfach nur Freundschaft verband, und sie nicht Königin und Animare-Drache waren, der ihr diente. Vielleicht vermisste Jerboa Glacier genauso sehr wie Snowfall.

»Hey«, grüßte Lynx, als sie gähnend zu ihr hinüberging. »Was machst du denn da?« Sie zeigte mit ihrem Schwanz auf das kleine Schneewesen.

»Kannst du das nicht erkennen?«, fragte Snowfall.

Lynx starrte es an.

»Ich fürchte, ich muss dich hinrichten lassen, wenn du falsch rätst«, fügte Snowfall im Plauderton hinzu.

»Schreib es auf meine Verratsliste«, grinste Lynx. »Ist es eine Schnecke?«

»Ganz genau!« Snowfall strahlte sie an. »Zu Ehren dieses absolut lächerlichen Himmelsflüglers.«

»Es ist suuuuuuuuuuuuper niedlich, dass du ständig an ihn denkst«, stichelte Lynx, und Snowfall warf einen Schneeball nach ihr. »Deine Wachen sind übrigens alle wach und sehen sehr verlegen aus, weil bei deinem Aufwachen niemand wach war und Wache gehalten hat.«Snowfall zuckte mit den Schultern. »Ich war ja auch müde. Ich meine, wir sollten ihnen ein paar strenge Blicke zuwerfen, aber heute Morgen ist mir nicht danach, irgendjemanden zu enthaupten.«Lynx lachte.

Auf dem Rückweg zum Palast dachte Snowfall immer wieder an die beiden Jerboas – und daran, dass der Ring tatsächlich ihre Frage beantwortet hatte! Das war aufregend. Aber auch ein wenig schrecklich, den allmählichen Seelenverlust der ersten Jerboa mitzuerleben. Snowfall hoffte, sie würde nie so werden wie sie, sich nie so weit von anderen Drachen entfernen. Sie wollte sich immer daran erinnern, dass auch diese Gefühle besaßen.

Wichtig ist, Drachen wie Lynx in meiner Nähe zu haben, die mich Dinge fragen wie: »Moment, ist das vielleicht böse?«, falls ich es vergesse.

Beim Passieren der Tore winkte Snowfall den Wachen zu, als sie an ihnen vorbeiflog. Sie wirkten beide verängstigt und ein wenig nervös, aber das kannte sie inzwischen von ihren Eisflüglern. Daran würde sie arbeiten.

Leise Stimmen klangen aus dem Thronsaal, also flog Snowfall zuerst dorthin. Das erschien ihr ziemlich verdächtig. Warum sollte jemand während ihrer Abwesenheit im Thronsaal sein?

Sei nicht paranoid, erinnerte sie sich. *Nicht jeder hat es auf mich abgesehen. Ich bin nicht Königin Wasp.*

Sie sauste durch das Fenster und landete mitten in dem großen Saal. Die Gespräche um sie herum verstummten.

Auf der einen Seite des Throns stand Generalin Ivory, flankiert von ein paar Soldaten, mit grimmigem Blick. Auf der anderen Seite hatten sich Tundra und Permafrost aufgestellt, ruhig, glänzend und Zähne zeigend.

Und auf dem Thron selbst saß ihre kleine Schwester Mink, mit Snowfalls hässlicher Krone auf dem Kopf.

Mit erhobenen Augenbrauen sah Snowfall die versammelten Drachen an. »Hallo, Mink«, begrüßte sie sie. »Die ist viel zu groß für dich.«Mink griff nach oben und hielt die Krone an ihrem Kopf fest, wobei ihre riesigen Augen mehrmals schnell blinzelten.

»Wir glaubten, du würdest nicht mehr zurückkommen«, erklärte Tundra mit ihrer glitschigen Wal-Blubber-Stimme.

»Ich sagte doch, dass sie das tun würde!«, knurrte Ivory. »Ihr wolltet nicht zuhören!«

»Wir hielten es für höchst unwahrscheinlich, dass du einem einfachen Soldaten die Verantwortung überlässt und nicht einem von uns«, schleimte Permafrost und wedelte mit dem Schwanz zwischen sich und Tundra hin und her. »Also nahmen wir an, dir wäre etwas Schreckliches zugestoßen.«

»Ihr habt euch geirrt«, antwortete Snowfall freundlich, »nur jetzt wird euch etwas Schreckliches zustoßen. Danke, dass du es versucht hast, Ivory. Mink, rutsch rüber, das ist mein Platz.«

»Nein!«, schrie Mink und brach in Tränen aus. »Ich muss Königin sein! Ich muss die schrecklichen, hasserfüllten, bösen Nachtflügler aufhalten!«Snowfall blinzelte sie an und tauschte dann einen verwirrten Blick mit Lynx. »Die was?«, fragte sie.

»Die Nachtflügler!«, schluchzte Mink. »Ich hasse sie so s-s-sehr! Sie werden uns wehtun!«Hm. Das ergab überhaupt keinen Sinn. Soweit Snowfall sich erinnern konnte, hatte Mink noch nie von Nachtflüglern gesprochen. Und Mink liebte jeden. Es schien nicht einmal möglich, dass Mink nur einen einzigen hasste, geschweige denn einen ganzen Stamm.

Habe ich vielleicht diesbezüglich etwas gesagt? Snowfall versuchte, sich zu erinnern. Es wäre ihr doch noch im Gedächtnis geblieben, hätte sie behauptet: »Die Nachtflügler sind die schlimmsten Drachen der Welt, Mink«, und Mink geantwortet hätte: »Ja, wir sollten sie hassen!«

»Habt ihr das getan?«, herrschte sie Tundra und Permafrost an. »Habt ihr ihr Angst vor den Nachtflüglern eingejagt?« Tundra hob ihre Flügel. »Wir haben nichts über sie erzählt. Ich weiß nicht, woher das kommt.«

Snowfall war geneigt, ihr nicht zu glauben, aber Tundra sah genauso verwirrt aus, wie Snowfall sich fühlte, und es war selten, dass ihre Tante eine echte Emotion auf ihrem Gesicht zeigte.

»Wann hat sie angefangen, von ihnen zu sprechen?«

»In dem Moment, als wir sie zur Königin krönten«, murmelte Tundra. »Ich meine ... zur vorübergehenden Königin, natürlich. Nur für den Fall, du würdest nicht zurückkehren.«*Aha. Eine Königin, die du ein bisschen besser kontrollieren kannst als mich*, dachte Snowfall. Woher kam also Minks neue Angst vor Nachtflüglern? Wenn Tundra nichts gesagt hatte ... aber irgendwie, als sie Königin wurde ...

Snowfall schritt durch den Raum und schlug Mink die Krone vom Kopf. Mink jaulte auf und versuchte, danach zu greifen, aber Snowfall hielt sie, mit der Krone in ihrer anderen Klaue, auf Armeslänge fest.

»Tante Tundra«, begann sie, »was weißt du über diese Krone? Wann wurde sie angefertigt?«

»Sie ist schon seit Hunderten von Jahren im Besitz der königlichen Familie!«, antwortete Tundra und klang ziemlich empört. »Sie ist eines der wertvollsten Erbstücke der Eisflügler!«

»Ja, ja«, murrte Snowfall, »aber wer hat sie gefertigt?«Tundra sah Permafrost an, der sich am Hals kratzte und murmelte: »Ich bin mir nicht sicher. Ich glaube, sie stammt vielleicht aus der Zeit von Königin Diamond?«

»Königin Diamond« wiederholte Snowfall. »Also die Königin, deren Sohn mit einem Nachtflügler durchgebrannt ist.«

»Der von einem Nachtflügler ENTFÜHRT wurde!«, wandte Tundra ein.

»Die Königin, die zufällig selbst ein Animare war«, stellte Snowfall fest. »Richtig?«

»Oh!«, rief Lynx. Tundra warf ihr einen mahnenden Blick zu, aber Lynx ignorierte sie und trat einen Schritt auf Snowfall zu. »Meinst du, die Krone könnte so verzaubert sein, dass jede Königin, die sie trägt, die Nachtflügler so sehr hasst wie Diamond? Aber das hat die ganze Zeit über niemand geahnt. Das ist ja furchtbar!«Für einen Moment klappte Permafrost die Kinnlade herunter, als wäre ein Robbenfellteppich zum Leben erwacht und würde seine moralische Autorität in Frage stellen. »Sicherlich, Königin Diamond war ein Animare«, bestätigte er, »aber – aber sie konnte nicht einfach – das heißt, sie konnte ihre Magie nicht über ihr einziges Geschenk an den Stamm hinaus nutzen! Das hätte sie nicht getan, da bin ich mir sicher!«

»Nun, ich aber nicht«, schnauzte Snowfall. »Und ich mag dieses Ding sowieso nicht. Also lasst es uns sicherheitshalber zerstören.«

»Es zerstören?«, keuchte Tundra entsetzt.

»Ooooooh, das können wir tun?«, fragte Mink. »Ich mag sie auch nicht. Snowfall, die ist so schwer! Sie hat mir am Kopf wehgetan, hat sie dir auch wehgetan?«

»Ja, mein Kopf hat sehr weh getan«, lächelte Snowfall. »Ivory, würdest du dich bitte darum kümmern, diese Krone für mich zu zerstören?«

»Sofort, Eure Majestät«, bekundete Ivory mit einer respektvollen Verbeugung. Sie nahm Snowfall die Krone aus den Klauen und flog mit zwei ihrer Soldaten aus dem Raum.

Snowfall setzte sich auf den Thron neben Mink. Er war groß genug für eine sehr alte Königin, sodass er Snowfall genug Platz neben ihrer Schwester bot. Sie legte einen ihrer Flügel um Mink, die sich mit geschlossenen Augen an ihre Seite schmiegte und erleichtert seufzte.

»Ich muss keine Königin sein?«, flüsterte Mink.

»Jetzt brauchst du noch nicht Königin zu sein«, antwortete Snowfall freundlich. »Ich werde für eine lange Zeit Königin sein.«

»Gut«, seufzte Mink. »Aber es tut mir leid, dass so viele D-Drachen dir ständig sagen, was du tun sollst. Das hat mir am wenigsten gefallen.«

»Es ist leichter, wenn das die richtigen Drachen machen«, erklärte Snowfall ihr. »Nur die, denen ich vertraue.« Mit einem bedeutungsvollen Blick bedachte sie Tundra und Permafrost.

»Die Krone war also verzaubert?«, erkundigte sich Mink.

»Heißt das, ich muss die Nachtflügler nicht hassen?«

»Das ist richtig. Es war nur ein Zauber.«Snowfall stupste Minks Kopf mit ihrer Schnauze an. »Er wird abklingen. Was die Nachtflügler angeht, haben mir ein paar Tage fern der Krone ein besseres Gefühl gegeben. Außerdem wette ich, sobald du einen kennenlernst, wirst du ihn sofort lieben, so wie du jeden anderen auch liebst.«

»Oh, das würde mir gefallen«, meinte Mink. »Aber dich liebe ich am *meisten.*«Snowfall lachte. »Ich habe einen Himmelsflügler getroffen, den du anbeten würdest«, berichtete sie. »Ich habe erst jetzt bemerkt, wie sehr er mich an dich erinnert hat.«

»Eure Majestät«, meldete sich Tundra frostig zu Wort, »da die Wand trotz meiner Bemühungen seit einigen Tagen vernachlässigt wurde, hättest du vielleicht gerne ein paar Informationen über das Verhalten der Palast-Eisflügler während deiner Abwesenheit.«

»Ah, ja«, erwiderte Snowfall. »Danke, dass du mich daran erinnerst. Mink, willst du etwas wirklich Cooles sehen?«

»Ja, will ich, will ich!«, sang Mink, als Snowfall sie durch die Gänge hinaus in den Hof führte. Protestierend folgte Tundra ihnen. Sie fand, die Königin bräuchte mehr Informationen, bevor sie anfing, die Namen neu zu ordnen. Permafrost hatte sich aus dem Staub gemacht. Er nahm wohl an, er würde auf der Liste weniger weit nach unten rutschen, je weiter er aus Snowfalls Blickfeld verschwunden war.

Im Hof hatten sich mehrere Eisflügler vor der Wand oder auf Bänken versammelt und unterhielten sich miteinander. Schweigen breitete sich unter ihnen aus, als Snowfall vorbeiflog. Sie bemerkte, wie einige sich zu den nächstgelegenen Türen schlichen.

»Mink«, begann Snowfall und blieb neben dem Geschenk der Ordnung stehen. »Weißt du, was das ist?«

»Natürlich weiß ich das«, antwortete Mink mit großen Augen. »Jeder weiß, was die Wand bedeutet! Schau, da bin i-ich.« Sie zeigte auf ihren Namen auf der Seite der Drachlinge. »Ich bin hier, das bedeutet, die Drachen da oben sind besser als ich. Aber ich bin immer noch besser als dieser Drache und dieser Drache und dieser Drache und dieser Drache und all diese Drachen«, krächzte sie und tippte auf einen Namen nach dem anderen unter ihrem.

Snowfall zuckte zusammen. Es war noch viel schlimmer, so etwas von jemandem zu hören, der so klein und süß war wie Mink.

»Das habe ich auch gedacht«, erklärte sie ihrer Schwester. »Aber es hat sich gezeigt, dass das keinen Sinn ergibt.«

»Es ergibt keinen Sinn?«, wiederholte Mink und blinzelte zu ihr hoch.

»Du könntest in einem Mathetest besser abschneiden als dieser Drache«, begann Snowfall und deutete auf einen Namen unter Minks Namen, »aber was ist, wenn er eine bessere Eisskulptur schnitzt als du? Wer sollte dann weiter oben auf der Liste stehen?«

»Was?«, rief Mink entrüstet. »B-besser als meine?!? Wo denn? Die will ich sehen!«

»Ich meine nur, *falls* er das gemacht hat«, lächelte Snowfall.

»Hmpf«, machte Mink. »Nicht möglich. Aber ich liebe dich trotzdem, Polar Bear!«, rief sie einem der kleinen Gesichter zu, das aus einem Fenster über ihr lugte.

»Was ich meine«, fuhr Snowfall fort, »ist, all die Gedanken, die sich nur um diese Liste drehen – an welcher Stelle man steht, wer über und wer unter einem ist –, hindern uns daran, uns auf uns selbst zu konzentrieren, auf unsere Stärken. Sie verschweigt, dass *jeder* etwas Wichtiges oder Freundliches oder Kluges tun kann, egal, wo er auf der Liste steht. Wahrscheinlich fängst du an zu denken, die Drachen unter dir wären nicht so wichtig oder besonders wie du selbst. Und das ist dumm.«

»Hmmmm«, brummte Mink nachdenklich. Sie hob wieder den Kopf und rief: »Polar Bear, ich denke, du bist sehr besonders und wichtig!«

»Danke?«, rief er zurück.

Snowfall war sich nicht sicher, ob diese Lektion wirklich so gut lief, wie sie es sich vorgestellt hatte. Vielleicht sollte sie zuerst mal etwas zerschlagen und es später nochmals probieren.

Sie rief die Stärke des Diadems herbei und schlug mit der Faust auf die Wand mit den Namen ein. Risse schossen wie Blitze in alle Richtungen und rissen jeden Namen auf der Liste durch.

Entsetzt kreischte Tundra auf und versuchte, ihren Arm zu packen. Aber Snowfall schüttelte sie problemlos ab und wiederholte ihren Schlag, und dann noch einmal. Sie zertrümmerte die Wand, bis sie von einem Haufen aus zerbrochenen Eisbrocken umgeben war.

»Puh«, grinste sie, umgeben von einer Wolke aus glitzerndem Eisstaub. »So ist es besser.«

»Aber – aber –«, schrie Tundra. Snowfall erkannte, dass Lynx mit ausgebreiteten Flügeln zwischen ihnen stand, um Tundra davon abzuhalten, Snowfall erneut anzugreifen. Doch Tundra schien sich im Moment nicht bewegen zu können. Auf die Stelle, wo einst die Wand gestanden hatte, starrend, glaubte sie wohl, sie würde sich auf magische Weise erneut aufbauen, wenn sie nur fest genug hinstarrte.

Kann sie das? Snowfall starrte die zerbrochenen Eisbrocken ebenfalls fest an. Sie blieben, wo sie waren; keine Anzeichen eines magischen Wiederaufbaus. *Versuch es gar nicht erst, blöde, alte Eiswand.*

Mit dem Abklingen der Echos begann Lynx zu klatschen. Mink stimmte sofort strahlend mit ein, obwohl Snowfall vermutete, sie klatschte einfach nur gerne und verstand die Tragweite dessen, was Snowfall getan hatte, nicht ganz.

Gerade habe ich eine jahrhundertealte Tradition buchstäblich in Stücke zerschlagen, dachte sie und fühlte sich ein wenig schwindlig.

Doch dann begann ein anderer Eisflügler zu klatschen, und dann noch einer, auf der anderen Seite des Hofes. Snowfall sah noch ein paar andere an ihren Fenstern applaudieren, obwohl sie auch einige ältere Drachen erblickte, die sich beim Blickkontakt wegduckten, als wollten sie nicht mit missbilligender Miene erwischt werden.

Das ist schon in Ordnung. Irgendwann werden sie einsehen, dass es so besser ist.

»Das Geschenk der Ordnung«, keuchte Tundra schwach, und dann sank sie in den Schnee.

Snowfall winkte zwei ihrer Wächter herbei und beauftragte sie, Tundra behutsam in ihr Zimmer zu tragen und dort zu wachen, bis sie sich erholt hatte, falls sie etwas brauchte.

»Das ist so aufregend!« rief Mink, kletterte herbei und setzte sich auf Snowfalls Fuß. »Was können wir noch kaputtmachen? Kann ich als Nächstes was kaputtmachen?«

»Vielleicht morgen«, antwortete Snowfall und legte einen Flügel um ihre Schwester. »Du darfst auch mein Diadem tragen. Heute Abend wünsche ich mir einen großen Eisbecher und möchte dann schlafen gehen.« Vom grauen Himmel rieselten Schneeflocken herab und hüllten alles in ein leises Glitzern.

»Ich liebe es, wenn ich recht habe«, lachte Lynx.

Snowfall schnaubte sie an. »Wer sagt denn, dass du recht hast? Vielleicht habe ich das Ding aus meinen eigenen Gründen zertrümmert! Viele meiner Gedanken haben nichts mit dir zu tun!«Lynx schenkte ihr ein schiefes Grinsen.

»Was?«, fragte Snowfall. »Hast du etwas anderes gemeint? Recht womit?«Lynx schnippte sanft mit dem Schwanz an Snowfalls Flügel. »Dass du die beste Königin aller Zeiten bist, Madame Stachelgesicht.«

»Oh.« Snowfall richtete ihre Stacheln wieder auf und nickte königlich. »Ja. Nun. Das ist der Plan.«

Kapitel 24

Sie öffnet ihre Augen.

Sie steht in der Verbotenen Schatzkammer. Obwohl sie nirgendwo eine Mondkugel sehen kann, leuchten die Nischen blassblau, und die Wände schimmern, als würden eisige Glühwürmchen durch sie hindurchschwimmen.

Sie ist sie selbst. Sie ist Königin Snowfall. Sie fühlt, dass sie es ist, doch sie streckt ihre Klauen aus und dreht sie um, nur um sicherzugehen. Der Opalring ist noch da, an ihrer Klaue. Alles andere hat sie vor dem Schlafengehen abgelegt – das Diadem und alle ihre Waffen. Dies ist ihr Palast, sie ist die Königin, und sie hat beschlossen, dass sie nicht mehr ständig in Angst leben will.

Aber ... sie hat *doch eine Vision, oder nicht? Wie kann sie eine Vision von sich selbst haben?*

»Weil dies die letzte ist«, sagt eine Stimme hinter ihr.

Snowfall dreht sich um. Eine Eisflüglerfrau steht dort, neben der leeren Nische mit der Aufschrift Geschenk des Sehens. Selbst in dem seltsamen Licht kann Snowfall erkennen, wie ungewöhnlich ihre Schuppen sind, als läge in jeder Schuppe hinter dem Weiß noch der Hauch einer anderen Farbe.

Wie ein Opal.

Die Drachenfrau lächelt. »Das bin ich. Opal. Schön, dich kennenzulernen, Königin Snowfall.« Snowfall wirft ihr einen fragenden Blick zu. »Ich habe das Gefühl, dass ich dich schon seit einigen Tagen anschreie.« Elegant zuckt Opal mit den Flügeln. »Nicht mehr als die anderen Königinnen, die den Ring vor dir getragen haben.«

»Waren es denn viele?«, fragt Snowfall. »Legt ihn jede Königin irgendwann einmal an?«

»Nicht jede«, antwortet Opal. »Sein Zauber bewirkt, dass er nur denjenigen erscheint, die ihn am dringendsten brauchen.« Einen Moment lang betrachtet Snowfall den Ring. »Ich brauchte ihn also, weil ... wir herausfinden mussten, was in Pantala passiert ist? Und wir eine Verbindung zu den Zweibeinern herstellen konnten, sodass sie uns helfen, Königin Wasp zu besiegen?« Opal lacht. »Ich bin froh, dass du ihn so gut genutzt hast«, erklärt sie. »Aber nein. Dieser Ring ist für Drachen angefertigt worden, die Königin werden, bevor sie dazu bereit sind. Er soll ihnen helfen, die richtigen Schritte zu unternehmen, um eine noch stärkere Königin zu werden.«

Snowfall zieht eine Augenbraue hoch. »Das ist sehr höflich ausgedrückt«, erwidert sie. »Aber du meinst, er ist für Königinnen gedacht, die völlig verkorkst sind. Er will sie lehren, die Welt mit den Augen anderer Drachen zu sehen, damit diese Königinnen an ihrer Selbstsüchtigkeit arbeiten. Ist es nicht so?«

»Diesen Teil sprechen wir nicht laut aus!«, ermahnt Opal sie, aber sie verbirgt eindeutig ein Lächeln. »Und du warst gar nicht so übel.«

»Bist du wirklich hier?«, fragt Snowfall. »In der Verbotenen Schatzkammer? Ich frage mich nur, wie ich dich finden kann, um dich für immer in meinen Kerker zu werfen.« Opal lacht erneut. »Nein, ich bin schon vor langer Zeit gestorben – ich habe mein Animare-Geschenk erschaffen und hatte dann ein langes, glückliches, normales Leben als Eisflügler. Nur ein Teil meines Geistes verbirgt sich in dem Ring, damit ich die Visionen im Auge behalten

und dieses letzte Gespräch führen kann, sobald der Ring seine Arbeit beendet hat.«

»Ich kann nicht glauben, dass deine damalige Königin dem zugestimmt hat«, wundert sich Snowfall, ihre Klaue mit dem Ring in die Höhe haltend.

»Das hat sie ganz und gar nicht«, erklärt Opal. »Warum, glaubst du, habe ich die Verzauberung so gewählt, wie sie ist? Auch sie wurde Königin, bevor sie dazu bereit war, und sie war andauernd verängstigt und wütend. Sie bat mich um ein Animare-Geschenk, mit dem sie alle ihre Feinde ausspionieren konnte – sowohl außerhalb des Königreichs als auch innerhalb ihres eigenen Stammes. Ich habe ihr stattdessen das hier angefertigt.«

»Wow.« Leicht berührte Snowfall den Opal mit einer Kralle. »Ich vermute, sie hat dich sofort hingerichtet, als sie merkte, sie konnte ihn nicht abnehmen. Das hätte ich wahrscheinlich getan«, fügt sie zerknirscht hinzu.

»Nein, das hättest du nicht«, sagt Opal mit Bestimmtheit. »Du hättest mich in den Kerker geworfen, wie sie es getan hat. Und nach ein paar Wochen, nachdem der Ring die Wirkung gezeigt hat, die ich ihm verliehen habe, hättest du mir verziehen, so wie sie es getan hat.«

*»Ein paar Wochen?« Snowfall hebt stolz ihr Kinn und streicht mit dem Schwanz über den Boden. »*Ich *habe alle Lektionen des Geschenks des Sehens in nur ein paar Tagen gelernt.«*

»Vielleicht warst du näher dran, bereit zu sein für die Königskrone, als dir selbst klar ist«, erklärt Opal.

Snowfall blickt auf das Eis unter ihren Füßen und zögert einen Augenblick. »Was ist – was, wenn ich nicht sicher bin, ob ich bereit bin?«, fragt sie. »Vielleicht benötige ich noch ein paar Visionen.«

»Nein«, erwidert Opal. »Der Ring ist magisch; er weiß genau, wie viele du brauchst. Du musst nur noch eine sehen.« Plötzlich steht sie direkt vor Snowfall und legt ihre Klauen auf Snowfalls Schläfen.

Und dann
ist Snowfall
nicht mehr Snowfall,
sondern ihre Mutter.

Königin Glacier fliegt von einem Treffen mit Blaze nach Hause und denkt darüber nach, was für eine fröhliche, hirntote Gans dieser Sandflügler doch ist. Unter ihr im Hof sieht sie Drachlinge spielen, und landet auf einem der oberen Fenstersimse, um sie zu beobachten.

Drei von ihnen sind ihre Töchter: Crystal, Snowfall und die kleine Mink, die versucht, mit den anderen beiden mitzuhalten, aber immer wieder in Schneeverwehungen stecken bleibt. Sie spielen eine Art erfundenes Spiel: Glacier kann die Regeln von hier oben nicht verstehen, aber es geht um viel Laufen und das Verteidigen bestimmter Ecken des Hofes, und überall fliegen Schneebälle.

Mink purzelt in einen weiteren Schneehaufen, und Snowfall fängt sie auf und hebt sie hoch, damit sie auf Snowfalls Rücken sitzen kann. »Komm schon, wir dürfen sie nicht gewinnen lassen!«, ruft sie. Mit rasender Geschwindigkeit, selbst mit Mink auf den Schultern, saust sie über den Hof und greift einen der anderen Eisflügler an, bevor er einen Schneeball in ihre Ecke werfen kann. Snowfall rollt über ihn hinweg, schiebt ihn zurück zu seinem Team, wirft zwei von ihnen um, als er mit ihnen zusammenstößt, und springt dann mit weit ausgebreiteten Flügeln in die Höhe, um einen weiteren Schneeball aus einer anderen Richtung abzuwehren.

In der Mitte des Hofs steht Crystal bewegungslos und gähnend da. »Ist es schon Zeit für das Mittagessen?«, ruft sie.

»Nein!«, schreit Snowfall zurück, wehrt einen weiteren Schneeball ab und schleudert ihrer Gegnerin einen ins Gesicht. »Nach diesem Spiel wolltest du mich doch über die Geografie des Königreichs abfragen, schon vergessen?«

Crystal seufzt stilvoll und schlendert zur nächsten Bank hinüber. »Wenn du das sagst.«

Die Sonne wärmt Glaciers Flügel, während sie sie beobachtet. Ihre drei perfekten Drachlinge. Crystals Gelassenheit, Minks liebevolle Anhänglichkeit und Snowfalls unbezähmbare Wildheit. Sie liebt sie so sehr.

Sie hat bereits entschieden, dass sie nicht gegen ihre Töchter um den Thron kämpfen wird. Wer auch immer sich entscheidet, sie zuerst herauszufordern, sie wird zur Seite treten und ihr den Thron überlassen.

Sie hofft, dass es Snowfall ist. Sie liebt sie alle, aber Snowfall wird für dieses Königreich kämpfen, wie niemand sonst es tun würde. Sie muss erst noch erwachsen werden, und Glacier wünscht sich, ihr mehr Aufmerksamkeit schenken zu können, wenn der Krieg vorbei ist ... aber selbst jetzt, während sie sie beobachtet, kann Glacier erkennen, was für eine großartige Königin Snowfall sein könnte.

Königin zu sein ist nicht leicht. Glacier ist oft erschöpft, frustriert, verwirrt und unsicher; sie macht sich ständig Sorgen um ihren Stamm und hat unerklärliche Albträume von Nachtflüglern. Sie muss hart daran arbeiten, vor dem Stamm selbstbewusst aufzutreten.

Die Krone wäre zu viel für Crystal oder Mink; sie würde sie erdrücken. Glacier weiß genau, das Gleiche gilt für Blaze und den

Thron der Sandflügler, aber sie will eine starke Verbündete sein, die ihr hilft, den Thron zu halten, falls Blaze sich aufraffen und den Krieg gewinnen kann.

Snowfall ist stark genug, um ein Königreich gut zu regieren. Da ist sich Glacier sicher. Snowfall verdient sich ihren Platz an der Spitze der Drachlingswand, Tag für Tag, und sie kämpft und sorgt sich und versucht und kämpft, und das ist es, was die Eisflügler brauchen.

Wir werden es schaffen, *denkt Glacier und spürt, wie sich ihre Schultern zum ersten Mal seit Langem entspannen. Snowfall zu sehen, erfüllt sie mit Hoffnung.* Egal, was passiert, ich werde den Stamm in die richtigen Klauen legen können.

Der Innenhof verblasst.

Snowfall wischt sich die Tränen von der Schnauze.

»Danke«, sagt sie zu Opal.

»Ich habe nur den Zauber erschaffen«, antwortet Opal mit einem weiteren Achselzucken. »Du musstest durch die Visionen gehen.« Sie streckt eine Klaue aus. »Und nun bist du gereift.«

»Sollte ich ihn nicht noch ein bisschen länger tragen?é, fragt Snowfall. »Damit ich sehen kann, was mit den Drachen passiert, die nach Pantala fliegen?«

»So funktioniert er nicht», erklärt Opal. »Das Geschenk des Sehens erfüllt seinen Zweck, und dann verschwindet es wieder, bis der nächste Drache kommt, der es braucht.«Snowfall nimmt den Ring ab. Sie kann nicht fassen, wie leicht er sich bewegt, nach all den Tagen, in denen sie mit ihm gerungen hat. Jetzt fühlt er sich wieder zu groß an und wackelt um ihre Klaue. Sie übergibt ihn an Opal, die ihn in die leere Nische zurücklegt. Dunkles Eis gleitet über die Öffnung, und die Worte GESCHENK DES SEHENS *verschwinden, bis der Ring unsichtbar ist.*

»Viel Glück«, lächelt Opal sie an.

Snowfall wachte spät am Morgen auf. Endlich hatte sie im königlichen Bett richtig gut geschlafen, trotz des kleinen Kuschelmonsters, das in der Nacht zu ihr geklettert war. Mink schlief noch immer, einen Flügel über Snowfalls Schnauze gelegt.

Der Ring war weg, was sie nicht überraschte. *Blöde Magie*, dachte sie, doch das empfand sie nicht wirklich. Sie würde die Visionen vermissen, das war ihr bewusst. Ein kleines bisschen. Sie zog es vor, sie selbst zu sein, Snowfall, aber es fühlte sich seltsam leer an bei dem Gedanken, sie würde nie wieder in den Klauen eines anderen laufen.

Mutter hat also doch an mich geglaubt. Sie hat sich nicht nur für mich entschieden, weil sie Crystal nicht haben konnte. Sie dachte, ich sei die richtige Wahl.

Snowfall strich Minks Flügel aus ihrem Gesicht und rollte sich aus dem Bett. Draußen vor dem Fenster war die Sonne aufgegangen und Eisflügler flogen durch den Himmel, wobei jeder einzelne das Licht wie ein fliegender Stern einfing. Hinter ihnen konnte Snowfall den Ozean sehen, all das bewegte, glitzernde Wasser zwischen hier und dem verlorenen Kontinent Pantala. Lynx befand sich irgendwo da draußen, um sich mit den anderen Drachen zu treffen, in deren Klauen das Schicksal der Welt lag.

Ich hoffe, sie überleben. Sie sollten BESSER überleben, sonst werde ich SO WÜTEND auf sie sein.

Ich hoffe, sie halten Königin Wasp und den Atem des Bösen auf. Ich hoffe, ich sehe Sky und Wren wieder ... und Sundew und Cricket und alle anderen.

Ich hoffe, wir tun genug, um die Welt zu retten.

Epilog

Raven schlich durch den Tunnel und lauschte auf Anzeichen, ob sie verfolgt wurde, aber sie hörte niemanden hinter sich. Die Dunkelheit legte sich wie ein Pantherfell auf sie und streifte die Haare auf ihren Armen. Aber sie kannte den Weg zum Abgrund gut genug, um sich auch ohne ihr Augenlicht zurechtzufinden – und als sie näherkam, erblickte sie das schwache grüne Glühen, das aus seinen Tiefen kam.

Nun sah sie auch die skelettartige Gestalt, die am Rande dieses Lichts kauerte. Er hockte so nah an dem furchterregenden Gefälle, dass es Raven schwindlig wurde. Er drehte sich nicht zu ihr um. Seine Augen waren ununterbrochen auf den Abgrund gerichtet.

»Vole«, flüsterte sie. »Ich habe dir etwas zu essen gebracht.« Sie setzte ihr kleines Bündel so nah an ihm ab, wie sie sich traute, und trat dann außer Reichweite zurück.

Es war schon lange her, dass Vole jemanden in den Abgrund geworfen hatte, aber das lag wahrscheinlich daran, dass sich niemand mehr an ihn heranwagte. Nur Raven kam, trotz Verbotes, und Voles Bruder Mole, der ihn am Leben erhalten, aber nie über ihn sprechen durfte.

»Kannst du es hören?«, lispelte Vole mit seiner zitternden, rauen Stimme.

Er sah sie immer noch nicht an. Das tat er nie.

»Ich glaube schon«, antwortete Raven und setzte sich auf einen der Felsen. »Ich meine, ich höre etwas, aber ich weiß nicht, was es bedeutet. Du etwa?«Das Flüstern drang bis in die oberen Höhlen vor und legte sich wie lange Spinnweben um die Bewohner des Dorfes. Sie wusste, dass sie es auch hören konnten, weil sie zusammenzuckten, die Schultern beugten oder sich beeilten, voneinander wegzukommen. Aber niemand wollte darüber sprechen, außer Vole.

»Es wächst«, flüstert er. »Es streckt sich aus. Bald wird es soweit sein. Aber es braucht ...« Er brach ab.

»Braucht was?«, fragte Raven.

Plötzlich drehte Vole seinen Kopf herum und sah ihr zum ersten Mal seit Jahren wieder in die Augen. Raven zuckte zusammen und wäre beinahe zurück in die Dunkelheit geflüchtet. Seine Augen waren nicht mehr so wie früher, als er noch der lustige ältere Bruder ihres Freundes gewesen war. Jetzt blickten sie gequält und waren von einem grünen Schimmer überlagert. Sie schienen direkt durch sie hindurchzusehen.

»Es braucht einen Drachen«, zischte er.

»Einen Drachen?« Raven krümmte ihre Finger um die rauen Kanten des Steins unter ihr. »Irgendeinen Drachen?«

Am liebsten wäre sie schreiend weggelaufen. Aber falls sich im Abgrund etwas veränderte, wäre Vole der Einzige, der es ihr sagen konnte, und sie musste es wissen.

»Du musst den Drachen finden«, forderte Vole, und jetzt klang seine Stimme wie die krabbelnden Höhlentausendfüßler, Tausende von ihnen, mit Millionen von krabbelnden Beinen, die über ihre Haut liefen. »Bring ihm den Drachen. Rette das Dorf.«

»Warte«, flüsterte Raven, als er sich wieder dem Abgrund zuwandte. »Was soll das heißen? Das Dorf retten? Wovor?«

»Finde den Drachen«, knurrte Vole, sich in Richtung des Glühens beugend. »Bring ihn her.«Er stieß einen langen, sich windenden Atemzug aus, der sich um das Geflüster aus der Tiefe schlängelte.

»Oder alle, die du kennst, werden sterben,«

Tui T. Sutherland gehört zum berühmten Autorenteam von Erin Hunter (*Warrior Cats* und *Seekers*), und schreibt auch gemeinsam mit ihrer Schwester Kari Sutherland (*Magic Park*). Aufgewachsen in Südamerika, ist Tui in ihrer Kindheit schon an viele besondere Orte gereist. Sie liebt Tiere über alles, besonders Drachen, Greife und Hunde. Heute lebt sie mit ihrer Familie in Massachusetts.

Tsetsebau
Käfersee
Geißel-
skorpionbau
Hornissenbau
Zikadenbau
Gottesanbeter-
innenbau
Pantala

Giftdschungel
Papierwespenbau
Wespenbau
Juwelenbau
Libellenbucht
Zuckmückenbau
Skorpionsee

DIE LEGENDE BEGINNT MIT DIR!

Liebst du es, zu zeichnen oder
zu schreiben? Hast du deine ganz eigenen
Drachengeschichten zu erzählen?

In diesem offiziellen Wings of Fire-Kreativbuch entwickelst du fantastische Charaktere, lässt dir neue Abenteuer einfallen und erschaffst DEINE Fantasiewelt! Anhand von Beispielen des Wings of Fire-Illustrators Mike Holmes führt dich Tui T. Sutherland durch die New York Times-Bestseller-Reihe Wings of Fire – auf eine interaktive und spannende Art und Weise wie nie zuvor.

BREITE DEINE FLÜGEL AUS
UND KREIERE DEINE GANZ EIGENE
FANTASTISCHE GESCHICHTE!

NEW YORK TIMES BESTSELLERAUTORIN
TUI T. SUTHERLAND
ILLUSTRATION MIKE HOLMES
WINGS OF FIRE
DIE GRAPHIC NOVEL
BUCH FÜNF
DIE LETZTE KÖNIGIN